MORTEL MARIAGE

DE LA MÊME AUTEURE

CHEZ LE MÊME ÉDITEUR

Crime glacé, 2018 ; Archipoche, 2019.
Pièce montée, 2017 ; Archipoche, 2018.
Vengeance par procuration, 2015 ; Archipoche, 2017.
L'Été de toutes les peurs, 2011.
Vous ne devinerez jamais !, 2010.
Quand se lève le jour, 2010.
Morts en coulisses, 2009 ; Archipoche, 2018.
Danse pour moi, 2008.
Cache-toi si tu peux, 2007.
Nulle part où aller, 2006.
Nul ne saura, 2005.
Si près de vous, 2003 ; Archipoche, 2016.
Vous promettez de ne rien dire ?, 2000 ; Archipoche, 2016.
Puis-je vous dire un secret ?, 1999.

MARY JANE CLARK

MORTEL MARIAGE

Une enquête de Piper Donovan

traduit de l'américain
par Sebastian Danchin

l'Archipel

Ce livre a été publié sous le titre
Footprints in the Sand

par William Morrow, New York, 2013.

Notre catalogue est consultable à l'adresse suivante :
www.editionsarchipel.com

Éditions de l'Archipel,
34, rue des Bourdonnais
75001 Paris

ISBN 978-2-8098-2616-6

Prologue

Elle arriva avec vingt minutes d'avance et se gara à un endroit d'où il lui était facile d'observer les allées et venues de la clientèle du bar. Elle saisit la clé de contact d'une main tremblante et coupa le moteur. Le cœur battant, elle se cala dans son siège et attendit.

Elle lui avait proposé de le rencontrer dans un lieu public. C'était plus sûr que d'aller chez lui ou de l'inviter chez elle. La présence autour d'eux de la foule des habitués l'obligerait à garder son calme. Si jamais il s'avisait de s'énerver ou de s'en prendre à elle, il y aurait des témoins. Tout l'inverse de ce qu'il voulait.

Elle sentit son corps tout entier se raidir en le voyant pousser la porte fatiguée du bar. Le battant se referma lentement derrière lui. Elle abaissa le pare-soleil, alluma la petite lumière et se regarda dans le miroir de courtoisie. Elle se rassura en constatant qu'elle paraissait d'un calme olympien.

Elle patienta quelques minutes de plus avant de descendre de voiture. Elle traversa la rue en laissant flotter sa chevelure sur les épaules de son pull de coton jaune. Elle tira sur sa jupe courte, prit longuement sa respiration et pénétra à son tour dans le bistrot.

Les quelques types qui se trouvaient dans l'entrée la déshabillèrent des yeux. Elle feignit de ne rien remarquer. Pas question de se laisser distraire de la mission qu'elle s'était fixée ce soir.

Elle balaya la pièce du regard, repéra son rendez-vous dans l'un des box du fond, à l'endroit convenu. Il n'avait nulle envie qu'on puisse le voir en sa compagnie, et c'était aussi bien comme ça. Elle ne tenait pas davantage à être aperçue avec lui.

Elle se faufila entre les consommateurs en faisant la sourde oreille aux commentaires douteux des plus audacieux. Elle avait l'habitude. S'il lui arrivait de se sentir flattée, la plupart des remarques qu'elle suscitait sur son passage l'agaçaient souverainement.

Elle se glissa dans le box, soulagée de constater que l'endroit était moins bruyant que le reste de la salle. Elle n'avait pas l'intention d'élever la voix, étant donné ce qu'elle avait à lui dire.

— Que prenez-vous? lui demanda-t-il.

— Comme vous, répondit-elle en montrant d'un mouvement de tête la bière posée devant lui.

— Vous souhaitez manger?

— Non, pas maintenant. Je n'ai pas vraiment faim.

Il fit signe à la serveuse et commanda deux autres bières.

— Alors, Shelley, se lança-t-il en la sondant du regard, penché vers elle. Que me vaut l'honneur?

À peine eut-il posé la question que son sourire s'effaça.

— Je n'ai pas l'intention d'y aller par quatre chemins, répondit-elle. Les gens ont le droit de savoir ce que vous avez fait.

Lundi

« Inutile d'appeler le diable,
il viendra sans qu'on le sollicite. »
Proverbe amish

1

13 février...
Cinq jours avant le mariage

Des oiseaux vert et jaune manifestaient bruyamment leur joie de vivre dans les palmiers bordant le terminal de l'aéroport de Sarasota-Bradenton. Mais si le ciel était clair et lumineux, il soufflait un vent froid lorsque Piper Donovan et ses parents émergèrent du bâtiment en traînant leurs bagages derrière eux.

— Ce n'est pas un temps idéal pour se baigner, remarqua Piper, mais c'est toujours mieux que l'hiver glacial auquel nous avions droit dans le New Jersey.

Terrie sourit à sa fille.

— Regarde-moi ce ciel, dit-elle en levant la tête. A-t-on jamais vu un bleu plus pur, quasiment sans nuages?

— Tu fais la même réflexion chaque fois qu'on arrive ici, Terrie, nota Vincent en cherchant des yeux leur voiture de location sur le parking.

— Je sais bien, concéda Terrie. Je ne me ferai jamais à tant de beauté, c'est tout. C'est le paradis. Ce n'est pas moi qui reprocherai à Nora et Frank d'avoir voulu s'installer ici.

— Dommage qu'oncle Franck n'ait pas eu le temps d'en profiter, regretta Piper en posant sur le toit de la voiture la boîte qu'elle serrait précieusement contre elle.

Elle s'empara des bagages de ses parents qu'elle rangea dans le coffre.

— Il me manque.

— Moi aussi, ma chérie, acquiesça Terrie avec une pensée pour son frère aîné. Je regrette qu'il ne soit plus là, surtout dans un moment pareil. C'est à Frank que revenait l'honneur de conduire sa fille à l'autel.

Vincent passa un bras autour des épaules de sa femme et la serra contre lui.

— Ne t'inquiète pas. Je m'efforcerai de prendre le relais le mieux possible, promit-il en lui déposant un baiser sur le front. Même s'il n'y a pas vraiment d'autel. Pourquoi diable les gens ne se marient-ils plus dans des églises en présence d'un prêtre ? Terrie, ma chérie, enfile tes lunettes de soleil. Tu sais bien que tu as les yeux fragiles.

— Quelle barbe, cette dégénérescence maculaire, s'agaça Terrie en ouvrant son sac à main.

Tandis que sa mère cherchait ses lunettes noires, Piper casa tant bien que mal le dernier sac à l'intérieur du coffre sous le regard inquiet de Vincent.

— Laisse-moi faire, proposa-t-il en s'avançant.

— Pas de souci, papa.

— Je m'en charge, rétorqua Vincent d'une voix sans réplique.

Piper se mit de côté, sachant que résister à son père ne servirait à rien. Elle attendit que le coffre soit rangé pour récupérer sur le toit sa petite boîte qu'elle prit contre elle en montant dans l'auto.

— Je suis contente que Nora ait enfin rencontré quelqu'un, fit Terrie en se laissant aller confortablement sur son siège. Elle était seule depuis trop longtemps.

— Comment s'appelle-t-il, déjà ? l'interrogea Piper en tirant de la poche de son sweat à capuche une barrette à l'aide de laquelle elle ramassa ses longs cheveux blonds en chignon.

— Walter Engel.

— Que fait-il dans la vie ?

— Il travaille dans les affaires, mais je ne sais pas exactement lesquelles, répondit Terrie. Je sais juste qu'il est propriétaire de l'hôtel Whispering Sands.

Vincent, installé au volant, gagna la sortie du parking et quitta l'aéroport en tournant à gauche sur Tamiami Trail. Il connaissait parfaitement le chemin.

— Je me fais une joie de manger du gâteau, soupira Piper en fermant les yeux, la nuque posée contre l'appuie-tête de son siège.

Leur vol à destination de Sarasota décollait de New York tôt ce matin-là, de sorte qu'il leur avait fallu se lever bien avant l'aube. La nourriture servie à bord se limitait à presque rien et ils étaient affamés. À force de rendre visite chaque année à Nora en Floride, les Donovan avaient pris l'habitude de s'arrêter en arrivant chez Fisher, un restaurant amish, et d'y manger un morceau.

Les immeubles de bureaux comme les tours d'appartements qui dominaient la marina du centre-ville laissèrent bientôt place à une longue suite de commerces et de restaurants. Arrivé à hauteur de Bahia Vista Street, Vincent prit à gauche en direction du quartier amish. Les maisons se firent très modestes, les terrains minuscules. Les cuves à propane le long des pavillons signalaient la volonté des habitants de préserver leur autonomie en refusant l'électricité.

Le quartier de Pinecraft, à Sarasota, était une destination de rêve pour les membres de la communauté amish. Deux mille membres de la secte y résidaient à l'année, mais la population locale doublait en hiver avec l'afflux des amishs venus des États du Nord.

Piper observa avec intérêt une femme d'âge moyen vêtue d'une robe bleue toute simple et d'une coiffe blanche amidonnée, les jambes protégées par d'épais collants noirs, de grosses chaussures aux pieds. Elle pédalait sur le trottoir, montée sur un grand tricycle dont le panier débordait de sacs en papier kraft.

— Je n'aimerais vraiment pas vivre comme eux, déclara Piper d'un air consterné tandis que la femme s'éloignait à grands coups de pédales.

*

Le commerce des Fisher était composé de trois bâtiments. Le plus grand, réservé au restaurant, était flanqué d'un magasin de souvenirs et d'un stand de pain et de produits frais. C'était le coup de feu de midi lorsque la voiture des Donovan s'engagea sur le parking, et une longue file s'échappait de l'entrée du restaurant.

— Pas de souci, fit Vincent. Ça va généralement assez vite.

— Vous m'autorisez à visiter le magasin de souvenirs pendant que vous faites la queue? demanda Piper en posant sur la banquette la boîte qu'elle avait serrée sur ses genoux tout le long du trajet.

— Bien sûr, répondit Terrie.

Piper arpenta les rayons avec intérêt. Il y avait là des livres de recettes amishs, des paniers artisanaux et des édredons cousus à la main, des poupées de chiffon et des jouets en bois, en plus des bijoux et autres T-shirts traditionnels. Elle remarqua la présence d'un jeune homme coiffé au bol, installé derrière une longue table dans un coin de la boutique. Des plaques en bois circulaires de couleurs vives ornaient le mur derrière lui, sur lesquelles s'étalaient différents symboles: des oiseaux, des cœurs, des fleurs, des étoiles, des arbres, des feuilles, des chevaux, des vaches, des ananas, des licornes…

Piper s'approcha du jeune homme, occupé à peindre un trèfle à quatre feuilles sur un morceau de bois vierge. Il releva la tête et sourit poliment à la visiteuse.

— Bonjour, le salua Piper. C'est vous qui les avez peintes? s'enquit-elle en désignant les disques.

Le jeune homme acquiesça.

— Ce sont des porte-bonheur. Chacun d'eux a un sens différent.

— Vous voulez dire que chacun d'eux correspond à un vœu? s'étonna Piper qui avait conservé le souvenir d'un périple familial pendant les vacances d'été à Hershey, la patrie du chocolat.

Avec son frère Robert, ils s'étaient enthousiasmés pour le parc d'attractions dont les allées étaient bordées de réverbères camouflés en bonbons géants. Les parents Donovan s'étaient davantage intéressés à la visite de la ville voisine de Lancaster dans les rues de laquelle les amishs circulaient dans des carrioles tirées par des chevaux. Piper se souvenait vaguement de ces signes porte-bonheur.

Le jeune homme hocha la tête de plus belle.

— Celui que je suis en train de peindre est synonyme de chance pour les Irlandais.

— Et celui-ci? demanda Piper en montrant du doigt un porte-bonheur orné d'un aigle américain.

— C'est un symbole de puissance et d'indépendance.

— Et les cœurs enchaînés avec des colombes?

— Ils symbolisent un mariage heureux.

Piper étudia longuement le symbole. Au centre des cœurs s'étalaient un prénom masculin et un prénom féminin. Elle n'avait pas encore acheté de cadeau pour Kathy et Dan. Voilà qui était tout indiqué.

— Pourriez-vous dessiner le même avec des prénoms différents? demanda-t-elle.

— Bien sûr, répondit-il. Donnez-moi quelques jours et il sera prêt.

Il releva la tête lorsque Piper lui précisa les prénoms des mariés.

— Kathy Leeds et Dan Clemens? s'enquit-il.

— Vous les connaissez?

— Bien sûr, déclara-t-il d'une voix à peine audible. Ma sœur travaille parfois pour la mère de Kathy, et je connais

Dan pour avoir travaillé à l'institut océanographique Mote. Je connais également Kathy. Il m'arrive de livrer des tartes et des gâteaux dans l'hôtel qui l'emploie.

— Le Whispering Sands ?

Le jeune homme répondit par l'affirmative.

— C'est là que nous descendons avec mes parents pour le mariage, lui expliqua Piper. J'ai cru comprendre que c'était un très bel établissement, ce qui n'est pas surprenant quand on sait qu'il donne sur la plage.

L'expression du jeune homme changea du tout au tout. Il serra les mâchoires en coupant court à la conversation.

Piper éprouva un certain malaise en quittant le magasin quelques instants plus tard. Son porte-bonheur pouvait-il être synonyme de malédiction ?

2

Tout en refermant ses tubes de peinture et en nettoyant ses pinceaux, Levi Fisher pensait aux bouleversements récemment intervenus dans sa vie. Quelques jours plus tôt, il aurait accueilli avec plaisir la commande qu'il venait de recevoir, d'autant qu'il connaissait les mariés, mais les événements de la plage avaient tout changé. Une chape de plomb s'était abattue sur lui.

Élevé dans le strict respect de la foi amish, Levi avait toujours vécu dans un monde à part. À l'heure d'entrer dans l'âge adulte, on attendait de lui qu'il respecte la tradition. Il était censé tendre la joue gauche, mener une existence humble, frugale et paisible. Il aurait à jamais le devoir sacré de se plier à la volonté divine et de se soumettre à celle de la communauté à laquelle il appartenait. Le respect des règles et des interdits de cette communauté était la clé de la sagesse et de l'épanouissement, conformément aux enseignements du Christ.

Vivre de la sorte était synonyme d'engagement fort. Il ne suffisait pas d'être né amish, encore fallait-il accepter ce mode de vie. Pour cette raison, Levi et ceux de sa génération au sein de la communauté devaient opérer un choix : embrasser la foi amish, ou bien y renoncer.

Mais comment prendre une telle décision sans rien connaître du monde extérieur ? Les amishs proposaient une solution face à ce problème : *rumspringa*. Un terme emprunté aux immigrants hollandais de Pennsylvanie, synonyme d'« errance ». Au moment de l'adolescence, le *rumspringa* permettait aux jeunes amishs de s'émanciper des règles strictes de la communauté afin de satisfaire leur curiosité et de découvrir le monde extérieur.

Tout en continuant de vivre chez ses parents et d'avoir les mêmes obligations qu'auparavant, Levi avait bénéficié de la bienveillance des siens et des responsables de l'église lorsqu'il avait voulu profiter de sa liberté nouvelle. Il s'était essayé au tabac avant de s'apercevoir qu'il détestait fumer. L'alcool ne l'avait pas davantage séduit, car s'il s'était senti bien le premier soir où il en avait bu, le malaise ressenti le lendemain l'en avait guéri. Boire lui avait toutefois donné le courage d'approcher les filles, et même d'en embrasser certaines.

La chambre individuelle qui lui avait été affectée dans le domicile familial lui avait également permis de sortir discrètement le soir afin de retrouver ses copains et ses petites amies, un plaisir dont il ne s'était pas privé. Jusqu'à cette nuit, sur la plage, où tout avait dérapé.

Levi releva la tête en entendant s'ouvrir la porte du magasin. Sa sœur apparut sur le seuil, un plateau à la main.

— Je t'apporte ton déjeuner, lui annonça-t-elle. Tes plats préférés : du poulet, des boulettes de viande, et une tarte au sucre.

Elle attendit que Levi lui fasse de la place sur son établi.

— Merci, Miriam, mais je n'ai pas faim.

— Qu'y a-t-il ? Tu ne te sens pas bien ?

— Je n'ai pas d'appétit, c'est tout.

Miriam regarda son cadet avec de grands yeux.

— Ce n'est pas normal, Levi. Tu n'avales rien depuis plusieurs jours, alors que tu dévores en temps ordinaire. Sans compter que tu tires une tête de six pieds de long. Que se passe-t-il ?

— Rien, répondit Levi.

— Je ne te crois pas.

— Chut, la tempéra Levi en lançant un regard inquiet autour de lui. On pourrait t'entendre.

— Dans ce cas, allons discuter dehors.

Miriam posa le plateau et quitta le magasin. Levi la suivit à regret.

Ils trouvèrent un coin isolé à l'arrière du bâtiment. Un vent froid fit voler le bas de la longue robe en coton bleu de Miriam et une mèche brune s'échappa de sa coiffe. Elle se recroquevilla sur elle-même en se frottant les mains pour se réchauffer tout en dévisageant son frère.

— Je crois deviner, lui dit-elle. Je sais pourquoi tu es inquiet.

— Comment pourrais-tu le savoir? s'étonna-t-il. Je n'en ai parlé à personne.

— Je te connais bien, Levi. Tu peux tout me dire, tu sais. Ça te fera du bien d'en parler.

Elle attendit, sûre que son frère brûlait de se débarrasser de son fardeau.

— Très bien, décida Miriam en constatant qu'il restait muet. Alors c'est moi qui vais le dire.

— Non! voulut l'en empêcher Levi.

— Bien sûr que si, insista-t-elle. Ce n'est pas la fin du monde, Levi. Tu sais bien que je t'aimerai quoi qu'il advienne.

À la fois gêné et honteux, Levi retint son souffle en fixant ses pieds.

Miriam lui prit le bras.

— Tu sais, Levi, ce n'est pas un drame si tu as décidé de rompre avec la communauté. Rien ne t'oblige à t'engager pour la vie, à prononcer des vœux qui te couperont du reste du monde à jamais. Suis ta conscience, Levi. Fais ce que tu estimes être le mieux. Oncle Isaac l'a bien fait, rien ne t'empêche de suivre son exemple. Je n'ai plus le droit de le voir, mais ce serait différent avec toi. Je trouverai bien un moyen.

Levi laissa échapper un long soupir.

— C'est ce que tu t'imaginais ? demanda-t-il. Tu te trompes, Miriam. De toute mon existence, jamais je n'ai été aussi certain d'être fait pour vivre une vie d'amish. J'aimerais tant ne jamais m'en être éloigné.

3

Après avoir avalé des sandwiches au crabe et partagé deux énormes parts du célèbre gâteau au beurre de cacahuète du restaurant Fisher, Piper et ses parents regagnèrent leur voiture de location et prirent la destination de Siesta Key, l'un des îlots dessinant une barrière face à la côte de Sarasota. Alors qu'ils profitaient en général de l'hospitalité familiale lors de leurs séjours en Floride, Terrie avait insisté cette fois pour prendre un hôtel, sachant que les préparatifs du mariage mobiliseraient leurs hôtes. Nora et Kathy Leeds n'avaient nul besoin de s'embarrasser d'invités cette semaine-là. Kathy leur avait réservé des chambres à un prix très doux au Whispering Sands, où elle exerçait les fonctions de sous-directrice.

— Bienvenue, les accueillit le portier en voyant s'immobiliser la voiture devant l'entrée de l'établissement. Je m'occupe de monter vos bagages dans vos chambres.

Les Donovan franchirent une double porte, pénétrèrent dans un bâtiment de style espagnol et découvrirent un vaste patio dallé de carreaux en terre cuite, à l'ombre de palmiers et de papayers flanqués de bougainvillées aux couleurs somptueuses. À gauche s'ouvrait l'espace réservé à la réception, meublé de sièges en rotin et de canapés recouverts de lin violet. Des orchidées en pot apportaient une touche fleurie à la pièce. Sur le mur du fond s'étalait une mosaïque représentant un héron blanc solitaire sur une plage ; en équilibre sur une patte, il fixait la mer d'un air serein.

La mosaïque s'inspirait clairement du paysage que l'on apercevait à l'autre extrémité du patio où les eaux du golfe du Mexique venaient lécher une immense plage de sable blanc. De grands pélicans bruns flottaient sur les vagues, sous le regard des bécasseaux et des pluviers.

— Regardez ! s'extasia Piper, le doigt tendu. Je viens d'apercevoir un dauphin !

— Tu es sûre qu'il ne s'agissait pas d'un requin ? l'interrogea Vincent en plissant les paupières.

— Non, papa, répondit-elle patiemment. C'était bien un dauphin. Regarde ! Il est encore là !

Les Donovan, subjugués, virent l'animal fendre les flots avant de disparaître dans l'eau après les avoir salués d'un mouvement de queue.

— La nature est décidément merveilleuse, remarqua Terrie.

— Extraordinaire, approuva Piper.

Une voix les interrompit. En se retournant, ils virent s'avancer une petite femme blonde aux yeux bleus pétillants. Elle écarta les bras, le visage éclairé par un large sourire.

— Vous êtes là ! s'écria Kathy Leeds en prenant sa tante dans ses bras.

Piper remarqua que sa cousine était plus mince que la dernière fois qu'elle l'avait vue. Elle attribua cet amaigrissement aux préparatifs du mariage.

— Comment s'est déroulé le vol? demanda Kathy, une fois les embrassades achevées.

— Très bien, répondit Piper. À part le fait qu'il a fallu se lever à 5 heures.

Vincent acquiesça.

— Surtout quand on se prépare à la dernière minute et qu'on boucle ses bagages à 1 heure du matin.

— Je sais, reconnut Piper. Je tâcherai de mieux m'organiser à l'avenir.

Elle ponctua sa promesse d'un sourire, sachant combien de fois elle avait déjà pris cet engagement par le passé.

Terrie saisit la main de sa nièce.

— Robert et Zara m'ont demandé de te dire à quel point ils étaient désolés de rater ton mariage, Kathy. Zara a beaucoup de mal le matin.

Piper s'interposa.

— Pas uniquement le matin. Tout le temps. Il lui arrive de ne pas se lever de la journée, dit-elle sur un ton qui trahissait son scepticisme.

Zara est une telle comédienne, soupira-t-elle intérieurement en pensant à sa belle-sœur. Elle me fatigue.

— Ils vont nous manquer, remarqua Kathy, mais je comprends. Vous devez être tout excités à l'idée d'accueillir un bébé dans la famille.

— Et comment! approuva Terrie avec un sourire généreux qui l'obligeait presque à fermer les yeux. Je suis impatiente d'être grand-mère.

— Vos chambres sont prêtes si vous souhaitez vous reposer, suggéra Kathy. Maman nous invite tous à dîner ce soir. Nous sommes si contents de vous avoir!

Ils suivirent la jeune femme jusqu'à la réception où Piper désigna la mosaïque.

— Quelle merveille! Et quel travail!

— C'est le moins qu'on puisse dire. Nous en avions une autre qui représentait des tortues de mer, mais on nous l'a volée, expliqua Kathy. À vrai dire, les vols s'enchaînent depuis quelques mois.

4

Le docteur Delorme Pinson sourit avec satisfaction en alignant les figurines d'ivoire posées sur son bureau. Il possédait toute une collection de statuettes *netsuke*, entamée lors de son premier séjour au Japon quelques années plus tôt. Il s'intéressait exclusivement aux objets fabriqués avant que l'ivoire d'éléphant soit interdit à la vente. Les *netsuke* en jonc tressé, en bois laqué ou en coquille de noix ne l'intéressaient guère.

Delorme s'empara de la figure sculptée de Hotei, le dieu du bonheur et de l'abondance, dont il caressa le ventre rond. C'était le tout premier *netsuke* qu'il avait acheté. Il l'avait payé quelques centaines de dollars à peine, mais il lui avait porté chance. Son cabinet ne désemplissait pas, au point de l'autoriser à s'offrir désormais des pièces nettement plus onéreuses. Delorme était disposé à dépenser plusieurs milliers de dollars pour un *netsuke*, en fonction de sa rareté, de son âge et de sa beauté.

Il reporta son attention sur son ordinateur et composa sur le clavier l'adresse internet de sa galerie de *netsuke* préférée. Il lorgnait une figurine de lapin sculptée dans une sphère parfaite, vieille de plus de trois siècles. En Asie, les femelles du lapin tombent enceintes lorsqu'un rayon de pleine lune les touche, lorsqu'elles traversent un cours d'eau sous le regard de l'astre nocturne, ou encore lorsqu'elles viennent goûter l'éclat argenté de la lune sur le pelage d'un mâle. Delorme, qui portait un regard dubitatif sur la nature scientifique de sa profession, se sentait naturellement attiré par le caractère fantasque de ses précieuses statuettes.

Le marchand exigeait seize cents dollars en échange de son lapin de pleine lune. Delorme en contemplait la reproduction d'un air hésitant lorsque l'on frappa à la porte de son cabinet.

— Entrez, dit-il d'une voix forte en refermant la page du site.

Sa femme passa la tête par l'entrebâillement.

— La matinée est chargée, sourit-elle en s'avançant avant de s'installer en face de lui.

Petite et mince, elle veillait à garder la ligne en suivant un régime strict et en effectuant de longues marches sur la plage tous les matins.

— Oui, Umiko, répondit-il. Très chargée.

Il gratta la fossette qui trouait son menton, dont Umiko prétendait qu'elle lui donnait des airs de Michael Douglas.

— Tu n'as plus de rendez-vous avant 14 heures, reprit-elle. Tu n'as pas envie d'aller déjeuner quelque part?

Il aimait sa femme mais regrettait parfois de l'avoir choisie comme secrétaire, bien que l'idée soit venue de lui. Il se sentait parfois étouffé par sa présence, mais Umiko s'était montrée loyale à son égard depuis tant d'années. En outre, il lui faisait implicitement confiance.

— D'accord, acquiesça-t-il en se levant et en retirant sa blouse. Où aimerais-tu aller?

— J'ai envie de manger léger, réagit Umiko en rejetant derrière son oreille une mèche d'un noir de jais. Nous sommes invités à dîner ce soir chez Nora Leeds et je sais déjà qu'elle mettra les petits plats dans les grands.

Delorme soupira.

— Ce dîner, cette balade en bateau dans la baie et la visite des Jungle Gardens, sans parler du mariage et de la réception qui va avec, tu ne trouves pas que c'est un peu beaucoup, Umiko?

— C'est un honneur d'y être invités, répliqua-t-elle d'une voix douce. Ce serait mal élevé de ne pas nous y rendre.

5

Kathy commença par installer Terrie et Vincent dans leur chambre avant de conduire Piper à la sienne. Les deux jeunes femmes suivirent un long couloir jusqu'à l'extrémité du bâtiment, Piper dominant sa cousine d'une bonne tête.

— Ta chambre n'est pas aussi grande que celle de tes parents, mais c'est ma préférée, annonça Kathy en ouvrant la porte.

— Formidable ! s'exclama Piper en découvrant un grand lit couvert d'oreillers moelleux et d'un édredon en duvet, face à un écran de télévision géant.

La pièce était meublée d'un fauteuil et d'un petit bureau, ainsi que d'une commode et d'un placard aménagés dans une alcôve.

Piper s'avança dans la salle de bains où l'attendait une grande baignoire au-dessus de laquelle s'ouvrait une baie vitrée. Elle poussa un cri de ravissement.

— Kathy ! J'ai droit à une piscine rien que pour moi ? s'étonna-t-elle.

Kathy hocha la tête en souriant.

— Viens, je vais te montrer.

Une porte-fenêtre permettait d'accéder à un jardin privatif protégé à la vue par une palissade. Un jet d'eau s'échappait d'une petite fontaine de coin entourée d'hibiscus orange. Deux chaises longues dressaient leurs silhouettes rembourrées sur du sable blanc le long d'un couloir de nage.

— Tu disposes même d'un store, précisa Kathy en désignant un interrupteur installé près de la porte. Je sais combien tu crains le soleil.

— C'est extraordinaire, fit Piper en se laissant tomber sur l'une des chaises longues. Jamais je ne voudrai repartir.

— J'étais sûre que ça te plairait, dit Kathy avec satisfaction.

Elle s'installa dans la seconde chaise longue et allongea ses jambes.

— Ma demoiselle d'honneur mérite ce qu'il y a de mieux.

— Attends une seconde. Je veux te montrer quelque chose, déclara Piper en se levant.

Elle revint quelques instants plus tard avec la petite boîte qu'elle avait précieusement gardée avec elle au cours du vol. Elle en souleva le couvercle.

— Regarde, dit-elle en saisissant avec précaution entre ses doigts fins un objet fragile de forme arrondie.

— Un oursin plat?

— Oui, mais pas exactement comme ceux que l'on trouve sur la plage. Il est en sucre, Kathy. J'en ai fabriqué plusieurs pour décorer ton gâteau de mariage.

— Oh, Piper! s'écria Kathy, au bord des larmes. C'est ravissant!

Piper la dévisagea, émue. Les deux cousines se connaissaient depuis toujours puisqu'elles n'avaient que trois mois d'écart. Malgré son sourire, Piper crut discerner chez Kathy un sentiment qu'elle n'aurait su définir. Une certaine tension? De l'inquiétude? De la peur?

— Comment se passent les préparatifs? demanda-t-elle. Tu n'es pas trop stressée? Je me souviens de mon mariage. J'ai cru que j'allais devenir folle. Et encore, je ne suis pas allée jusqu'au bout.

Kathy posa sur sa cousine un regard affectueux.

— Et toi, comment vas-tu? Tu ne peux pas savoir combien je t'admire d'avoir réagi aussi bien, Piper. J'imagine que ça n'a pas été facile.

— Oui, j'étais effondrée au début, reconnut Piper en caressant le sable des doigts. J'ai fini par comprendre que j'étais davantage gênée par l'annulation que triste de ne pas épouser Gordon. J'ai compris depuis que c'était aussi bien comme ça. Il m'a finalement rendu un grand service en rompant nos fiançailles.

— Pourquoi dis-tu ça? s'étonna Kathy. Je croyais que tu l'aimais?

Piper prit le temps de réfléchir avant de répondre.

— C'est vrai. Je croyais l'aimer, tout du moins. Mais à chaque fois que je repense à lui, j'éprouve un vrai soulagement. Jamais nous n'aurions tenu la distance. Pas comme toi et Dan.

Kathy posa la nuque contre le coussin de sa chaise longue, les yeux rivés sur le ciel.

— J'ai de la chance, Piper. J'en suis bien consciente. C'est une chance de savoir que Dan est l'homme de ma vie, mais je t'avoue que tout ira mieux une fois le mariage passé.

— Il y a tellement de détails à voir et de décisions à prendre, c'est ça?

— Le plus gros est fait. Tu connais ma mère, tu sais à quel point elle est organisée. Elle a été super.

— Alors, quel est le problème? demanda Piper.

Kathy posa sur sa cousine un regard plein de désarroi.

— Je suis devenue très amie avec Shelley Lecœur, une fille qui travaille avec moi à l'hôtel, et je lui ai demandé d'être demoiselle d'honneur. Figure-toi qu'elle a disparu. Personne ne l'a plus vue depuis trois jours.

6

Chaque fois qu'il avait un souci, Dan Clemens s'échappait de son bureau pour se rendre au bassin des tortues et passer un peu de temps avec Tiens-Bon. La tortue de mer géante avait été prise en charge par l'institut océanographique Mote avec une grave plaie à la tête et un œil crevé par un hameçon. En dépit de son handicap, elle se portait comme un charme dans son immense aquarium où elle recevait quotidiennement sa ration de calamar, de laitue et autres légumes. Les autorités avaient jugé que Tiens-Bon serait plus heureuse à l'institut Mote que dans l'océan. En attendant, son exemple permettait d'informer les visiteurs sur les obstacles auxquels étaient confrontées les tortues de mer.

Dan observa le ballet aquatique de l'animal avec admiration. Tiens-Bon vivait là depuis deux décennies, passant son temps à flotter, plonger, remonter et nager, apparemment de façon heureuse, sans avoir besoin de chercher sa nourriture ou de se protéger contre les prédateurs, animaux ou humains. Elle semblait pleinement satisfaite, mais qui aurait pu dire ce qui se passait réellement dans sa tête ?

— Aïe ! grimaça Dan en la voyant se cogner violemment contre la paroi de l'aquarium. Attention, ma grande.

Tiens-Bon fit demi-tour et repartit à la nage, impassible. Dan se passa la main dans les cheveux, admiratif de la façon dont la tortue se jouait des pièges de la vie.

Dan exerçait le plus beau métier du monde. Il avait toujours rêvé d'être biologiste à l'institut Mote. Ayant grandi à Sarasota, il avait le teint naturellement hâlé, les cheveux blondis par le soleil. Il se passionnait depuis l'enfance pour la faune, la flore et les écosystèmes du golfe du Mexique. Il avait suivi des études de chimie, de zoologie, de biologie, de physique et de mathématiques avant d'intégrer Mote en qualité de stagiaire à l'époque où il était encore à l'université. Sa thèse soutenue, il avait obtenu le poste qu'il occupait désormais.

Ce travail lui avait permis de rencontrer la femme de sa vie. Il avait fait la connaissance de Kathy lorsqu'elle avait rejoint les centaines de bénévoles chargés de patrouiller les cinquante kilomètres de plage de Sarasota pendant la saison de nidification des tortues, entre le mois de mai et le mois d'octobre.

Dan refusait que quoi que ce soit vienne gâcher la fête, en particulier la disparition de Shelley Lecœur. Kathy ne s'était pas inquiétée dans un premier temps. Shelley avait tendance à oublier les invitations à déjeuner ou dîner, il n'était pas rare qu'elle néglige de passer un coup de fil lorsqu'elle arrivait en retard à son travail. Kathy avait toutefois soupçonné un problème le deuxième jour en constatant que Shelley ne répondait pas au téléphone. Ce n'était qu'en sonnant à plusieurs reprises à la porte de son appartement, en vain, que Kathy s'était alarmée.

Dan ne voulait pas qu'elle s'angoisse à la veille du grand jour. À vrai dire, il ne tenait pas plus que cela à la présence de Shelley le jour de son mariage. L'idée même de sa présence l'avait toujours mis mal à l'aise. Il est toujours délicat de se retrouver en face d'une ancienne petite amie le jour où l'on promet à une autre de toujours l'aimer, l'honorer et la chérir.

7

La sonnerie de son téléphone portable vint interrompre la sieste de Piper. Un coup d'œil sur l'écran lui indiqua qu'il s'agissait de sa mère.

— Tanta Nora demande à ce qu'on soit chez elle à 18 heures, lui annonça Terrie. Donnons-nous rendez-vous au parking de l'hôtel quelques minutes plus tôt.

— Pourquoi ne pas y aller à pied en passant par la plage? suggéra Piper en s'étirant.

— J'ai des affaires à prendre et je n'ai pas envie d'être chargée comme un Bédouin dans le désert.

Piper jeta un regard au réveil et calcula rapidement le temps dont elle avait besoin pour se préparer.

— Allez-y sans moi, je vous rejoins tout de suite.

— D'accord, acquiesça Terrie. À condition que tu n'arrives pas en retard dès le premier jour. C'est mal élevé.

— Maman, je te rappelle que j'ai vingt-sept ans.

Piper s'arracha péniblement de ses draps. Tout en étant heureuse de la soirée qui s'annonçait, elle aurait préféré que le dîner se déroule plus tard, histoire de dormir encore un peu. Elle se sentait fatiguée et sans entrain, mais elle s'en serait voulu de gâcher la fête de sa cousine.

Elle prit une douche, se lava les cheveux, fouilla son sac dont elle tira une jupe noire courte et un chemisier de soie à motif cachemire bleu et noir. Elle noua ses cheveux mouillés en queue-de-cheval et choisit des boucles d'oreilles en argent. Le temps de se mettre du brillant à lèvres et du mascara, elle enfila des ballerines et quitta la chambre en glissant le portable au fond de sa poche.

Arrivée dans le patio, il lui fallut décider si elle marcherait jusqu'à la maison de sa tante par la rue, ou bien en longeant la plage. Le plus pratique, ou le plus beau? Optant pour la seconde solution, elle retira ses ballerines.

Le sable fin était frais sous ses pieds nus. Elle se souvint que les plages de Sarasota étaient faites de quartz blanc, si bien qu'elles restaient agréables même en période de forte chaleur. Elle se dirigea vers l'eau et trempa ses orteils avant de les retirer précipitamment.

— Elle est froide, non?

Surprise, elle se retourna au son de la voix et découvrit un garçon élancé et musclé aux cheveux noirs frisés. Un kayak rouge sur l'épaule, il était vêtu d'une combinaison noire qui laissait entrevoir un tatouage au niveau du poignet. L'inconnu la déshabilla des yeux.

— Vous avez vraiment l'intention d'entrer dans l'eau? s'étonna Piper.

— Oui, j'ai décidé de faire un peu d'exercice avant le dîner.

Les muscles de ses jambes et de ses bras se dessinèrent à travers le caoutchouc moulant lorsqu'il posa son kayak sur le sable.

— Je n'ai jamais fait de kayak, remarqua Piper. J'imagine que c'est amusant.

— Vous devriez essayer. C'est plus facile et plus sûr qu'un canoë. C'est surtout un excellent moyen de se promener, par ici. Les paysages et la faune sont particulièrement beaux, et ça ne coûte rien. Je suis sûr que ça vous plairait.

— Je profiterai peut-être de mon séjour pour tenter l'expérience, décida Piper.

— Je loue des kayaks et des paddles un peu plus loin, précisa-t-il en montrant un cabanon en bois d'un mouvement de menton. Venez me voir, je vous apprendrai. Vous êtes en vacances?

— En fait, je suis venue pour un mariage, mais ça fait des années que je passe des vacances ici. Ma tante vit là-bas, expliqua-t-elle en désignant une villa.

— Vraiment ? Comment s'appelle votre tante ?

— Nora Leeds, répondit Piper.

— Vous plaisantez ?

Un sourire éclaira le visage de Piper.

— Dois-je en déduire que vous la connaissez ?

— À vrai dire, je connais Kathy, sa fille. Elle doit se marier avec un très bon ami à moi, Dan Clemens. Il m'a demandé d'être son témoin.

Piper ouvrit de grands yeux.

— Et moi, je suis la demoiselle d'honneur de Kathy !

— Incroyable ! Le monde est petit.

Le jeune homme lui tendit la main.

— Je m'appelle Brad. Brad O'Hara.

— Piper Donovan, se présenta-t-elle à son tour. Nous serons sûrement amenés à nous revoir régulièrement cette semaine.

— D'un seul coup, ce mariage me paraît nettement plus amusant, sourit Brad.

Ou bien était-ce un ricanement ? Tout en le sachant ami avec le fiancé de Kathy, Piper était gênée par la façon dont ce garçon la regardait.

— J'imagine que vous allez dîner chez eux ? poursuivit Brad. J'avais décidé de ne pas m'y rendre, mais j'y ferai peut-être un tour, après tout.

*

En arrivant en vue de la villa de sa tante, Piper constata que les invités se pressaient déjà dans la véranda. Un cocktail à la main, ils profitaient du coucher de soleil à l'horizon. Piper s'empressa de le prendre en photo à l'aide de son iPhone.

— La voici, s'écria Vincent. Pour une fois, elle n'est pas en retard.

Piper, un sourire aux lèvres, embrassa toutes les personnes qu'elle connaissait. Elle s'arrêta devant un homme rubicond d'un certain âge planté près de la porte coulissante. Piper comprit que sa coupe de cheveux très courte était une façon de tricher sur son âge en camouflant sa calvitie naissante. Il était habillé avec chic et elle reconnut son eau de toilette, Obsession, en lui serrant la main.

— Piper, je te présente mon ami Walter, fit Nora.

La tante de Piper portait une robe caftan à motifs floraux de couleurs vives, ainsi que des sandales à hauts talons parées de brillants.

— Walter a récemment racheté l'hôtel où tu es descendue avec tes parents, expliqua Nora, radieuse, en se collant contre son compagnon.

— Nora m'a expliqué que vous étiez actrice, Piper. Dans quoi pourrais-je vous avoir déjà vue? lui demanda Walter en retenant un peu trop longtemps dans la sienne la main de la jeune femme.

— Je ne sais pas s'il vous arrive de regarder des sitcoms, mais j'ai eu un rôle récurrent dans *A little rain must fall.*

— J'ai bien peur de ne pas l'avoir vu.

Piper crut détecter une certaine condescendance chez son interlocuteur. Mais peut-être se trompait-elle. Elle avait l'habitude de ne jamais baisser la garde quand elle évoquait sa carrière. La plupart des gens se montraient curieux sans avoir la moindre idée de son métier. Piper avait beau travailler dans ce milieu depuis cinq ans, elle ne s'était jamais complètement habituée à la réalité du showbiz. Elle classait les gens dans deux catégories distinctes: il y avait ceux qui la félicitaient, convaincus que le métier d'actrice était merveilleux, et ceux qui lui auraient volontiers conseillé de se mettre en quête d'un vrai boulot. Aux yeux de ces derniers, jouer la comédie n'était pas un moyen de gagner dignement sa vie, à moins d'être une star de l'écran.

Elle espérait ne pas compter Walter Engel parmi ceux-ci. Elle aurait aimé pouvoir éprouver de l'affection pour cet homme qui semblait rendre sa tante si heureuse. Nora était longtemps restée seule et Piper était ravie de la voir amoureuse.

Elle fit une nouvelle tentative.

— Je viens de tourner une pub pour une marque de nourriture pour chien. Elle passera à la télé le mois prochain.

— Formidable, réagit Walter. Je m'arrangerai pour la voir.

En dépit de sa sincérité apparente, Piper s'efforça de changer de sujet de conversation.

— En tous les cas, j'adore ma chambre d'hôtel. Ce petit jardin privatif avec sa piscine est une merveille.

— Elle vous plaît vraiment? l'interrogea Walter. J'espère pouvoir la garder.

— Que voulez-vous dire?

— Je compte entamer des travaux d'agrandissement et comme cette chambre et son jardin se trouvent à l'extrémité du bâtiment, il est possible que je sois contraint de la supprimer. J'attends les propositions de l'architecte.

— Oh non! Vous ne pouvez pas la démolir! protesta Piper. Elle est tellement belle!

Un bras s'enroula autour de ses épaules. Il s'agissait de sa cousine.

— Hé, Pipe! Tu n'es pas en train d'expliquer à mon patron comment gérer son hôtel, au moins? Mais assez discuté, ajouta-t-elle, tout sourire. Je voudrais te présenter le docteur Pinson et sa femme Umiko. Le docteur Pinson s'est très bien occupé de papa avant sa mort. Sa femme et lui sont devenus des amis proches. Je voudrais aussi te présenter Isaac Goode, qui organise le mariage.

Tout en se laissant entraîner par sa cousine, Piper entendit sonner à la porte. Le battant s'écarta et elle reconnut Brad O'Hara, qui avait de toute évidence renoncé à sa sortie en kayak.

8

Miriam sortit du four le plat de gougères et le remplaça par une cocotte en verre. À l'aide d'une spatule, elle déposa les gougères sur le plateau en argent qu'elle avait astiqué la veille à la demande de Mme Leeds. Comme le mariage approchait à grands pas, Mme Leeds faisait appel à ses services plusieurs heures par jour, et Miriam était trop heureuse d'adapter ses horaires afin de rendre service à son employeuse préférée.

Avant de passer au salon servir les hors-d'œuvre, Miriam mit de l'eau à bouillir dans une casserole de riz. Elle couvrait celle-ci lorsqu'elle sentit une présence dans sa cuisine.

— Bonsoir, Miriam.

Inutile de se retourner, elle avait reconnu la voix.

— Tu as l'air en forme, poursuivit la voix masculine. Je t'observais tout à l'heure pendant que tu faisais le service. Bravo. Si jamais tu as besoin de travail, n'hésite pas à m'appeler. J'aurai toujours de la place pour toi.

Miriam rajusta son tablier en feignant d'ignorer Isaac.

Il lui saisit doucement l'avant-bras.

— Allons, Miriam, la pria-t-il. C'est ridicule. Ton frère comprend, lui. Pourquoi ne pas suivre son exemple?

Elle dégagea son bras et lui fit face.

— Je sais bien que Levi continue de te voir, Isaac, alors qu'il ne devrait pas. Je ne dis rien, mais ça ne me plaît pas, et tu le sais bien. Tu as pris une décision, à toi d'en assumer les conséquences.

Isaac fit un pas en arrière, frappé par la véhémence du propos. Il laissa échapper un long soupir et son visage s'assombrit. Soudain, il sentit une vague de colère sourdre en lui.

— C'est inimaginable, Miriam, grinça-t-il en frappant le plan de travail du poing. Je suis ton oncle, le même sang coule dans nos veines. Nous avons les mêmes cheveux, les mêmes yeux noirs, la même fossette, les mêmes mauvaises dents du bas. Nous avons reçu la même éducation au sein de la communauté amish, à ceci près que j'ai choisi d'écouter la voix de ma conscience. Je vais donc devoir en payer le prix tout au long de mon existence ?

— Tu connais la règle, oncle Isaac.

— Une règle désuète et inhumaine.

— C'est toi qui le dis. Ce n'est pas parce que Levi a pitié de toi que tu dois espérer de moi la même réaction. Levi est trop gentil.

Elle s'empara du plateau et planta son oncle dans la cuisine.

Isaac la suivit des yeux.

— Je sais bien que Levi est trop gentil, murmura-t-il.

9

La conversation générale roula sur un ton enjoué autour d'un menu composé de poulet à la sauce aigre-douce, de riz au safran et d'asperges. Il fut essentiellement question du mariage et des festivités qui l'accompagneraient. Kathy et Piper avaient rendez-vous le lendemain dans une boutique de la ville afin d'essayer leurs robes, et Nora comptait se rendre au théâtre. Une promenade en bateau était prévue mercredi dans la baie de Sarasota, jeudi serait consacré à une visite des Jungle Gardens, tandis que Terrie et Piper mettraient la main à la pâte pour le gâteau avant d'en assurer la décoration le lendemain, vendredi. Ce soir-là, les parents de Dan avaient prévu d'organiser un dîner de répétition, à la veille du mariage.

— Contrairement à ce que pense Isaac, il n'y a presque rien à répéter, déclara Dan. Nous avons simplement prévu de nous marier sur la plage samedi matin, près des nids de tortue, puisque c'est là que nous nous sommes rencontrés.

Il prit la main de sa fiancée et y déposa un baiser.

— Je trouve ça tellement romantique, s'exclama Piper. Si les tortues ne s'installaient pas dans le sable pour y pondre leurs œufs, vous ne vous seriez jamais croisés. C'est le destin.

Son père fronça les sourcils en secouant la tête.

— J'y vois surtout une coïncidence. Le fruit du hasard.

— Je ne sais pas, oncle Vincent, s'interposa Kathy. Quand on sait que les mamans tortues, après avoir parcouru les mers du globe pendant vingt ou trente ans, retournent en pleine nuit pondre leurs œufs sur la plage où elles-mêmes sont nées, on se dit qu'il existe quelque part un ordre cosmique. C'est miraculeux que ces tortues retrouvent leur plage d'origine après toutes ces années. Il ne s'agit pas d'une coïncidence. J'ai envie de croire que Dan et moi étions faits pour nous rencontrer et que les tortues sont l'instrument du destin.

— Exactement, soupira Piper. C'est tellement romantique.

Vincent haussa les épaules en suivant des yeux les tartes que la jeune femme amish déposait au même instant sur le buffet.

— Merci, Miriam, fit Nora. Allez, tout le monde, venez goûter les tartes de chez Fisher. Sauf celle au citron vert que j'ai préparée *exprès* pour toi, Vincent. Je sais que tu adores ça.

— Je n'ai jamais goûté de meilleure tarte au citron vert que la tienne, Nora.

— C'est tellement facile à préparer, rougit Nora en la coupant. J'ai trouvé la recette il y a des années dans un magazine, j'en ai fait tellement depuis que je ne les compte plus. Walter l'adore, lui aussi.

Kathy leva la main.

— Pas pour moi, merci.

Piper s'étonnait, depuis le début de la soirée, de voir sa cousine manger aussi peu.

— Tu te sens bien, Kath? s'inquiéta-t-elle.

— Très bien, lui répondit sa cousine dans un souffle. Je m'inquiète au sujet de Shelley, c'est tout.

— J'ai appelé une nouvelle fois le bureau du shérif avant de venir, intervint Walter. Ils ont lancé un avis de recherche, sans résultat jusqu'à présent. Ils prétendent qu'elle a toutes les chances de réapparaître.

— De quoi s'agit-il? demanda Vincent, qui avait longtemps appartenu à la police de New York.

— Shelley est une amie de Kathy, lui expliqua Piper. Elle n'a plus donné de nouvelles depuis quelques jours.

— Elle n'est pas non plus venue travailler, ce qui ne m'arrange pas, ajouta Walter. Je me repose beaucoup sur elle à l'hôtel.

Kathy sentit les larmes lui monter aux yeux.

— Je reste persuadée que la police ne prend pas sa disparition au sérieux. Je me fais un sang d'encre pour elle. Sans parler du mariage, auquel elle est censée participer.

— A-t-on retrouvé sa voiture ? s'enquit Vincent. Ses clés et son sac sont-ils restés chez elle ?

— On n'a rien retrouvé de tout ça, répondit Kathy.

— Dans ce cas, réagit Vincent, tout indique qu'elle s'est absentée de son plein gré. Sans la moindre trace d'acte criminel, les flics ne risquent pas de passer à la vitesse supérieure. Ils se contenteront de rédiger un rapport, éventuellement d'ajouter la description de son véhicule dans les bases de données du Centre d'information criminelle, mais je les vois mal mettre sur pied une équipe et interroger ses voisins et ses proches. Le rapport finira dans un placard et ils appelleront deux ou trois fois, histoire de s'assurer qu'elle n'est pas rentrée chez elle, rien de plus. Les adultes sont libres de leurs mouvements dans ce pays.

— Je m'en fiche, répliqua Kathy en se levant de table. Je compte bien rappeler le bureau du shérif.

Nora attendit que sa fille ait quitté la pièce pour s'exprimer à voix basse :

— Roz Golubock m'a téléphoné cet après-midi. Je n'ai pas voulu en parler à Kathy, elle est assez perturbée comme ça.

Les convives se penchèrent machinalement vers elle.

— Quoi ? Que vous a-t-elle dit ? demanda Dan. Kathy n'a pas besoin de ça en ce moment.

— Je sais, approuva Nora, mais Roz affirme avoir vu un homme emporter un objet volumineux au fond de la propriété.

— Quel genre d'objet ? s'enquit Vincent.

— Roz n'en est pas sûre, mais elle a cru reconnaître un corps de femme.

La phrase fut accueillie par un long silence que le docteur Pinson rompit le premier :

— Excusez-moi, Nora, mais Roz a quatre-vingt-sept ans et une vision déficiente. Je ne prétends pas qu'elle n'a rien vu, mais j'aurais tendance à prendre ses affirmations avec précaution.

— Il n'empêche, intervint Vincent. Il faut en informer la police.

*

Lorsqu'elle reprit place à table quelques minutes plus tard, Kathy était livide et tremblait de tous ses membres.

— Que se passe-t-il ? s'inquiéta Dan en lui prenant le bras. Que dit la police ?

— La voiture de Shelley, répondit Kathy d'une voix mal assurée. La police a retrouvé sa voiture dans un centre commercial. Il y avait du sang sur le siège. Ils veulent savoir si Shelley a des proches. Ils ne prennent plus du tout l'affaire à la légère.

10

Levi attendit que la nuit soit tombée pour se glisser hors de la maison familiale. Si le *rumspringa* lui permettait d'aller et venir à sa guise, il n'avait pas la moindre envie qu'on l'interroge sur ses intentions ce soir-là. Jamais il n'aurait pu avouer à ses parents qu'il se rendait sur la plage où avait été enterrée Shelley.

Il récupéra son vélo dans le garage, le poussa sans bruit dans la petite allée, se mit en selle et pédala sur Bahia Vista Street.

Il tourna sur l'avenue et se mêla au flot des voitures. Si seulement l'une d'elles avait pu le renverser, elle aurait mis fin à ses souffrances et il en aurait été soulagé. Il n'aurait plus eu de questions à se poser, son secret serait mort avec lui.

Il atteignit Tamiami Trail et s'arrêta au feu. Un pick-up noir tourna le coin de la rue en pétaradant. Le chauffeur mit le nez à la portière.

— Fais donc attention, Ahmo de mes deux ! lui cria-t-il.

Levi rougit sous l'insulte. Ce n'était pourtant pas la première fois. Sa tenue, sa coupe de cheveux, tout chez lui était différent et concourait à provoquer des réactions hostiles chez certains. À ceci près qu'il n'avait pas en lui les ressources qu'il possédait encore trois jours auparavant. Il sentit une larme rouler le long de sa joue.

Il pédala de plus belle. Parvenu à l'entrée de North Bridge, il s'arrêta et observa le manège des pêcheurs qui lançaient leurs lignes depuis le pont. Leurs seaux en plastique regorgeaient de sébastes et de rondeaux moutons.

Il atteignit enfin Ocean Boulevard, que seuls éclairaient les phares des voitures et les lumières des habitations. Levi descendit de bicyclette et dissimula celle-ci dans un buisson, puis il tira une torche de sa poche arrière et parcourut à pied les quelques dizaines de mètres qui le séparaient de la plage.

Tout en écoutant la rumeur toujours recommencée des vagues sur la grève, il repensa aux nombreuses fois où il avait fait ce trajet, au bonheur que ce lieu lui avait apporté. Aux étés passés à observer les nids de tortues, à les voir grossir d'une semaine à l'autre dès la fin du printemps en attendant qu'ils éclosent en août, septembre et octobre. Aux parties de pêche en compagnie de son oncle Isaac, aux coquillages et aux oursins plats ramassés pour sa sœur.

Miriam.

Si tu en parles à quiconque, je tue ta sœur.

Les paroles résonnèrent dans la tête de Levi qui sentit sa gorge se nouer.

Il aurait voulu s'adresser à la police, sachant que c'était la procédure normale. Sauf qu'il ne voulait pas mettre Miriam en danger de mort.

Levi atteignit l'endroit redouté. Les battements de son cœur redoublèrent lorsqu'il éclaira le sable de sa lampe de poche. Le vent et les embruns des trois jours précédents s'étaient chargés d'effacer toute trace du trou.

Le dernier enterrement auquel il avait assisté était celui de sa tante Rachel. De nombreux membres de la communauté amish se trouvaient là, qui avaient aidé à préparer le corps, à construire le cercueil de bois brut, à veiller la morte pendant que l'on creusait sa tombe à la main en signe d'attachement et de respect. Plusieurs centaines de personnes avaient assisté aux obsèques de la tante Rachel.

Shelley n'avait pas eu droit à tant d'attention. Levi tenta de se consoler en se disant que sa tombe avait été creusée à la main, mais cela avait-il suffi à lui rendre un peu de sa dignité ?

Il aurait tout donné pour modifier le cours de l'histoire. S'il avait su, jamais il ne serait sorti ce soir-là, jamais il n'aurait avalé autant de bières dans ce bar de Siesta Key, au point de devoir se rendre sur la plage pour prendre l'air. La plage avait toujours été son amie, elle avait servi de cadre à ses réflexions, à son émerveillement face à la beauté de la nature.

Ce soir-là, il s'était posé mille questions sur son engagement au sein de la communauté amish. Aujourd'hui, Levi était confronté à un défi autrement plus sinistre. Il espérait qu'un pèlerinage sur le lieu du drame l'aiderait à prendre la bonne décision.

Il s'agenouilla près de la tombe afin de prier et ses larmes se transformèrent en sanglots.

Il se releva lentement. Tout en s'éloignant, il tira de sa poche un mouchoir et s'essuya le visage, sans s'apercevoir que son portable était tombé sur le sable.

Si tu en parles à quiconque, je tue ta sœur.

L'homme qui avait tué Shelley Lecœur avant d'enfouir son corps dans un trou de sable était parfaitement capable de mettre sa menace à exécution.

11

L'annonce de la découverte de la voiture de Shelley, avec son siège taché de sang, refroidit instantanément la bonne humeur des convives.

— Shelley était la générosité incarnée. Elle aurait fait n'importe quoi pour les autres, prononça Kathy d'une voix tremblante. C'était une amie très proche.

— Ma chérie, tu ne devrais pas parler d'elle au passé, lui fit remarquer Dan. Nous ne savons pas ce qui s'est passé.

— C'est juste, approuva Brad en faisant craquer ses phalanges. Derrière sa douceur, Shelley cache une volonté de fer. Je sais de quoi je parle. Elle a beaucoup de caractère et j'éviterais de parier contre elle.

*

— Je me dis qu'on ne peut pas rester les bras ballants, estima Piper en regagnant l'hôtel en voiture avec ses parents. Pourquoi ne pas nous rendre dans les locaux du shérif?

Son père secoua la tête en lançant un coup d'œil dans le rétroviseur.

— En quoi pourrais-tu aider l'enquête? demanda-t-il.

— En rien, répondit Piper d'une petite voix.

— Dans ce cas, le mieux est encore de les laisser tranquilles, conclut Vincent.

Un silence pesant s'installa à l'intérieur de l'auto. Piper, installée derrière son père, constata combien ses cheveux avaient blanchi en regardant sa nuque. Restait à savoir s'il s'agissait d'un trait génétique ou bien si c'était lié au stress. Courait-elle le risque de voir ses cheveux blanchir prématurément ?

— Je trouve ce Walter très gentil, vous ne trouvez pas ? fit Terrie, soucieuse de changer de sujet de conversation.

— Oui, ça va, répondit Vincent. Il a la main molle, tout comme ce type chargé d'organiser le mariage.

— Vincent, je t'en prie. Ne me dis pas que tu serais capable de juger quelqu'un à la façon dont il t'a serré la main, s'écria Terrie. Nora le trouve formidable et elle se trompe rarement sur les gens. Elle m'a expliqué qu'il faisait preuve de beaucoup de générosité envers les associations de bienfaisance de la région, il ne manque jamais une occasion de leur donner de l'argent. C'est la première fois que je vois Nora en robe de soirée depuis la mort de Frank. Tant qu'il la rend heureuse, je me fiche bien qu'il ait la main molle.

— Donner aux associations locales est une excellente façon de valoriser son affaire, remarqua Vincent.

— Tu es d'un *cynisme* ! Tu as décidé de ne pas lui trouver la moindre qualité.

— Je ne suis pas cynique ! se défendit Vincent. Je suis réaliste. Souvent, ces types se fichent éperdument de bien agir. Tout ce qui les intéresse, c'est la publicité qui en découle, et c'est un moyen comme un autre de fréquenter leurs semblables.

— Comment tante Nora a-t-elle fait la connaissance de Walter ? s'interposa Piper sur un ton rêveur, préoccupée par la disparition de l'amie de Kathy.

Et si cette vieille femme n'avait pas menti en disant avoir aperçu quelqu'un qui emportait un corps ?

— Elle l'a rencontré par l'intermédiaire de Shelley, répondit Terrie. Shelley s'est présentée un jour à sa porte en lui demandant si elle ne souhaitait pas vendre sa maison. Elle agissait pour le compte de Walter. J'ai cru comprendre qu'il avait l'intention d'acheter les dix propriétés de ce lotissement puisque celui-ci est riverain de son terrain. Il a de grandes ambitions pour l'hôtel. Shelley était chargée de prendre les contacts initiaux.

— Nora a donc l'intention de vendre ? s'étonna Vincent.

— Ce n'était pas du tout son intention au début, répondit Terrie, mais elle y réfléchit à présent. Entre nous, j'ai cru deviner qu'elle espérait épouser Walter.

— Auquel cas ils vivraient ailleurs ? s'enquit Piper.

— Oui. Si j'ai bien compris, il fait construire une maison de l'autre côté du Whispering Sands.

Vincent gara l'auto de location sur le parking de l'hôtel. Le tonnerre gronda tandis qu'ils descendaient de voiture.

Piper frissonna instinctivement en observant la végétation qui séparait l'hôtel des propriétés voisines.

Quelqu'un a-t-il vraiment transporté un corps de femme dans cet endroit ?

12

Le dîner achevé, Isaac Goode regagna le centre-ville de Sarasota. Les premières gouttes de pluie s'écrasèrent sur le pare-brise alors qu'il garait sa voiture sur le parking de son immeuble.

Il gagna son appartement et posa ses clés sur la console, près de la porte d'entrée, en veillant à rester silencieux. Il n'avait pas envie de réveiller Elliott.

Il traversa le salon sur la pointe des pieds sans allumer la lumière et franchit la porte coulissante permettant d'accéder au balcon. Il sonda la nuit, à la recherche d'un éclair. En vain. Le tonnerre grondait dans le lointain, mais le temps change vite en Floride. On avait annoncé un orage au-dessus des eaux du golfe à la radio, ce qui signifiait qu'il passerait au-dessus de Sarasota.

Isaac adorait les orages. La puissance de la nature était pour lui source d'excitation. Il y voyait un spectacle grandiose, supérieur à tout ce dont l'homme était capable. Il aimait le phénomène dans toute sa complexité : l'arrivée d'air chaud, les rafales de vent, les lourds nuages qui s'accumulaient dans le ciel, le tout ponctué de violents coups de tonnerre. Isaac avait le plus grand respect pour le Grand Architecte de l'univers.

Il se retourna brusquement en voyant les lumières s'allumer dans son dos.

— Elliott ! Tu m'as fait peur ! s'exclama-t-il en découvrant le nouveau venu.

— Toi aussi, Isaac. J'ai cru à un cambriolage en entendant s'ouvrir la porte coulissante.

— Je suis désolé, je m'efforçais de rester discret.

— Rien de grave. De toute façon, impossible de dormir avec tous ces coups de tonnerre.

Autant Isaac était brun et de taille ordinaire, autant Elliott était grand et blond. Ils approchaient tous les deux la quarantaine, et cela faisait près de cinq ans qu'ils vivaient ensemble. Le courant était passé instantanément entre eux lorsqu'ils s'étaient rencontrés.

— Alors, ce dîner? demanda Elliott.

— Bien, je suppose. Ma nièce se trouvait là.

Il s'accouda à la balustrade et poursuivit en tournant le dos à Elliott :

— Elle continue de m'éviter.

Elliott serra les pans de sa robe de chambre contre son torse et s'approcha de son compagnon.

— J'en suis désolé, Isaac. Je sais combien tu en souffres.

En dépit de tout ce qui s'était passé, ou peut-être à cause de la situation, Isaac était resté très croyant, même s'il avait rompu avec la tradition amish, se refusant à servir de panneau publicitaire à sa religion. C'est à Dieu qu'il devait son salut. Avant de rencontrer Elliott, il n'avait pu compter sur rien ni personne au sein de sa famille alors qu'il avait du mal à trouver un emploi. Si Isaac avait toujours su qu'il serait rejeté par les siens, il ne s'était jamais douté combien serait douloureuse et cruelle la solitude. La conversation qu'il avait eue le soir même avec Miriam en était un parfait exemple.

— J'aurais mieux fait de partir après ma *rumspringa*, mais je n'en ai pas eu le courage.

— C'était infiniment plus compliqué que tu ne veux bien le dire, Isaac. Tu ne voulais pas perdre ta famille et tes amis.

Il était parfaitement naturel d'avoir peur à l'idée de quitter le seul monde que tu aies connu. Sans parler de tes parents.

— Je sais, reconnut Isaac.

Vingt ans plus tôt, alors qu'il avait l'âge de Levi, Isaac avait suivi des cours d'instruction religieuse en évitant soigneusement tous les pièges de la *rumspringa.* Il avait cessé de sortir, vendu sa voiture, donné ses jeux vidéo à des associations caritatives, s'était débarrassé des T-shirts achetés lors de ses pérégrinations dans le monde extérieur. En dépit de ses appréhensions, il avait décidé d'être baptisé dans la foi amish.

— J'ai su que je commettais une erreur à l'instant où le prêtre posait ses mains sur ma tête. J'aurais voulu m'enfuir en hurlant, au lieu de quoi, je n'ai rien dit.

— Tu as fait de ton mieux, Isaac, le rassura Elliott en le serrant contre lui. Tu as fait le maximum, mais il te fallait partir si tu voulais être toi-même.

Tout aurait été plus simple si Isaac avait rejeté le baptême. Ceux qui refusent d'embrasser la foi sont libres de construire leur vie ailleurs, alors que les baptisés sont liés à la foi amish jusqu'à leur mort. Rompre ses vœux avait entraîné le rejet de toute sa communauté.

Personne n'était autorisé à manger avec lui. Personne n'avait le droit de rien accepter de lui, de traiter la moindre affaire avec lui. Ni ses parents, ni sa sœur, ni aucun de ses quatre frères ou de ses anciens amis ne lui avaient adressé la parole depuis. Personne ne voulait être associé avec quelqu'un qui s'était affranchi de la règle.

— Après tant d'années, le seul qui ose m'approcher est Levi. Encore le fait-il en cachette, lorsqu'il va pêcher sur la plage. C'était terrible ce soir d'entendre Miriam, sa sœur, me dire qu'elle m'éviterait à jamais.

Les yeux perdus dans le spectacle des bateaux de plaisance dansant sur les eaux de la marina, Isaac remercia Dieu. À force de travail et d'imagination, il avait connu le succès sur le plan professionnel. Il avait Elliott, des amis, un lieu de vie agréable, et des économies à la banque.

— Nous devrions rentrer, suggéra Elliott.

En regagnant le salon, Elliott arrêta son regard sur les éclats de pierre dessinant des tortues de mer qui brillaient à la lumière au-dessus du canapé.

— Mon Dieu, comme j'aime cette mosaïque.

13

Piper poussa la porte de sa chambre, se dirigea droit vers la fenêtre et l'ouvrit. Elle adorait le bruissement des vagues qui s'abattaient inlassablement sur le sable avant de se retirer. La rumeur du ressac, parfois interrompue par les grondements du tonnerre, avait sur elle des vertus apaisantes.

Elle vida son sac de voyage et accrocha ses vêtements dans la penderie, puis elle se déshabilla, se démaquilla et se brossa les dents. Enfin au lit, elle prit le temps d'écouter sa messagerie. Rien d'urgent, à l'exception d'un appel de Jack Lombardi.

Salut, Pipe. C'est moi. Je pensais à toi, je me demandais si tu étais bien arrivée. Appelle-moi quand tu as une minute. Tu me manques.

Elle s'aperçut qu'elle souriait en composant le numéro de Jack à New York. Il répondit à la deuxième sonnerie. Elle lut immédiatement le plaisir dans sa voix.

— Salut, toi! Comment ça se passe là-bas?

— Tout va bien, répondit Piper. On est arrivés entiers. Il faisait un temps magnifique aujourd'hui, avec du soleil, mais un peu frais pour la plage. Il y a de l'orage ce soir.

— Et tes parents?

— Ce sont des parents. Tu les connais.

— Pas vraiment, à part ce que tu as pu me dire d'eux.

— Eh bien, tu ne vas pas tarder à les rencontrer.

— J'attends avec impatience de prendre l'avion vendredi.

— Je t'attendrai à l'aéroport. La Floride va te plaire, Jack. L'hôtel est splendide. Kathy t'a réservé une chambre.

— À côté de la tienne, au moins?

Elle sourit.

— Ce n'est pas très facile, avec mes parents à l'autre bout du couloir.

— J'adore les défis, répondit Jack. N'oublie pas que je suis un spécialiste des opérations clandestines.

La conversation se poursuivit pendant quelques minutes. Jack évoqua l'enquête sur laquelle il travaillait, veillant soigneusement à ne laisser filtrer aucune information sensible sur son travail au sein de l'unité de lutte contre le terrorisme du FBI. De son côté, Piper fit allusion à la disparition de l'amie de sa cousine.

— Et tu me dis ça maintenant? s'étonna Jack.

— Je n'avais pas envie que tu enfiles ta panoplie d'agent Mulder et que tu te fasses du souci pour moi, se justifia Piper.

— Tu dates un peu, avec ta référence à *X-Files*. Et puis je ne me fais aucun souci. Je trouve juste curieux que tu te retrouves toujours mêlée à des histoires troubles.

— Je ne me mêle de rien du tout, les histoires troubles s'arrangent pour me trouver toutes seules.

— Laisse-moi passer quelques coups de fil, je te tiendrai au courant, proposa Jack. Comment s'appelle la fille en question?

— Lecœur. Shelley Lecœur.

L'appel terminé, Piper consulta sa page Facebook. Elle y posta la photo du coucher de soleil prise en début de soirée, accompagnée de la légende : « Un soir ordinaire au paradis. » Elle fut surprise de découvrir une demande d'invitation émanant de Brad O'Hara. Elle s'était pourtant évertuée à l'éviter tout au long de la soirée, il n'avait apparemment pas compris le message.

Il n'était pas rare que des gens lui demandent de devenir amis sur Facebook, au prétexte qu'ils avaient des connaissances communes. Il arrivait même que ce genre de requête émane de parfaits inconnus, pour la plupart des fans de la série *A little rain must fall.* Piper veillait soigneusement à les caresser dans le sens du poil car ils ne manquaient jamais de vanter ses qualités en postant des commentaires élogieux. Elle avait pris l'habitude de partager sur Facebook certains détails de ses recherches professionnelles et mesurait l'affection de ses fans à la façon dont ils lui apportaient leur soutien. Quand bien même elle avait des doutes sur sa propre carrière, ils lui montraient combien ils croyaient en elle.

Depuis le jour où elle avait posté une photo du tout premier gâteau de mariage réalisé par ses soins en l'honneur de Glenna Brooks[1], la star d'*A little rain must fall*, qui s'était mariée la veille de Noël, et plus encore depuis que la presse s'était fait l'écho du rôle qu'elle avait joué dans l'arrestation de l'assassin d'une autre vedette de la série, le nombre d'amis de Piper avait explosé sur sa page Facebook. Elle avait alors révélé certaines recettes mises au point par sa mère à La Cerise sur le gâteau, la boulangerie familiale. Le succès de ces publications avait même incité Piper à créer une page Facebook dédiée à la boutique. Elle veillait bien à préciser que La Cerise sur le gâteau était dirigée par sa mère et qu'elle-même n'acceptait de réaliser des gâteaux de mariage qu'entre deux tournages.

Elle rentrait tout juste de Los Angeles où elle avait préparé son deuxième gâteau. La taille de la pâtisserie initialement prévue avait considérablement diminué lorsque les mariés avaient finalement opté pour une cérémonie intime, suite à un décès survenu dans leur entourage.

Profitant du séjour de Piper dans la Cité des anges, son agent, Gabe Leonard, lui avait demandé d'auditionner pour une publicité consacrée à une marque de nourriture pour chien. Piper, qui croyait avoir raté son coup, avait été surprise

1. Voir *Pièce montée*, L'Archipel, 2017.

d'être finalement retenue. Ce succès lui avait bien remonté le moral. Si jamais cette pub était largement diffusée à la télé, son compte en banque s'en ressentirait agréablement. Ce ne serait pas un luxe, au regard de sa situation financière.

Piper finit par accepter l'invitation de Brad O'Hara sur Facebook, sachant qu'il était ami avec Kathy et Dan. Elle en profita pour cliquer sur sa photo de profil qu'elle afficha en grand sur son écran. Brad avait choisi un portrait à la Fabio sur lequel il apparaissait bronzé et torse nu, les cheveux en bataille, fixant l'objectif avec assurance.

Piper s'intéressa plus particulièrement au tatouage qu'il portait sur l'avant-bras : celui d'une femme en train de pleurer.

14

Roz Golubock avait appelé Nora à la dernière minute afin d'annuler sa venue au dîner. Elle se sentait trop fatiguée et préférait manger seule chez elle.

Son repas terminé, elle enveloppa soigneusement son plat de poulet à peine entamé et le plaça au réfrigérateur, puis elle glissa dans le lave-vaisselle l'assiette, le verre, la fourchette, le couteau et la petite cuillère avant de laver à la main les casseroles dans lesquelles elle avait préparé du riz brun et des choux de Bruxelles. Enfin, elle nettoya l'évier dont elle fit briller l'émail. Elle était impatiente d'être au lendemain.

Roz travaillait tous les mardis en qualité de bénévole au Women's Exchange, une association proposant meubles, bibelots, vaisselle, livres et autres vêtements aux amateurs de bonnes affaires. Les bénéfices du centre contribuaient à la pratique des arts sous forme d'aides ou de bourses. Roz n'y voyait que des avantages. Entourée de beaux objets et de personnes agréables, elle œuvrait pour une bonne cause. Pour rien au monde elle n'aurait raté un mardi au centre.

Elle éteignit la lumière de sa petite cuisine, décidée à regarder un peu la télévision avant de se mettre au lit. Elle avait beau être fatiguée, elle redoutait de monter seule à l'étage dans le noir. Cela faisait plusieurs nuits qu'elle dormait mal et se réveillait en sursaut, à l'affût du moindre bruit.

Roz jeta un dernier regard sur les eaux du golfe du Mexique à travers la porte coulissante avant de tirer les rideaux. Un éclair zébra le ciel. Les orages lui rappelaient invariablement Sam. Assis l'un à côté de l'autre dans la véranda, ils admiraient les traits électriques qui marbraient le ciel. L'orage offrait souvent un spectacle inoubliable à l'horizon et c'était le cas ce soir-là, alors que de violentes bourrasques faisaient danser les rideaux d'eau qui dévalaient du ciel.

Elle n'eut aucun mal à entendre la voix de Sam dans sa tête : *On a droit à un bel orage, ce soir, Roz.*

Lorsque les villas du lotissement avaient été proposées à la vente, ils avaient eu la chance que la propriété la plus éloignée soit encore libre. Tout en appréciant leurs voisins, ils n'étaient pas mécontents de bénéficier d'un minimum d'intimité. Les palmiers, les raisiniers et autres plantes tropicales qui les séparaient de l'hôtel Whispering Sands leur faisaient office de jungle privée.

Lorsque le temps était clément, ils se promenaient le long de la plage le matin et nageaient dans les eaux vivifiantes du golfe l'après-midi. Sam avait son golf, elle avait son groupe de lecture et ses activités bénévoles. En fin de journée, ils savouraient un cocktail en admirant le coucher de soleil avant de dîner. Sam lui manquait énormément, elle se consolait en se disant qu'ils avaient formé un couple heureux pendant trente-neuf ans. Le mieux était encore de se souvenir de leur bonheur, et de penser le moins possible à sa disparition.

Ce n'était pas toujours facile. Sam lui manquait particulièrement depuis qu'elle avait cru voir, l'autre nuit, un inconnu traverser les massifs au fond du jardin, un corps de femme sur l'épaule. Sam aurait su comment réagir. Il aurait trouvé le moyen de la rassurer.

Roz ne cessait d'y penser. L'homme avait-il soulevé amoureusement la femme, emporté par un élan romantique ? S'agissait-il d'un simple jeu ? La femme était-elle ivre ? Ou bien alors pouvait-il s'agir d'un drame autrement plus inquiétant ?

Elle avait attendu, plantée devant la fenêtre, ne s'absentant que brièvement afin de se rendre aux toilettes. Et lorsque l'homme avait fini par traverser les buissons dans l'autre sens, il était seul.

À défaut d'avoir aperçu son visage, elle l'avait clairement vu jeter une pelle dans le coffre de sa voiture.

Roz en était sûre, elle n'avait pas eu la berlue.

15

Il ne parvenait pas à trouver le sommeil. Il s'extirpa de ses draps et se posta à la fenêtre, le cœur battant. Il aperçut un éclair. Le coup de tonnerre qui suivit aussitôt lui confirma que l'orage se trouvait au-dessus de sa tête. Il pria le ciel qu'il s'éloigne vite.

Le tout premier orage depuis qu'il avait enfoui le corps. Le trou qu'il avait creusé était-il assez profond ? Le vent et la pluie ne risquaient-ils pas de le déterrer ? Ou bien alors la marée ?

Il avait choisi un emplacement loin des vagues, à hauteur *des premiers fourrés, à l'écart des sentiers battus. Les promeneurs matinaux longeaient l'eau en général afin de ramasser les coquillages et les oursins plats déposés par la mer. Les baigneurs aussi avaient tendance à rester près de l'eau, désireux de respirer l'air du large et de plonger dans l'océan lorsqu'ils avaient trop chaud. Seules les tortues de mer se réfugiaient au milieu de la végétation. Les mères sentaient instinctivement que les chances de survie de leurs œufs étaient meilleures si les vagues ne pouvaient noyer les nids.*

Par chance, ce n'était pas encore la saison. Les patrouilles chargées de surveiller quotidiennement les nids ne reprendraient pas avant plusieurs mois. Les bénévoles se contentaient pour l'heure de ratisser la plage tous les matins, à l'affût de traces de tortues ou de montagnes de sable inhabituelles.

Il sentit sa poitrine se serrer en entendant à nouveau gronder le tonnerre et s'éloigna de la fenêtre. Les dés étaient jetés, on ne pouvait de toute façon rien contre Dame Nature.

Il s'allongea sur son lit et ferma les yeux, mais les pensées se bousculaient dans sa tête. Il aurait tellement aimé ne pas en arriver là. Ne pas avoir à tuer Shelley. En même temps, il était content de la savoir morte. Elle ne risquait plus de lui nuire.

Il était à peu près certain que Levi ne dirait rien. Il avait presque eu pitié du pauvre gamin en voyant sa tête. La façon dont il lui avait promis de garder le silence en le suppliant d'épargner sa sœur était pitoyable.

Restait la vieille dame à sa fenêtre. Comment s'assurer de son silence?

Il finit par se rendormir, porté par l'espoir que personne ne retrouverait le corps de Shelley. En l'absence de corps, il ne pouvait y avoir de crime.

Mardi

« *La langue des femmes est le dernier appendice à mourir.* »
Proverbe amish

16

14 février, jour de la Saint-Valentin…
Quatre jours avant le mariage

Piper fut réveillée par un coup frappé à la porte de sa chambre. Un instant désorientée, elle se souvint qu'elle se trouvait à Sarasota. Elle avait rendez-vous en ville ce matin-là avec Kathy pour l'essayage des robes.

Elle se leva et gagna la porte qu'elle entrouvrit. Un groom se tenait dans le couloir, un vase de roses à la main.

— Pour moi ? s'enquit Piper en ouvrant grand la porte, un large sourire aux lèvres. Accordez-moi une minute, le temps de trouver mon porte-monnaie.

Le groom s'avança dans la pièce et déposa le vase sur la commode.

Piper lui glissa quelques billets d'un dollar dans la main en le remerciant. La porte refermée, elle décacheta l'enveloppe qui accompagnait le bouquet.

JOYEUSE SAINT-VALENTIN, PIPER.
JE T'AIME, JACK

Elle relut la carte. C'était la première fois que Jack lui écrivait « Je t'aime ». Restait à le lui entendre dire. Elle-même ne s'était pas montrée plus hardie, mais elle sentait bien que leur relation évoluait. Elle respira le parfum des fleurs roses en fermant les yeux.

Elle se demanda ce qu'il allait advenir de sa relation avec Jack. Elle avait compris qu'il désirait aller plus loin. Elle le souhaitait également d'une certaine façon, mais ses expériences précédentes avaient mal tourné et elle craignait d'être déçue, une fois de plus.

Au fond de son cœur, elle avait conscience que l'amour comportait sa part de risques. Ne pas baisser sa garde n'était pas le meilleur moyen de trouver le bonheur. Bien qu'elle fût affectueuse et ouverte de nature, son instinct lui dictait la prudence.

Piper éclata de rire. Son père lui avait toujours reproché sa témérité, lui enjoignant de se montrer prudente. *Mon cher papa, si tu savais combien ta petite fille est sage…*

Plusieurs de ses amies avaient déjà convolé. À l'âge de vingt-sept ans, Piper se contentait de préparer des gâteaux de mariage en regardant les couples de son entourage s'engager pour la vie. Était-ce de la bravoure de leur part? Se montraient-ils aussi analytiques qu'elle? Ou bien se contentaient-ils de suivre leur cœur d'instinct?

Piper avait néanmoins une certitude: Jack Lombardi était son meilleur ami.

Elle s'approcha de la fenêtre et constata qu'il pleuvait toujours. L'orage avait laissé derrière lui un ciel plombé et la mer était couverte de moutons. Elle observa le manège d'un grand pélican brun qui décrivit un cercle dans les airs avant de se poser maladroitement sur l'eau. Il y flotta avec grâce au rythme des vagues, indifférent à la pluie.

Piper prit une douche rapide, fut tentée d'enfiler un jean mais se ravisa. Elle sortit du placard ses leggings préférés, ainsi qu'un blazer de couleur claire. Faute de savoir comment serait habillée Kathy et où elles déjeuneraient, elle jugea préférable d'opter pour une tenue passe-partout.

Une fois prête, elle se rendit au café de l'hôtel afin d'y prendre un petit-déjeuner continental. Ses parents étaient encore en train de savourer leur café.

— Bonjour, ma jolie, l'accueillit Vincent.

— Joyeuse Saint-Valentin à tous les deux, répondit Piper en les embrassant.

— Comment as-tu dormi ? s'enquit Terrie.

— Je suis tombée. Rien de tel que la rumeur de la mer pour bien dormir.

— L'orage ne t'a pas tenue éveillée, comme moi ?

— Non, répondit Piper en se servant un bol de céréales, une banane et un pot de lait écrémé.

— Tu ne devrais pas laisser ta fenêtre grande ouverte la nuit, Piper, intervint son père. Tu es au rez-de-chaussée, n'importe qui pourrait rentrer.

— D'accord, papa, fit-elle en épluchant sa banane.

Il ne servait à rien de contredire son père, elle était habituée à son obsession de la sécurité. À quoi bon l'inquiéter inutilement ? Piper se demandait parfois quel effet cela lui ferait de se trouver un jour dans la tête de son père, à réfléchir sans cesse à tous les drames susceptibles de survenir à tout moment. Rien que d'y penser, elle était épuisée.

Terrie reposa sa tasse vide.

— À quelle heure avez-vous rendez-vous pour la séance d'habillage ?

— Kathy passe me prendre à 10 heures. Ensuite, il est prévu que nous allions déjeuner ensemble, si elle se sent toujours d'attaque. Et vous, quel est votre programme ?

— Nora m'a demandé de venir l'aider avec sa propre robe, répondit Terrie. Je pensais ensuite aller acheter les ingrédients dont nous aurons besoin pour le gâteau.

Piper fronça les sourcils.

— On aurait pu s'en charger toutes les deux cet après-midi, maman, proposa-t-elle. Pourquoi ne pas se retrouver à 15 heures ?

— Parfait. Rendez-vous ici à 15 heures.

Piper se tourna vers son père.

— Et toi, papa?

— Dan m'a proposé de l'accompagner à l'institut Mote. Il consacre tout à l'heure une présentation aux requins et autres prédateurs marins.

Piper émit un petit ricanement.

— Je constate qu'il t'a bien cerné!

— Tu peux toujours te moquer, rétorqua Vincent. Il n'est jamais inutile d'en savoir davantage sur les dangers de l'existence.

*

Installée dans le hall de l'hôtel, Piper feuilletait un magazine dans l'attente de sa cousine en jetant régulièrement des coups d'œil en direction de l'entrée. Elle fut surprise de reconnaître le jeune garçon à qui elle avait passé commande d'un porte-bonheur chez Fisher la veille. Il semblait préoccupé.

— Bonjour, fit-elle en le voyant passer près d'elle.

Il se figea en affichant une mine perplexe, signe qu'il ne l'avait pas reconnue.

— Nous nous sommes croisés à la boutique hier, je vous ai commandé une assiette, lui rappela-t-elle.

L'adolescent hocha la tête.

— Ah oui. Ne vous inquiétez pas, je m'en occupe aujourd'hui même.

Piper laissa échapper un petit rire.

— Je ne m'inquiète nullement. Je ne m'attendais pas à ce que ce soit prêt aussi vite.

Elle adorait observer les gens, toujours prête à enrichir son répertoire d'un tic dont elle affublerait l'un de ses personnages. Cela enrichissait ses talents d'actrice. Elle dévisagea le jeune garçon. Sa mine inquiète lui aurait presque donné envie de le rassurer, sans savoir ce qui pouvait bien le troubler.

Elle montra d'un doigt les paquets dont il était chargé.

— Ce sont des tartes de chez Fisher?

— Oui, répondit-il. J'en apporte chaque matin.

— Miam, fit Piper. Tout le monde les adore dans la famille. C'est super de savoir que l'hôtel en propose. J'espère qu'il y en a une au beurre de cacahuète, au moins?

L'ombre d'un sourire anima les traits de l'adolescent.

— Oui, et d'autres aux pommes et aux noix de pécan.

— Jamais je ne pourrai enfiler ma robe de demoiselle d'honneur, gémit Piper. Tant pis, Kathy trouvera bien une solution.

Du coin de l'œil, elle vit Kathy traverser le hall. Sa cousine avait les yeux rouges et bouffis. Elle n'avait pas bien dormi, ou alors elle avait pleuré. Les deux, peut-être.

— Je vois que tu as fait connaissance avec Levi, déclara-t-elle.

— Nous n'avons pas été présentés officiellement, réagit Piper en tendant la main au jeune homme.

Levi déposa ses paquets sur la table la plus proche et répondit à son invitation. Il avait la main moite.

— Ravie de vous rencontrer, dit-il poliment en s'empressant de reprendre ses boîtes à gâteau. Je vais devoir vous laisser, j'ai d'autres livraisons à effectuer.

Piper et Kathy le suivirent des yeux alors qu'il se dirigeait vers le café.

— Il est gentil, remarqua Piper, mais je le trouve bien grave.

— Levi est un super gamin. Tout comme sa sœur Miriam.

— La Miriam qui faisait le service hier soir?

Kathy acquiesça.

— Oui. Elle fait le ménage chez maman et plusieurs de ses voisins. Ils sont très honnêtes et travailleurs, tous les deux.

— Ça ne doit pas être très drôle d'être adolescent chez les amishs, quand tous les autres font la fête. Sans parler de tout ce qu'on ne raconte pas forcément à ses parents.

— Ne te fais pas de souci pour Levi, la rassura Kathy. Il sait s'amuser. Il est à l'âge où les jeunes amishs confrontent leurs envies à la réalité du monde avant de rentrer dans le rang définitivement. L'autre soir, je l'ai aperçu au Beach Club, il descendait des bières comme un grand.

17

Installé devant son ordinateur pour préparer les salaires de ses employés, Walter prit la mesure de son embarras. Sans l'aide de Shelley, et alors que Kathy prenait sa semaine et la suivante pour son mariage et sa lune de miel, il allait devoir mettre les bouchées doubles. Il n'aurait guère le temps de se pencher sur ses projets d'agrandissement.

C'était ainsi. Il n'était pas question pour lui de priver Kathy des moments de joie qu'elle s'apprêtait à vivre. Encore moins de décevoir la mère de la jeune femme. Sa relation avec Nora était au beau fixe, il ne s'agissait pas de la compromettre.

Il s'enfonça dans son siège et posa ses pieds chaussés de mocassins sur le bureau. Tout bien considéré, il avait toutes les raisons d'être satisfait. Il était heureux avec Nora et l'idée d'avoir Kathy comme belle-fille l'enchantait. Il ne s'était jamais marié et n'avait pas eu d'enfants, à son grand regret. Sa carrière avait pris le pas sur le reste jusqu'à présent et il souhaitait désormais mener une existence plus équilibrée. Prendre le temps de dîner avec Nora, aller voir un film en sa compagnie. Il se sentait plus épanoui depuis qu'il s'occupait d'elle.

Mais Walter se connaissait assez bien pour savoir qu'il restait un homme d'affaires avant tout. Il sortit les plans de la propriété, les étala sur le bureau et se pencha dessus. L'avancement du projet était indiqué à l'aide de croix tracées en rouge. Il constata avec un brin d'excitation que ses tentatives de racheter les villas de ses voisins commençaient à porter leurs fruits. Il avait déjà signé six compromis, il lui fallait en obtenir quatre autres pour atteindre son but.

L'environnement économique jouait en sa faveur, il y avait trop de vendeurs et pas assez d'acheteurs en Floride, et la situation n'était pas près de changer. Le marché ne risquait pas de bouger au cours des semaines à venir, il pouvait se payer le luxe d'être patient.

Walter se leva de son grand bureau et s'approcha de la fenêtre. Il constata avec satisfaction qu'il ne pleuvait plus. La pluie était un mal nécessaire, bien sûr, mais elle ne favorisait pas les affaires.

Il se souvint brusquement qu'on était le jour de la Saint-Valentin. Il s'empara de son téléphone et fit défiler les numéros jusqu'à ce qu'il tombe sur celui du fleuriste.

— J'aurais voulu faire livrer deux douzaines de roses rouges à Mme Nora Leeds, dit-il.

Il était essentiel de rester dans les bonnes grâces de Nora.

18

Kathy émergea de la cabine d'essayage. Piper en resta béate d'admiration et ses yeux verts se mouillèrent de larmes.

— Tu es belle comme une déesse ! s'exclama-t-elle. Kathy, tu es *ravissante* !

— Ma robe te plaît ?

— Si elle me plaît ? Mais je *l'adore* !

La robe bustier mettait parfaitement en valeur les épaules et le décolleté de Kathy. Le corsage, froncé, soulignait à merveille l'organza blanc qui s'en échappait en accentuant la minceur de la jeune femme.

— Superbe, s'extasia Piper. C'est une merveille. À un détail près.

Le sourire de sa cousine s'effaça.

— Quoi ? Lequel ?

— Comment vas-tu gérer la traîne ? Tu ne voudrais tout de même pas qu'elle ramasse tout le sable de la plage ?

Kathy poussa un soupir de soulagement.

— Bien sûr que non, répondit-elle, à nouveau souriante. C'est là que tu interviens, ma cousine. Tu voudras bien la tenir, au moins ?

— D'accord, j'ai compris. Tu veux que je joue les Pippa Middleton, plaisanta Piper. Pas de souci. Tout ce que tu veux. J'espère juste que ma robe sera aussi flatteuse pour mon popotin que la tienne.

— Oh, Piper ! éclata de rire Kathy en serrant les doigts de sa cousine dans sa main. Merci.

— De quoi ?

— De m'aider à profiter de ce moment en oubliant provisoirement ce qui est arrivé à Shelley.

*

Le soleil brillait et les trottoirs étaient secs lorsque Piper et Kathy sortirent de la boutique.

— Avant d'aller grignoter un morceau, pourquoi ne pas passer au Women's Exchange ? suggéra Kathy. J'ai repéré un miroir dont le prix est censé baisser aujourd'hui. S'il est encore là, bien sûr.

— Génial, réagit Piper. J'adore cet endroit. J'en profiterai pour fouiller la section des livres, je n'ai rien apporté à lire.

Le bâtiment, tout en longueur, était crépi de rose. Le parking étant plein, les deux cousines durent attendre qu'une place se libère. Tout en patientant, elles observèrent le ballet d'un duo de manutentionnaires déchargeant un camion de meubles.

— Je n'achète quasiment plus aucun objet neuf, expliqua Kathy. Je préfère passer ici. Je finis toujours par trouver ce que je cherche, voire mieux. Avec Dan, ça nous a permis d'économiser une fortune dans l'aménagement de notre maison.

L'entrepôt était bondé et Kathy entraîna Piper vers l'arrière du magasin.

— Qu'en penses-tu ? déclara-t-elle en désignant un miroir accroché au mur.

Piper prit le temps d'étudier l'objet.

— Il a une jolie forme. Le cadre est peint à la main ?

Kathy hocha la tête en vérifiant l'étiquette de prix.

— Le prix baissera encore si j'attends quelques semaines de plus, mais je ne veux pas courir le risque que quelqu'un d'autre l'achète.

— Alors prends-le, répondit Piper.

Kathy fit signe à l'un des employés de décrocher le miroir.

— Je le dépose à l'entrée, vous le paierez en partant, proposa-t-il.

Les deux cousines poursuivirent leur petit tour, et tandis que Kathy s'intéressait aux tasses et à la verrerie, Piper dénicha l'autobiographie de Tina Frey et deux livres de poche dans la section librairie. Au passage, elle remarqua un collier au rayon bijouterie.

— Souhaitez-vous l'essayer? lui proposa la femme aux cheveux blancs derrière le comptoir.

— Volontiers, accepta Piper.

— Il vous va à ravir, fit la femme. Les turquoises font ressortir le vert de vos yeux.

Piper se regardait dans la glace lorsque Kathy la rejoignit.

— Bonjour, madame Golubock, dit-elle en reconnaissant la voisine de sa mère. J'avais oublié que vous travailliez ici le mardi.

— Bonjour, Kathy, lui répondit la vieille dame avec un sourire. Ravie de te voir. Alors, les préparatifs du mariage?

— Tout se passe bien. Je vous présente ma cousine Piper, qui sera ma demoiselle d'honneur. Elle est arrivée hier du New Jersey.

— Ravie de vous rencontrer, Piper, fit Mme Golubock en lui tendant une main frêle soigneusement manucurée.

Golubock, Golubock... Où Piper avait-elle entendu ce nom? La veille pendant le dîner! Il s'agissait de la voisine qui avait vu un inconnu transporter ce qu'elle croyait être un corps de femme.

Piper attendit que Kathy aborde le sujet, mais cette dernière se contenta de parler du mariage.

Piper retira le collier.

— Je vais réfléchir, décida-t-elle, soucieuse d'éviter les dépenses inutiles.

Elle tendait le collier à Mme Golubock lorsque celle-ci battit des paupières, tituba et s'effondra derrière le comptoir.

19

Le docteur Pinson déchira la dernière feuille de son carnet d'ordonnances. Comme à son habitude, il avait enchaîné les rendez-vous ce matin-là, un mélange de patients qu'il connaissait de longue date et de nouveaux malades qu'on lui adressait. Il était toujours rassurant de constater l'efficacité du bouche à oreille.

Il ouvrit le tiroir de son bureau, à la recherche d'un autre carnet. Bredouille, il prit son téléphone et appuya sur la touche de l'accueil.

— Umiko, je n'ai plus d'ordonnances, s'agaça-t-il. Il faut en commander d'urgence.

— J'arrive tout de suite, mon chéri, répondit sa femme.

Quelques instants plus tard résonnait un coup discret, et la porte du cabinet s'ouvrit. Umiko, tout sourire, posa devant lui un carnet et une boîte de chocolats.

— Comment as-tu pu croire que je te laisse manquer d'ordonnances? lui demanda-t-elle avec coquetterie. J'en avais commandé.

Son froncement de sourcils laissa place à un sourire en voyant les chocolats, une coutume japonaise le jour de la Saint-Valentin. Un mois plus tard, le 14 mars, ce serait au tour de Delorme Pinson d'offrir un cadeau à sa femme. Il avait déjà repéré un bracelet en jade.

— J'aurais dû m'en douter, s'excusa-t-il en glissant le carnet dans son tiroir.

— N'oublie pas de le fermer à clé, lui recommanda Umiko. Il ne faudrait pas que tu te le fasses voler comme l'autre jour. Certains patients s'intéressent plus à tes ordonnances qu'à tes précieux *netsuke*.

— Ne t'inquiète pas, la rassura-t-il en montrant la porte du menton. Il en reste encore combien?

— Quatre.

— Tant que ça?

Umiko se pencha et l'embrassa sur le front.

— C'est la rançon du succès. Quand les clients sont satisfaits, ils reviennent.

Le médecin soupira.

— Ce sont des patients, Umiko. Je n'aime pas que tu les traites de clients.

— Désolée, mon chéri. Tu as raison.

Umiko quittait le cabinet lorsqu'elle se retourna.

— Delorme?

— Oui? dit-il d'un air distrait en alignant les figurines en ivoire posées devant lui.

— Tu n'as pas changé d'avis?

— À quel sujet?

— Tu es toujours décidé à vendre la maison à Walter Engel?

Delorme releva brusquement la tête.

— Jamais de la vie! D'abord parce que tu n'as aucune envie de quitter cet endroit, ensuite parce que je refuse de vendre à ce type. Je n'aime pas du tout la façon dont il gère ses affaires.

20

Tout en se penchant sur le plan de table de la collation prévue le samedi matin, Isaac repensa à Kathy Leeds en regrettant que la disparition de Shelley la perturbe autant à la veille de son mariage. Il aurait été faux de dire qu'il regrettait l'absence de Shelley ces derniers jours, cette disparition lui facilitait la tâche.

Walter Engel avait beau être le propriétaire du Whispering Sands, Isaac avait peu de contacts avec lui. Il dépendait directement de Shelley. C'était à elle que s'adressait la clientèle lorsqu'il s'agissait d'organiser une réception de mariage, une réunion de famille, un séminaire ou toute autre manifestation du même ordre, à charge pour Isaac de les mettre en œuvre.

Il aimait ce travail qui lui permettait d'assouvir ses penchants artistiques. Il voyait tout en grand, en réaction à l'éducation austère qu'il avait reçue. Il appréciait le luxe, persuadé qu'il suffisait d'y mettre les moyens. C'était aussi simple que ça.

Tout l'inverse de Shelley qui rechignait à la moindre dépense, ce qui créait entre eux des frictions professionnelles. Shelley établissait les devis, laissant à Isaac le soin de veiller à ce que l'hôtel fasse du bénéfice. Il s'y employait, au prix d'économies qui l'obligeaient à se restreindre. Cela n'empêchait pas Shelley de freiner ses envies en lui reprochant constamment de se montrer dispendieux.

Isaac avait beau défendre ses positions, Shelley avait invariablement le dernier mot et il lui fallait courber l'échine s'il entendait conserver son poste. Il ne lui restait plus qu'à s'adapter en offrant le meilleur à ses clients tout en serrant ses budgets. Il en éprouvait une frustration croissante, ce qui l'avait conduit à trouver le moyen de se venger.

Tout avait commencé par la mosaïque représentant des tortues de mer, une pièce dont il avait toujours admiré la beauté et la finesse. S'emparer d'une œuvre aussi imposante n'était pas une mince affaire. Il lui avait fallu désactiver les caméras de surveillance et découvrir le détail des rondes du veilleur de nuit. La réussite d'un tel cambriolage relevait de l'exploit.

Il avait toutefois commis l'erreur d'être malade pendant toute une semaine. Lorsque Shelley était passée à l'improviste lui déposer son chèque, Elliott l'avait laissée entrer sans se poser de question, faute de savoir que la mosaïque était volée. La jeune femme avait observé le décor de la pièce avant de repartir sans un mot.

Le jour où Isaac était retourné travailler, Shelley l'avait convoqué dans son bureau. Il l'avait suppliée de ne rien dire à Walter ou à la police et de lui donner une seconde chance.

À tout hasard, Isaac s'était mis en quête d'un autre emploi, mais les postes d'organisateur d'événements au Ritz-Carlton et au Hyatt n'étaient pas vacants et il n'avait aucune envie de quitter Sarasota. La disparition de Shelley allait lui permettre de rester au Whispering Sands sans cette épée de Damoclès au-dessus de sa tête.

Soulagé, il se concentra sur sa tâche et se promit de prévoir une table ronde pour le gâteau de mariage de Kathy.

21

Piper et Kathy se précipitèrent afin de secourir la vieille dame.

— Madame Golubock ! Roz ! s'écria la seconde en prenant la main de la voisine de sa mère. Comment vous sentez-vous ?

Roz, les yeux fermés, était livide. Un filet de sang s'échappait d'une plaie au niveau de son front, mais sa poitrine se soulevait régulièrement, preuve qu'elle respirait.

— Sa tête est venue frapper le coin du comptoir dans sa chute. Il faut appeler les secours ! cria Piper à la cantonade.

— Je m'en occupe, fit un bénévole de l'association.

Les clients formaient un attroupement autour du stand bijouterie, les plus éloignés tendaient le cou dans l'espoir de voir ce qui s'était passé. Kathy s'agenouilla près de Roz et lui frictionna la main. Piper tenta de se souvenir des leçons de secourisme prodiguées par son père. L'évanouissement de Roz signalait une irrigation sanguine insuffisante au niveau du cerveau. Du moins était-ce le diagnostic de Piper.

— J'ai besoin d'un objet pour lui soulever les jambes, ordonna-t-elle. Kathy, peux-tu desserrer sa ceinture ? Où puis-je trouver une trousse de secours ?

Quelqu'un lui tendit par-dessus le comptoir un tabouret qu'elle glissa sous les jambes de Roz pendant que Kathy ouvrait la trousse de secours qu'on venait de lui donner à la hâte.

— Prends une compresse et pose-la sur la plaie, décréta Piper. Les blessures à la tête saignent beaucoup. J'espère que celle-ci n'est pas trop grave.

Piper poussa un soupir de soulagement en voyant Roz écarter les paupières. La vieille dame fit mine de se relever.

— Ne bougez pas, madame Golubock. Prenez le temps de reprendre des forces.

Roz avait réussi à se mettre en position assise lorsque les secours arrivèrent. Les ambulanciers l'examinèrent et traitèrent sa plaie au front, qui se révéla relativement mineure, une fois le sang épongé.

— Nous allons vous conduire aux urgences où un médecin vous examinera, proposa l'un des ambulanciers.

— Je vais bien, je vous assure, insista Roz. C'est de ma faute, je n'ai pas pris de petit-déjeuner ce matin. Je suis désolée de vous avoir causé autant d'ennuis.

Comme elle refusait avec obstination de se rendre à l'hôpital, l'ambulancier lui fit signer une décharge.

— Acceptez au moins que quelqu'un vous reconduise chez vous, déclara le secouriste. Vous ne pouvez pas conduire dans votre état.

— Nous nous en chargeons, décréta Kathy. Roz viendra avec moi et Piper nous suivra avec sa voiture.

— Très bien, approuva l'ambulancier tandis que son collègue rassemblait leur matériel. Mais souvenez-vous que les évanouissements, s'ils sont souvent anodins, peuvent être le signe d'un problème plus grave. Vous devriez demander à son médecin traitant de l'examiner.

22

Brad s'approcha de la mer et trempa un pied nu dans les eaux du golfe, calmes après la tempête. La mer était froide, sans être glaciale. Il leva les yeux vers le ciel. Le soleil brillait au-dessus de sa tête.

La matinée avait été très calme, il restait à espérer que les affaires reprennent dans l'après-midi. C'était le début de la saison, les vacanciers commençaient tout juste à arriver. Pratiquer le kayak ou le paddle était encore le plus sûr moyen de rester en forme tout en bronzant.

Tout en aimant profiter pleinement de la plage, il voyait avec soulagement arriver les premiers touristes. Chargés de fauteuils pliants, de parasols et de serviettes de bain, ils étaient prêts à tout pour emmagasiner quelques rayons de soleil.

Il se demanda si Piper Donovan passerait cet après-midi-là. Il était impatient de la voir en bikini. Avec un peu de chance, elle serait encore plus séduisante que Shelley.

23

Piper et Kathy escortèrent Mme Golubock jusqu'à l'intérieur de sa maison. Roz s'agrippa à la rampe en fer forgé et monta lentement les quelques marches menant au salon où elle s'installa avec précaution dans le fauteuil à bascule qui trônait près de la porte coulissante.

— Le mieux serait peut-être de passer un coup de fil à votre fille et de lui raconter ce qui s'est passé, suggéra Kathy.

— Jamais de la vie. Je ne vais pas embêter Roberta pour si peu. Elle voudra prendre le premier avion alors que je vais très bien. Je vous assure.

— Que diriez-vous que j'aille vous acheter à manger? proposa Piper. Il me suffit de vous prendre un sandwich chez Anna's Deli, qu'est-ce qui vous ferait plaisir?

Roz refusa d'un mouvement de tête, les yeux perdus à l'horizon.

— Non merci, Piper. J'ai tout ce qu'il faut à la cuisine, il faut juste que je me force à manger un peu. Je n'ai guère d'appétit depuis quelques jours.

— L'ambulancier avait raison, Roz, intervint Kathy. Vous devriez consulter un médecin.

Elle sortit son téléphone portable.

— J'appelle le docteur Pinson.

— Il m'a examinée le mois dernier, murmura la vieille dame. Je me porte très bien. Physiquement, en tout cas.

— Dans ce cas, qu'est-ce qui vous travaille? s'inquiéta Piper d'une voix douce. Nous pourrions peut-être vous aider.

Roz dévisagea les deux jeunes femmes et comprit qu'évoquer l'incident survenu quelques jours plus tôt la soulagerait.

— Accepteriez-vous de prendre une tasse de thé avec moi? demanda-t-elle. Je vous raconterai ce qui me tracasse.

24

Ils avaient appris la leçon à leurs dépens. L'énorme château de sable qu'ils avaient mis des heures à ériger la veille avait entièrement disparu. Les tours décorées de coquillages et les douves qui entouraient l'édifice avaient été réduites à néant par le vent, la pluie et la marée.

— Allez, les gars. On en construit un autre. Encore plus beau, décida le jeune étudiant venu profiter du climat de Floride avant la reprise du second semestre, le visage rougi par les coups de soleil. Cette fois, on veillera à s'éloigner de l'eau.

Les quatre amis ramassèrent les serviettes et les seaux à glace subtilisés dans leurs chambres d'hôtel et gagnèrent les hauteurs de la plage, près des premiers buissons.

— Regardez, c'est l'endroit idéal. Le sable est encore humide, il sera plus facile à tasser.

— On n'a qu'à construire un château deux fois plus grand que celui d'hier, en mettant le paquet sur la décoration. Pendant que vous commencez à creuser, je vais chercher des super coquillages.

— Pourquoi faut-il qu'on se tape toujours le gros du boulot ?

— Espèce d'idiot. T'as qu'à aller chercher des coquillages pendant que je fais le gros œuvre avec les potes, si tu préfères.

En l'espace d'une heure, les quatre amis avaient moulé plusieurs dizaines de blocs de sable mouillé avec lesquels ils avaient confectionné des tours de hauteurs différentes. L'un d'eux partit remplir son seau au bord de l'eau, y versa du sable et fit pleuvoir le tout au sommet des tours afin de dessiner des flèches gothiques.

— Hé, les mecs ! J'ai trouvé plein de dents de requin ! s'écria celui qui était parti à la chasse aux coquillages. Ça fera trop classe sur les remparts, comme des pieux destinés à repousser les barbares.

Leur travail terminé, ils reculèrent afin d'admirer le chef-d'œuvre.

— Je vais chercher mon iPhone, déclara l'un des étudiants. Il faut absolument que je le prenne en photo.

— Attends ! C'est pas fini. Il faut encore creuser les douves.

25

— Je comprends votre inquiétude, réagit Piper en feignant de ne pas être au courant de la mésaventure de Roz. Je serais terrifiée, moi aussi, si j'avais vu quelqu'un s'enfoncer dans les fourrés avec un corps sur l'épaule.

— Il est probablement trop tard, regretta Roz en reposant sa tasse. J'aurais dû appeler à la minute où j'ai assisté à la scène, mais je n'ai pas voulu déranger à nouveau les hommes du shérif.

— À nouveau ? s'étonna Piper.

— Je les ai contactés à plusieurs reprises depuis la mort de mon Sam. La dernière fois, j'ai bien compris que l'adjoint auquel je m'adressais acceptait de me répondre par politesse.

— C'est pourtant leur boulot, répliqua Piper.

— Il n'y a qu'à les appeler tout de suite, renchérit Kathy. Ils doivent bien être au courant si un rôdeur a été signalé dans les environs. Et si ce que vous avez vu avait un rapport avec la disparition de mon amie Shelley ?

26

La silhouette d'une créature inquiétante s'afficha sur l'écran de la salle de conférences de l'institut océanographique Mote. Dan Clemens poursuivit son exposé consacré aux dangers des mers du globe.

— Voici un requin-tigre, expliqua le jeune homme. Il s'agit d'un prédateur impitoyable capable de dévorer indifféremment des poissons, des phoques, d'autres requins, et même des oiseaux survolant les eaux dans lesquelles il nage. Il est doté de mâchoires puissantes qui lui permettent de broyer les carapaces de tortues et de croquer n'importe quel mammifère marin.

Dan pointa son rayon laser sur les yeux du requin.

— Les requins-tigres possèdent une grande acuité visuelle et un odorat extrêmement développé, ce qui leur permet de repérer une simple goutte de sang dans un espace de la taille d'un terrain de football.

Un spectateur à cheveux blancs, installé au premier rang, leva la main.

— Y a-t-il des requins-tigres dans la région?

— Celui-ci a été photographié au large des îles du Pacifique central, répondit Dan, mais ne vous y trompez pas, il existe diverses espèces de requins dans le golfe du Mexique. Les requins évitent les humains et les attaquent très rarement, c'est vrai, mais il existe un certain nombre de précautions qu'il est bon de prendre afin d'éviter les mauvaises surprises. Vous trouverez en sortant des brochures gratuites à ce sujet.

Dan poursuivit sa présentation en montrant des serpents de mer capables de paralyser leurs victimes, des murènes aux dents acérées, des raies enfouies dans le sable des fonds marins qui empoisonnaient leurs proies, des pieuvres à anneaux bleus magnifiques possédant du venin en quantité suffisante pour tuer vingt-six personnes, des poissons-globes porteurs de toxines plus redoutables que le cyanure.

— Ces toxines sont paralysantes et ce n'est pas beau à voir. La victime est prise de suées, de maux de tête, de tremblements, d'attaques, d'arythmie cardiaque et d'insuffisance respiratoire. Bien que paralysée, elle peut très bien rester consciente et lucide jusqu'à la mort. Elle voit et entend tout sans pouvoir réagir. C'est une mort atroce.

Vincent leva à nouveau la main.

— Est-il possible de traiter ces personnes?

— On n'a pas encore découvert d'antidote pour les humains, répondit Dan. On procède généralement à un lavage d'estomac tout en prenant les mesures de survie habituelles de façon à maintenir la victime en vie en attendant que les effets du poison s'estompent. Toutes ne meurent pas. Si le malade survit vingt-quatre heures, il est généralement sauvé, mais je mets bien la phrase au conditionnel.

27

Une tache rouge sombre attira leur attention. Ils continuèrent de creuser et furent pris d'un mouvement de recul instinctif en découvrant un spectacle d'horreur : la tache rouge était celle d'un ongle de pied vernissé. Pétrifiés, les quatre étudiants se regroupèrent machinalement au bord du trou.

— C'est quoi ce… ?

— Arrête !

L'un d'eux se pencha afin d'écarter prudemment le sable, révélant un pied humain et une chaîne en or autour d'une cheville fine. Il lâcha son seau, paniqué.

— Il faut appeler les flics, décida-t-il.

28

Pendant qu'elle attendait l'arrivée d'un adjoint du shérif en compagnie de Roz et de Kathy, Piper rapporta à la cuisine les assiettes et les tasses. Tout en les passant sous l'eau, elle jeta machinalement un coup d'œil à travers la fenêtre qui s'ouvrait au-dessus de l'évier et vit trois voitures de police remonter l'allée à vive allure, gyrophare allumé.

— Ils sont déjà là, cria-t-elle à Roze et Kathy. C'est curieux, ils sont venus à plusieurs voitures.

Les véhicules blancs s'immobilisèrent devant la porte de Roz. Plusieurs hommes en uniforme en descendirent, qui longèrent la maison et se précipitèrent au milieu des buissons bordant la propriété. Piper s'essuya les mains précipitamment et regagna le salon.

— Ce ne sont pas ceux qu'on attendait, expliqua-t-elle. Je vais voir de quoi il retourne.

*

Piper se mêla à l'attroupement qui s'était formé sur la plage et vit les policiers installer un périmètre de sécurité autour d'un carré de sable et de végétation. Elle reconnut Brad O'Hara un peu plus loin. Il était torse nu en dépit du vent froid. Piper le rejoignit, fascinée par le tatouage de la femme en train de pleurer ornant son bras.

— Que se passe-t-il ? s'enquit-elle.

— Des jeunes ont découvert un corps, répondit-il machinalement, sans quitter la scène des yeux.

Piper se hissa sur la pointe des pieds, tendit le cou, et vit les policiers occupés à creuser à l'aide de pelles en déposant soigneusement le sable à côté du trou. Deux hommes en civil étaient accroupis au bord de la fosse tandis qu'un troisième prenait des photos.

— S'il vous plaît, messieurs-dames, reculez, ordonna l'un des hommes du shérif aux badauds.

Ces derniers obéirent à regret. Piper s'écarta de la foule et se dirigea discrètement vers un endroit d'où elle pouvait observer la scène à loisir. Elle remarqua que Brad lui avait emboîté le pas.

— Mon Dieu! s'écria l'un des curieux en voyant les policiers exhumer un corps de femme couvert de sable.

Les yeux de la morte étaient fermés. Elle avait un teint grisâtre, ses longues mèches brunes collées par l'humidité. Les pieds nus et les bras raides, elle était vêtue d'une jupe courte et d'un pull de coton jaune qui moulait son torse. Piper remarqua la présence de plusieurs bagues à ses doigts, ainsi que d'un petit tatouage entre le pouce et l'index de sa main gauche. Elle se trouvait trop loin pour voir ce qu'il représentait. Brad O'Hara s'avança vers elle.

— Je sais qui c'est, déclara-t-il. Elle s'appelle Shelley Lecœur.

*

Piper, légèrement à l'écart, put assister à l'interrogatoire de Brad par l'un des policiers.

— Je connais Shelley depuis le lycée, expliqua-t-il. On faisait partie de la même bande. J'étais même avec elle le jour où elle s'est fait tatouer ce dessin de Cupidon sur la main.

Il marqua une légère hésitation avant de poursuivre:

— J'aime autant vous le dire, vous finirez de toute façon par l'apprendre : j'ai fait de la prison.

— Pour quelle raison ? s'enquit son interlocuteur.

— Je vendais de la drogue, avoua Brad, mais c'était il y a longtemps. Je me suis rangé depuis, tout le monde vous le confirmera.

L'homme du shérif resta impassible.

— Quand avez-vous vu Mlle Lecœur pour la dernière fois ?

— La semaine dernière. Elle est passée au cabanon dont je m'occupe. Elle voulait s'assurer que j'avais assez de kayaks pour les invités d'un mariage qui doit avoir lieu dans son hôtel.

— Quel jour précisément ?

Brad prit le temps de réfléchir.

— Il me semble que c'était mardi dernier.

— Avez-vous remarqué quelque chose d'anormal ? Paraissait-elle inquiète, ou mal à l'aise ?

Brad secoua la tête.

— Non, c'était la même Shelley que d'habitude.

— C'est-à-dire ? insista le policier.

— Je vous dis, elle est juste passée me voir, on a très peu parlé. Shelley venait uniquement me trouver quand elle n'avait pas le choix. Elle me fuyait depuis mon séjour en taule.

*

Piper sortit son téléphone et prit une photo. Ce n'était peut-être pas du meilleur goût, mais un cliché pris sur une scène de crime lui vaudrait de nombreux commentaires de la part de ses amis sur Facebook.

29

La gorge de Walter se noua lorsqu'il vit, debout à la fenêtre de son bureau, les gens gagner les hauteurs de la plage, devant l'hôtel. La nouvelle s'était répandue comme une traînée de poudre. La découverte d'un corps n'était pas une petite affaire et les curieux souhaitaient voir l'endroit où avait été déterrée la morte, histoire de le raconter à leurs proches par la suite.

On en parlerait très certainement à la télévision le soir même, et le lendemain matin dans les journaux. Dans un premier temps, tout le monde s'intéresserait à l'enquête, mais Walter s'inquiétait des répercussions du meurtre à long terme. Ce drame pouvait-il affecter les affaires de son établissement? Les gens hésiteraient-ils à séjourner dans un hôtel aussi proche d'un endroit marqué par une telle tragédie?

Walter se retourna en entendant sonner le téléphone. Il décrocha. Il s'agissait d'une journaliste attachée à la rédaction d'une chaîne locale.

— Monsieur Engel, j'aimerais vous interviewer brièvement au sujet de la femme retrouvée enterrée sur la plage, tout près du Whispering Sands. Je viens de filmer le lieu où a été retrouvé le corps, je pourrais être chez vous d'ici une demi-heure.

Walter estima qu'il était préférable d'accepter. Il en profiterait pour annoncer que tout le monde à l'hôtel était choqué et triste tout en assurant les téléspectateurs que le Whispering

Sands n'avait en rien perdu de sa quiétude et de sa réputation. *Toute publicité est bonne à prendre*, se dit-il intérieurement. Il donnerait l'impression d'avoir quelque chose à cacher s'il refusait de répondre.

*

Walter attendit la journaliste dans le hall. Il la vit arriver, un sac noir à la main et un trépied de caméra sur l'épaule.

— Où se trouve votre équipe ? s'étonna-t-il.

La journaliste éclata de rire.

— Mon équipe, c'est moi.

Walter lui adressa un regard interrogateur.

— Avec les restrictions budgétaires et les progrès technologiques, je réalise les images, je pose les questions, je rédige les commentaires et je monte le sujet moi-même, expliqua-t-elle en regardant sa montre. Vous êtes prêt ?

Jugeant le grand hall trop sombre, elle suggéra de tourner la séquence à l'extérieur puisqu'il faisait beau, ce qui lui éviterait l'installation de projecteurs. Walter l'entraîna vers le patio.

— Que diriez-vous d'ici, avec le golfe du Mexique en arrière-plan ?

Elle installa son trépied, y fixa la caméra et attacha un petit micro à la chemise de Walter.

— Je vous poserai mes questions depuis l'arrière de la caméra, précisa-t-elle. Vous êtes prêt ?

Walter prit sa respiration et hocha la tête en signe d'assentiment.

— Monsieur Engel, le corps n'a pas encore été identifié formellement, mais l'une des personnes présentes sur la plage affirme avoir reconnu la victime. Il a refusé de répondre à nos questions, tout en précisant qu'il s'agissait de Shelley Lecœur, l'une des employées du Whispering Sands.

Walter, très ému, attendit de s'être repris avant de répondre.

— Je ne souhaite pas faire de commentaire tant que l'identification n'aura pas eu lieu.

— Quelle était la fonction de Shelley Lecœur dans votre hôtel?

— Je suis désolé, mais il serait malvenu de m'exprimer à ce stade.

— Pour quelle raison? insista la journaliste. En quoi cela vous gêne-t-il de préciser en quelle capacité la morte vous secondait?

— Shelley Lecœur n'a pas encore été identifiée. En attendant, je ne compte pas m'exprimer à son sujet.

La journaliste haussa les épaules, décidée à changer d'angle d'attaque.

— Très bien. Que pensez-vous de la découverte d'un corps sur votre propriété? J'imagine que vous ne voyez pas d'inconvénient à répondre, cette fois?

— Aucun. C'est une tragédie. Un drame d'autant plus terrible qu'il nous touche de près. On le sait tous malheureusement, les affaires de ce genre sont fréquentes dans notre société. Elles surviennent n'importe où.

— Une dernière question, monsieur Engel. Avez-vous une idée de qui aurait pu vouloir tuer Shelley Lecœur.

Quelle peste, cette femme. Elle ne me lâchera donc jamais?

Walter hésita avant de bredouiller une réponse.

— Shelley est le type de femme… Je veux dire, ce n'était pas le type de femme…

Il se tut, le temps de retrouver son sang-froid.

— S'il s'agit bien de Shelley, et rien n'est moins sûr, je suis dans l'incapacité de répondre à votre question. Je ne vois pas du tout qui aurait pu lui en vouloir au point de la tuer.

30

De retour chez Roz Golubock, Piper trouva la vieille femme allongée sur le canapé, le brassard d'un tensiomètre autour du bras. Kathy paraissait soucieuse.

— Votre tension est un peu basse, Roz, dit-elle en détachant le brassard. Vous devriez vous montrer plus attentive avec vos médicaments.

— Je sais, avoua Roz. Il m'arrive d'oublier de les prendre.

— Vous n'avez qu'à accrocher un calendrier, sur votre frigo ou ailleurs, en mettant une croix chaque fois que vous avalez vos pilules. C'est la régularité qui importe, Roz. Vous vous en tirez bien cette fois, mais vous n'aurez peut-être pas toujours autant de chance.

Inquiète à l'idée de la mauvaise nouvelle qu'elle devait annoncer à Kathy, Piper commença par lui manifester son admiration.

— Je n'arrive pas à croire que tu saches lire les mesures de ce truc.

— J'ai eu l'occasion d'apprendre avec mon père, répondit Kathy très naturellement. Je vais bien voir ce qu'en pense le docteur Pinson.

Kathy composa le numéro du médecin auquel elle fit part des résultats du tensiomètre, puis elle écouta sa réaction.

— 10 heures, très bien. Je m'assurerai qu'elle se rende à votre cabinet.

Elle se tourna vers Roz en raccrochant.

— Il serait plus rassuré si vous passiez demain à son cabinet.

Le problème réglé, Kathy se souvint brusquement :

— J'oubliais. Alors, Piper? Que s'est-il passé sur la plage?

31

Levi, installé à son poste dans le magasin de souvenirs, s'efforçait de se concentrer sur le disque de bois posé sur l'établi devant lui. Il avait commencé par esquisser les motifs qui orneraient le tour du porte-bonheur, il lui restait à les peindre.

Il trempa son pinceau dans l'encre rouge d'une main tremblante. Au moment de le poser sur le bois, une goutte s'écrasa à l'extérieur de la silhouette du premier oiseau. Il ne fit que l'étaler en voulant l'effacer à l'aide d'un chiffon. Il allait devoir poncer le bois à cet endroit, le recouvrir de peinture blanche, et attendre que celle-ci sèche avant de poursuivre son œuvre.

Il lui fallait impérativement terminer l'assiette au plus vite. Il s'y était engagé auprès de Piper Donovan. Il voulait surtout que Kathy et Dan gardent un souvenir de lui. Un souvenir unique.

Levi souffla sur la couche de peinture blanche dans l'espoir qu'elle sèche plus vite, inquiet et stressé.

Il ne retrouvait plus son portable. Il l'avait cherché partout. Il était même retourné au Whispering Sands en espérant avoir laissé le téléphone en cuisine au moment de livrer ses tartes ce matin-là. Il l'avait ensuite cherché partout dans le hall d'entrée, derrière les coussins, sous les sièges. Il avait interrogé le personnel de la réception, au cas où quelqu'un aurait trouvé l'appareil.

Pour revenir au magasin, il avait emprunté le même chemin qu'à l'aller en regardant partout, en vain. Il n'avait pas le souvenir d'avoir utilisé son portable depuis la veille au soir. Juste avant de se rendre sur la tombe improvisée de Shelley.

32

Piper, qui avait annoncé à Kathy la triste nouvelle quelques minutes plus tôt, passa un bras autour des épaules de sa cousine alors qu'elles rentraient à pied chez Nora.

— Je n'arrive pas à y croire ! Je n'arrive pas à croire que Shelley soit morte ! s'écria Kathy. Comment est-ce possible ?

Piper l'attira contre elle.

— Je ne sais pas, Kathy, lui murmura-t-elle à l'oreille. Je suis désolée.

Elles parcoururent le reste du trajet sans prononcer une parole. Seul le crissement des graviers sous leurs pieds rompait le silence. Kathy, les yeux rouges de larmes, s'arrêta devant la porte de sa mère.

— Attends une seconde, dit-elle en tirant un mouchoir en papier de son sac. Laisse-moi m'essuyer les yeux. Le mariage a lieu dans quatre jours, je ne veux pas que maman me voie dans cet état.

*

Zipper, le chat noir et blanc de la maison, les attendait dans l'entrée, mais c'est tout juste si Nora et Terrie relevèrent la tête en entendant leurs filles rentrer. Elles avaient les yeux rivés sur la télévision où une chaîne locale d'information continue annonçait la découverte d'un corps sur la plage.

Le corps d'une femme a été retrouvé aujourd'hui sur une plage au nord de Siesta Key, disait la journaliste. *Des étudiants de passage à Sarasota à l'occasion des vacances d'hiver ont découvert le cadavre en construisant un château de sable.*

Un jeune homme torse nu, le visage mal rasé, apparut à l'écran.

— *Quand j'ai vu ce pied qui émergeait du sable, j'ai complètement paniqué.*

La police a sécurisé la scène de crime et procédé à la collecte des premiers indices sous le regard des amateurs de plage.

— *Le corps ne semblait pas avoir séjourné là longtemps*, expliquait l'un des hommes du shérif. *La dépouille n'était pas encore en décomposition.*

La sépulture se trouvait à l'extrémité du terrain de l'hôtel Whispering Sands. Le propriétaire de l'établissement est visiblement choqué.

— Regarde, c'est Walter! s'exclama Nora en désignant l'écran.

Walter, très gêné, venait d'apparaître à l'écran, filmé à contre-jour.

— *C'est une tragédie. Un drame d'autant plus terrible qu'il nous touche de près. On le sait tous malheureusement, les affaires de ce genre sont fréquentes dans notre société. Elles surviennent n'importe où.*

La journaliste prit le relais.

Le corps de la victime a été conduit à la morgue du Memorial Hospital de Sarasota où une autopsie doit être pratiquée. Son identité n'a pas été révélée tant que la famille n'était pas avertie. Lois Ryan de Peninsula News, depuis Siesta Key.

— C'est horrible, commenta Nora en éteignant le poste.

— Ce n'est pas le pire, maman, déclara Kathy dans un chuchotement.

Nora se retourna vers sa fille dont elle découvrit les yeux rougis.

— Pourquoi? demanda-t-elle avec inquiétude. Que se passe-t-il?

Kathy s'assit sur le canapé à côté de sa mère et lui prit la main.

— Le corps est celui de Shelley.

33

Les hommes du shérif attendirent que le corps ait été évacué et que les badauds se soient éloignés avant de procéder à une fouille en règle des alentours. La plage ne posait pas de problème car le soleil, radieux, illuminait l'immense étendue de sable blanc. L'utilisation de détecteurs de métaux permit de découvrir une épingle de sûreté, une barrette à cheveux, et un assortiment de capsules de bouteilles.

— Je doute qu'il s'agisse de véritables indices, dit l'un des policiers en enfermant ses trésors dans un sachet en plastique.

— On ne sait jamais, estima son collègue.

La fouille des buissons se révéla plus complexe. Des fougères et des raisiniers poussaient au milieu d'une forêt de sureaux, de filaos et de palmiers. La pénombre ambiante et la densité de la flore rendaient les recherches difficiles.

Le premier policier ramassa une tong déchirée et la montra à son collègue.

— La couleur est complètement passée, nota ce dernier. On dirait qu'elle a été abandonnée là il y a longtemps. Ramasse-la tout de même.

Le policier s'exécuta, puis il s'accroupit au pied d'un palmier où gisait la carapace d'un bébé tortue de mer.

— Le malheureux n'aura pas survécu à la saison dernière, remarqua-t-il tristement.

— Là ! s'exclama son collègue. Regarde ce que j'ai trouvé !

Il brandit d'une main gantée un téléphone portable.

34

Ils l'avaient découverte. Ils avaient trouvé le corps de Shelley. On en parlait partout, à la télévision, à la radio, et il ne faisait aucun doute que la nouvelle ferait la une des journaux le lendemain.

Sarasota avait beau être une grande ville, elle avait tout d'une bourgade de province. Ce n'était pas New York, Chicago ou Los Angeles, où la découverte d'un cadavre serait passée relativement inaperçue. À Sarasota, le meurtre de Shelley Lecœur était une nouvelle de première importance, d'autant plus que le corps avait été déterré sur la plage de Siesta Key.

La ville de Sarasota tout entière dépendait du tourisme. Les visiteurs apportaient des millions de dollars à l'économie locale. Les hôtels, les restaurants, les théâtres, les entreprises de location de bateaux ou de voitures et, plus généralement, toutes les entreprises touristiques du cru avaient connu un boom extraordinaire du jour où la plage de Siesta Key avait été reconnue comme la plus belle d'Amérique. Les finances de toute la région en avaient bénéficié.

La découverte d'un cadavre dans une telle mine de sable blanc ne faisait pas partie de l'image que se faisaient les touristes d'un lieu de villégiature idéal. Les autorités locales ne manqueraient pas de mettre la pression sur la police. La ville aurait besoin de rassurer les vacanciers en expliquant que la police jouait pleinement son rôle et que Sarasota était un endroit sûr.

Il ne leur faudrait pas longtemps pour interroger Roz. Avec un peu de chance, elle n'avait rien vu de grave. Mais ce n'était pas sûr.

35

Kathy insista pour que ses invités assistent à la représentation du spectacle *Soul Crooners* comme prévu en ce soir de Saint-Valentin. Elle-même ne s'en sentait pas le courage et préférait passer la soirée en compagnie de Dan, si bien que Piper, ses parents et Nora se rendirent au théâtre sans elle.

— Walter aurait voulu venir, expliqua Nora en prenant la direction du centre-ville, mais il avait trop de travail. Il est bouleversé par ce qui est arrivé à Shelley. Il s'inquiète aussi de tous les dossiers qu'elle gérait et dont il va falloir s'occuper. La façon dont cette histoire va rejaillir sur les affaires de l'hôtel le préoccupe également.

— Je suis prêt à parier que ça ne changera rien du tout, prédit Vincent. Son établissement est remarquablement situé, sans compter qu'il dispose d'équipements de premier ordre et de l'une des plus belles vues au monde. Les gens ne vont pas cesser de séjourner au Whispering Sands pour autant.

— Je suis d'accord, déclara Piper depuis la banquette arrière, heureuse à l'idée de se changer les idées le temps de quelques heures en assistant au spectacle musical de la Westcoast Black Theatre Troupe. Elle aurait voulu pouvoir effacer de sa mémoire le corps couvert de sable de Shelley.

Ils trouvèrent des places au deuxième rang, sur la droite de la scène, et se plongèrent dans la lecture du programme. Piper consulta la liste des chansons interprétées ce soir-là, ainsi que les biographies des chanteurs. Une fois de plus, elle prenait conscience du nombre d'acteurs, de chanteurs et de professionnels du spectacle qui se montraient prêts à tout pour joindre les deux bouts en exerçant le métier qu'ils aimaient. Comme elle.

Le groupe, exclusivement composé d'hommes, bondit sur scène au même moment. Les chanteurs, tous vêtus d'un costume blanc et d'une chemise mauve, se lancèrent dans une version chorégraphiée de « *I'm Yours* » de Stevie Wonder. Tout en battant la mesure du pied, emportée par la musique, Piper ne parvenait pas à oublier la scène à laquelle elle avait assisté sur la plage ce jour-là.

Qui pouvait bien vouloir tuer Shelley? S'agissait-il d'un assassinat? Ou bien celui qui l'avait enterrée avait-il souhaité étouffer sa mort accidentelle? Brad O'Hara pouvait-il être mêlé à l'affaire de près ou de loin? Il avait expliqué aux enquêteurs que Shelley ne souhaitait plus le voir. Pour quelle raison?

Tandis que le groupe enchaînait avec *My Girl*, Piper se demanda comment Shelley avait bien pu vivre ses derniers moments de vie. Qu'avait-elle ressenti? Avait-elle été terrorisée, ou bien n'avait-elle rien vu venir?

Le show se poursuivit dans une succession parfaite de mélodies inoubliables attachées à l'histoire du label Motown. L'enthousiasme des chanteurs était contagieux, au point que certains spectateurs s'étaient levés et dansaient sur place tandis que les autres, tout sourire, se trémoussaient en rythme sur leur siège. Pourtant, Piper n'arrivait pas à se concentrer sur la musique.

Il était peu probable que le lieu où avait été retrouvé le corps ait été choisi au hasard. Celui qui avait déposé la dépouille de Shelley à cet endroit connaissait le coin. Pouvait-il s'agir de l'homme entraperçu par Roz Golubock?

Les dernières notes de « *What's Going On* » de Marvin Gaye s'éteignirent et Piper repensa à Brad O'Hara. Elle se demanda quelle était la nature exacte de ses relations avec

Shelley. Il lui était facile de poser la question à Dan, mais elle se demandait ce qui pouvait bien pousser le futur marié à donner son amitié à un personnage aussi douteux.

36

Il lui devenait de plus en plus ardu de conduire de nuit, mais Roz entendait bien continuer à se rendre à son club de lecture aussi longtemps qu'elle le pourrait. Elle prenait le plus grand plaisir aux discussions animées qui s'y déroulaient et appréciait les sélections d'ouvrages proposées. Roz était particulièrement fière d'être de loin la membre la plus âgée du groupe.

Le point de vue de ses cadets l'aidait à rester jeune, à envisager le monde de façon différente. De leur côté, ils la traitaient avec respect et s'intéressaient à ses opinions. Roz avait parfaitement conscience qu'il lui faudrait un jour quitter ce groupe et intégrer un club qui se réunissait l'après-midi, mais elle craignait de s'y ennuyer, de trouver les autres membres trop vieux.

Elle exécuta une marche arrière sur l'allée de sa maison en espérant que ses voisins n'étaient pas à leur fenêtre. Les nouvelles circulent vite dans un lotissement, elle se doutait qu'on lui reprocherait de sortir alors qu'elle avait fait un malaise le matin même. À ceci près qu'elle se sentait parfaitement bien. À quoi bon rester toute seule chez elle ce soir alors qu'elle pouvait se retrouver en bonne compagnie?

En outre, Roz éprouvait le besoin de sortir afin de se sentir vivante, sachant que l'on avait retrouvé le corps de cette jeune femme tout près de chez elle. Roz n'avait aucune intention de passer la soirée à ruminer à la perspective de recevoir le lendemain les enquêteurs désireux de l'interroger. Elle se sentait même un peu coupable d'avoir repoussé le rendez-vous lorsque la police l'avait contactée en lui proposant de passer le soir même. Elle avait menti, prétendant ne pas se sentir bien, alors qu'il s'agissait en réalité pour elle de ne pas manquer cette réunion du club de lecture.

Roz remonta l'allée lentement au volant de sa décapotable. En s'engageant sur Ocean Boulevard, elle était loin de se douter qu'on l'observait. Elle aurait été plus surprise encore d'apprendre qu'elle était suivie.

37

Les Donovan émirent des propos louangeurs sur le spectacle tout au long du chemin du retour.

— Vous avez vu la façon dont ces types se démènent sur scène ? s'extasia Vincent. C'est incroyable.

— Leur répertoire était la bande-son de nos années d'université, remarqua Terrie. Je me souviens d'avoir dansé sur tous ces tubes lors des fêtes organisées à la fac.

— Avec Frank, nous avons choisi « *La-La Means I Love You* » pour ouvrir le bal à notre mariage, se souvint Nora. Je pensais à lui ce soir. J'aurais tellement aimé qu'il puisse assister à celui de Kathy et Dan.

— Il sera là, déclara Terrie en serrant la main de sa belle-sœur dans la sienne. Il nous regardera à chaque instant.

Au moment où Piper s'apprêtait à intervenir dans la conversation, l'auto s'engagea sur Siesta Drive en direction de North Bridge qu'il leur fallait franchir afin de rentrer. Vincent ralentit en voyant la longue file de feux stop qui s'étendait jusqu'au pont levant.

— J'espère qu'il n'y a pas eu d'accident, fit Nora en tendant le cou, inquiète, afin de voir ce qui se passait. Il n'y a pourtant pas de travaux, et le pont n'est jamais fermé la nuit pour laisser passer les bateaux.

Vincent passa au point mort et coupa le moteur. Un quart d'heure s'était écoulé lorsque la lumière bleue d'un gyrophare s'avança dans l'autre sens.

— Oh non! s'écria Terrie en voyant passer une ambulance à toute allure. J'en ai des frissons. J'espère que ce n'est pas trop grave.

La file des voitures s'ébranla lentement et leur voiture suivit le mouvement. De l'autre côté du pont, ils ralentirent à nouveau en distinguant des projecteurs de police et des signaux lumineux rouges au pied de l'édifice.

— Ah, les badauds! s'agaça Vincent d'un air dégoûté. Pourquoi faut-il que les gens aient toujours besoin de jouer les voyeurs?

Une décapotable jaune en piteux état gisait sur le flanc dans le fossé, son pare-brise étoilé. La portière avant se trouvait sur la chaussée un peu plus loin.

Vincent émit un petit sifflement.

— Oh-oh, dit-il. On dirait qu'ils ont été obligés de désincarcérer le conducteur.

— Non! s'exclama Nora. On dirait la voiture de Roz Golubock!

*

Vincent se rangea sur le bas-côté.

— Attendez-moi, dit-il aux trois femmes en ouvrant sa portière. Je vais voir de quoi il retourne.

Ignorant les instructions de son père, Piper descendit à son tour de voiture et lui emboîta le pas. En se dirigeant vers l'un des hommes du bureau du shérif, elle remarqua la présence sur la chaussée de longues traces de pneu noires. Elle entendit son père se présenter, expliquant qu'il avait longtemps fait partie de la police new-yorkaise. Les deux hommes échangèrent une poignée de main.

— Tout indique que quelqu'un a délibérément poussé cette femme avec sa voiture, expliqua le policier. Nous disposons d'un témoin, un gars qui pêchait sur le pont. Il affirme avoir entendu un crissement de frein et un bruit de collision.

Apparemment, le conducteur de l'autre voiture a heurté la décapotable avant de prendre la fuite. Le témoin n'a malheureusement pas eu le temps de relever le numéro, il dit simplement qu'il s'agissait d'une auto de couleur sombre. La belle affaire.

— Qui conduisait la décapotable? s'enquit Vincent.

— Une vieille femme, répondit son interlocuteur.

— Elle ne s'appelait pas Golubock, par hasard?

— Eh bien, si. Vous la connaissez?

— C'est une voisine de ma belle-sœur, expliqua Vincent au policier.

Il jeta un coup d'œil maussade à la carcasse de l'auto accidentée.

— Elle s'en est sortie?

— Pour l'instant. Elle a été conduite en ambulance au Memorial Hospital de Sarasota. Elle était consciente lorsqu'ils l'ont emmenée, mais elle tenait des propos incohérents.

38

Brad ferma les yeux sous la douche en se laissant engourdir par les picotements des gouttes brûlantes. Quel plaisir de sentir l'eau délivrer ses muscles de toute la tension accumulée. La journée avait été rude.

La vue du corps de Shelley avait ranimé chez lui de nombreux souvenirs. Ils avaient entretenu une grande complicité à un moment donné, avant que la mort du frère de Shelley ne vienne bouleverser la donne. Lorsque Colin avait été victime d'une overdose après avoir consommé de la drogue que Brad lui avait vendue, Shelley avait pété les plombs et s'était retournée contre lui. Son témoignage avait largement contribué à envoyer Brad en prison.

Il entreprit de se savonner longuement, s'amusant à voir les bulles s'accumuler sur le tatouage qui ornait son avant-bras. Le visage de la femme et les larmes qui lui coulaient le long des joues se détachaient sur sa peau d'une façon incroyablement réaliste, sachant surtout qu'il s'était servi d'encre artisanale, obtenue à l'aide de caoutchouc fondu récupéré sur une semelle de chaussure.

Toute forme de tatouage étant proscrite en prison, les détenus devaient opérer en secret en ayant recours à des moyens de fortune. Agrafes et trombones faisaient office d'aiguille stérilisée. L'encre provenait de stylos à bille, de plastique ou de polystyrène fondu. Le risque d'infection était élevé. Celui de se faire tauper et de passer une quinzaine de jours au mitard pour avoir subi ou réalisé un tatouage l'était plus encore, ce qui contribuait à procurer aux prisonniers des sensations fortes.

Brad s'était intéressé aux significations des tatouages carcéraux. Une horloge privée d'aiguilles était synonyme de peine à purger. Le chiffre ornant une pierre tombale correspondait à la durée de la condamnation. Les lettres SWP désignaient le Supreme White Power, une organisation raciste, tandis que 100 % PUR était une autre façon de revendiquer son appartenance à la race blanche.

Le visage d'une femme en larmes signalait aux autres que le détenu avait une femme qui l'attendait dehors. Brad l'avait choisi pour une autre raison. La femme dont le visage s'étalait sur son bras ne pleurait pas son absence. À l'inverse, elle pleurerait le jour où il sortirait. Brad s'était juré de faire pleurer Shelley quand il la reverrait. Il s'était promis de lui faire payer sa trahison.

39

Piper, ses parents et sa tante avaient pris place dans la salle d'attente du service des urgences de l'hôpital. Ils relevaient la tête chaque fois que la porte s'ouvrait, dans l'espoir de distinguer ce qui se déroulait dans la pièce voisine. Le docteur Pinson les rejoignit enfin.

— Roz a survécu à l'accident, fort heureusement, mais elle délire pour l'instant, leur expliqua-t-il. Elle a été très secouée.

— Ses blessures sont-elles graves, Delorme? s'inquiéta Nora.

— À son âge, le moindre choc est grave, répondit le médecin en retirant le stéthoscope qu'il portait autour du cou. Nous allons la garder quelque temps en observation afin de nous assurer qu'elle ne souffre pas d'une hémorragie interne ou d'un traumatisme cérébral. Je ne suis pas rassuré de la voir aussi désorientée. Je souhaite qu'on lui fasse subir des tests demain matin.

— A-t-elle pu raconter ce qui s'était produit? demanda Piper.

— Pas vraiment, répondit le médecin. Elle ne cesse d'appeler Sam.

— La pauvre, s'apitoya Nora. Je devrais contacter sa fille et lui raconter ce qui est arrivé.

— Elle a déjà été prévenue, la rassura le docteur Pinson. Ses coordonnées se trouvaient dans le sac de Roz. Roberta prend le premier avion pour Sarasota demain matin.

— Bien, approuva Nora.

Elle désigna son beau-frère.

— Vincent s'est entretenu avec la police locale. Ils sont convaincus que Roz a été poussée délibérément dans le fossé.

Le médecin posa sur Vincent un regard inquiet.

— Ont-ils la moindre idée de l'identité du responsable?

— Un pêcheur qui se trouvait sur les lieux dit avoir vu une voiture de couleur sombre, répondit Vincent. Il n'a malheureusement pas pu relever le numéro d'immatriculation ou fournir d'autres détails.

Le docteur Pinson secoua la tête en laissant échapper un soupir.

— Après tant d'années, on pourrait croire que je m'habitue à voir des blessés, mais ce n'est pas le cas. C'est plus facile lorsqu'il s'agit d'une personne que je ne connais pas, mais Roz est une vieille femme délicieuse, j'ai beaucoup de mal à accepter ce qui lui arrive.

40

Levi, allongé sur son lit dans sa petite chambre, regardait fixement le plafond. Il avait cherché partout son téléphone portable, sans succès. Le dernier endroit où il aurait pu le perdre était celui qu'il redoutait le plus. Il se promit de trouver la force de retourner sur la plage le lendemain et de fouiller autour de l'endroit où avait été enseveli le corps de Shelley.

Il ferma les yeux et prononça une prière silencieuse. En pensant à Shelley, mais aussi à sa sœur Miriam qui courait un grave danger.

Il lui fallait de toute façon se rendre à la plage de Siesta Key afin de livrer le porte-bonheur. Il espérait que Piper serait contente, jamais il ne s'était autant appliqué.

Certains des symboles qu'il avait choisi de représenter étaient différents de ceux qu'il peignait en temps ordinaire. Il avait dessiné un cœur, évidemment. Quant aux tortues, elles symbolisaient la rencontre de Dan et Kathy. Les larmes pouvaient être interprétées comme les vicissitudes de la vie au sein du couple tandis que les oiseaux à plumage rouge étaient censés incarner le printemps et la renaissance.

Ce travail lui avait fait beaucoup de bien. Levi était soulagé d'avoir pu s'exprimer avec sa peinture. Son œuvre lui survivrait.

Il sursauta en entendant des coups insistants à la porte. Il entendit son père remonter le couloir en maugréant, de l'autre côté de la cloison, en direction de la porte d'entrée.

Levi tendit l'oreille et entendit des voix masculines. Seuls quelques mots lui parvinrent : *téléphone, plage, fils.* Puis il reconnut le pas de son père qui s'approchait. La porte de sa chambre s'ouvrit.

— Levi ? l'appela son père en éclairant la pièce à l'aide d'une torche électrique. Réveille-toi, fils.

Levi se mit en position assise, le cœur battant, les joues en feu.

— De quoi s'agit-il, père ?

— Les hommes du shérif sont là, Levi. Ils disent avoir retrouvé un téléphone qui t'appartient.

La silhouette de la mère de Levi s'encadra sur le seuil de la pièce, emmitouflée dans une robe de chambre épaisse, ses longs cheveux en vrac sur ses épaules, à des années-lumière de la femme coiffée d'un chignon et d'un bonnet à laquelle il était habitué. Elle s'agrippa au bras de son mari d'un air alarmé.

— Que se passe-t-il, Abram ?

— Fannie, retourne te coucher.

— Réponds-moi, insista-t-elle. Que se passe-t-il ?

— Fannie, s'il te plaît, retourne au lit. Levi doit s'habiller.

— Maintenant ? s'écria-t-elle sur un ton inquiet. Pourquoi ?

— Les hommes du shérif l'emmènent dans les locaux de la police.

41

De retour dans sa chambre d'hôtel, Piper se débarrassa de ses sandales, se jeta sur son lit et composa le numéro de Jack sur son portable.

— Tout d'abord, *j'adore* tes fleurs, Jack, lui annonça-t-elle. Elles sont magnifiques et ma chambre a des odeurs de paradis. Merci.

— Il n'y a pas de quoi. J'aurais aimé être là pour les voir. Et te voir également.

— Moi aussi, répondit Piper. De toute façon, le temps passera vite. En attendant, c'est la folie ici, tu sais.

Elle lui expliqua en détail les événements de la journée, heureuse de pouvoir se soulager en lui racontant ce qui était arrivé. Elle s'apercevait à quel point entendre le son de sa voix lui faisait du bien.

— Je passerai quelques coups de téléphone demain matin, histoire de voir s'il n'est pas possible de glaner des informations, proposa Jack.

— Je suis convaincue que la découverte du corps et l'accident de cette vieille dame sont liés. Je ne crois pas aux coïncidences. Il est très possible que Roz ait vu l'assassin transporter le corps de sa victime l'autre soir. Si le coupable le savait, il a fort bien pu vouloir se débarrasser d'un témoin gênant.

— Sais-tu si elle a vu le visage de ce type ? s'enquit Jack.

— Elle ne l'a pas vu clairement, répondit Piper, mais l'assassin ne pouvait pas le savoir.

— Écoute-moi bien, Piper. Si tu as raison, cela signifie qu'un homme dangereux traîne dans les environs. S'il te plaît, évite de te mêler de ça. Laisse la police s'en occuper.

— On dirait mon père.

— C'est bien la preuve que ton père est un monsieur intelligent. Suis ses conseils et reste en dehors de cette affaire.

Mercredi

« S'il est possible de se dissimuler
aux yeux de ceux qui vivent sur terre,
aucun de nos actes n'échappe au Ciel. »
Proverbe amish

42

15 février…
Trois jours avant le mariage

Levi attendait dans la salle d'interrogatoire, prostré sur sa chaise. Il avait le visage en feu et le front dégoulinant de sueur. Les mains posées sur la table devant lui, il serrait les doigts afin de les empêcher de trembler.

— Je sais bien que j'ai perdu mon téléphone, expliqua-t-il à l'inspecteur. Mais pas sur la plage. Je n'y ai pas mis les pieds. Je n'ai aucune idée de la raison pour laquelle vous avez retrouvé ce portable là-bas.

Levi était conscient que mentir était un péché, mais il devait protéger son innocence. Il ne faisait plus aucun doute à ses yeux, après plusieurs heures d'interrogatoire, que la police était persuadée de sa culpabilité dans le meurtre de Shelley. Il nageait en plein cauchemar.

— Dans ce cas, comme l'expliquez-vous? lui demanda le policier.

— Je me tue à vous le répéter, s'écria Levi en posant son front sur la table. Je n'en sais rien. Quelqu'un a très bien pu le trouver et l'abandonner sur la plage.

— Pour quelle raison? s'étonna l'inspecteur. Vous croyez qu'on a voulu vous impliquer?

— Je ne sais pas, insista Levi.

Il serra les paupières. Il aurait donné n'importe quoi pour s'endormir et échapper au tir de barrage des questions de son interlocuteur comme au sentiment de profond malaise qui l'oppressait depuis la nuit où Shelley avait été ensevelie dans le sable.

L'inspecteur se leva de sa chaise et quitta la pièce. Levi aurait été bien en peine de savoir si l'autre avait décidé de lui accorder un peu de répit parce qu'il avait pitié de lui, ou bien s'il s'agissait d'une manœuvre destinée à lui laisser le temps de revoir sa position. Dans un cas comme dans l'autre, Levi était trop heureux de se retrouver enfin seul.

Il pensa à ses parents qui devaient se faire un sang d'encre chez eux. La communauté amish était petite et les nouvelles circulaient vite. Une personne ou une autre ne tarderait pas à apprendre que la police l'avait embarqué. Les gens ne manqueraient pas de se poser des questions, de se demander si Levi était mêlé au meurtre de cette femme comme à ce simulacre d'enterrement sur la plage. Ses parents en seraient mortifiés.

Une fois de plus, Levi pensa au sort de sa sœur adorée. Il était prêt à tout pour la protéger. Jamais il n'accepterait de révéler ce qu'il savait, sachant que parler signerait l'arrêt de mort de Miriam. Il n'avait aucune raison de douter de la parole du meurtrier.

Le tueur était décidé à éliminer tous les témoins. De son côté, la police tenait à résoudre l'affaire. En attendant le retour de l'inspecteur, Levi opta pour une solution qu'il s'était contenté d'envisager jusque-là. Il avait trouvé un moyen de satisfaire la police *et* l'assassin.

La porte s'ouvrit et le policier entra dans la petite pièce.

— Tu peux repartir chez toi, lui annonça-t-il. Mais interdiction de quitter la ville. Nous aurons à nouveau besoin de t'interroger.

Il fit signe à l'adolescent de se lever.

— Allez, dépêche-toi. On va te reconduire chez tes parents.

— Ce n'est pas la peine, j'aime autant rentrer seul, dit Levi en pensant à l'humiliation que subiraient ses parents si les voisins voyaient une voiture de police le déposer devant chez lui.

Les premiers rayons du soleil chassaient la nuit lorsqu'il quitta les locaux de la police. Il prit la direction du quartier de Pinecraft, plus décidé que jamais. Il s'en voulait d'infliger une telle souffrance à ses parents, mais il lui fallait protéger Miriam en priorité. Il souhaitait également échapper aux affres qu'il avait connues depuis le drame. Il frémissait à l'idée de passer toute sa vie à regarder par-dessus son épaule, à craindre pour la vie de sa sœur. Il était préférable d'en finir avec toute cette histoire.

Le plus simple était encore de s'accuser du meurtre de Shelley.

43

Delorme fut réveillé en sursaut par la sonnerie du réveil. Il se souvint instantanément des événements de la veille, de l'heure tardive à laquelle il était rentré après avoir passé la soirée à l'hôpital. Il lui fallait pourtant passer prendre des nouvelles de Roz avant d'entamer sa journée au cabinet.

Les paupières closes, il tâtonna les draps à côté de lui et s'aperçut que la place voisine de la sienne était vide. Sans doute Umiko était-elle sortie faire sa promenade matinale habituelle. Elle manquait rarement à ce devoir.

Il devait bien le reconnaître, Umiko était une femme de discipline, qu'il s'agisse de se maintenir en forme, de respecter son régime, de vaquer aux tâches ménagères ou de gérer leur budget. Même aux débuts du cabinet, elle avait trouvé le moyen de donner l'impression qu'ils vivaient au-dessus de leurs moyens. Et à présent qu'ils disposaient de revenus nettement plus confortables, elle refusait d'envisager un cadre de vie plus spacieux ou plus luxueux. Umiko était très heureuse de leur maison de quatre pièces, avec sa salle d'eau et sa salle de bains. Jamais elle n'aurait voulu renoncer à la vue à couper le souffle sur le golfe du Mexique dont ils bénéficiaient. Ses parents ne s'étaient pas trompés en la baptisant Umiko, ce qui signifiait littéralement « Fille de la mer ».

L'emplacement, l'emplacement, l'emplacement.

Umiko lui récitait ce mot comme un mantra chaque fois qu'il évoquait la proposition de rachat de Walter Engel.

Delorme, si cela n'avait tenu qu'à lui, aurait engrangé sans hésiter la plus-value avant de chercher ailleurs. Pourquoi pas un appartement dans l'une des tours du centre-ville surplombant la marina ? Un logement plus récent, plus spacieux aussi, et plus proche de son cabinet lui aurait parfaitement convenu.

Sauf que sa femme refusait catégoriquement de vendre. Elle fondait en larmes chaque fois qu'il abordait la question. Delorme ne se sentait pas le cœur d'obliger Umiko à renoncer à un endroit qui la rendait aussi heureuse. Il lui devait bien ça. Elle l'avait suivi partout dans ses pérégrinations à travers la planète, ce qui n'avait pas toujours été facile pour elle.

Mais Walter Engel se montrait insistant. Il avait décidé de convaincre les Pinson, comme tous les autres propriétaires du lotissement, de lui vendre leur maison. Pinson savait que Roz Golubock faisait de la résistance, tout comme Umiko et lui.

Il se leva et se rendit à la fenêtre en pensant voir sa femme. Il reconnut sa silhouette mince et son grand chapeau sur la plage où avait été découvert le corps de Shelley la veille. Delorme le savait déjà, même l'annonce de ce meurtre ne suffirait pas à convaincre Umiko de vendre.

44

Piper entassa les oreillers derrière elle, se mit en position assise, saisit son téléphone portable et se rendit sur sa page Facebook. Elle lut avec intérêt les commentaires rédigés par ses amis en découvrant la photo de la scène de crime qu'elle avait postée la veille. La plupart des commentaires, une vingtaine au total, lui conseillaient la prudence. Quelques personnes souhaitaient savoir qui était le malabar torse nu que l'on apercevait sur la droite de la photo. Le tatouage de Brad faisait même l'objet d'une remarque intéressante :

> GRAND AMATEUR DE TATOUAGES, J'AI ZOOMÉ SUR CELUI QUE L'ON VOIT SUR LE BRAS DE CE TYPE. À MON AVIS, LE MEC EN QUESTION A FAIT DE LA TAULE. ON L'AURA TATOUÉ LÀ-BAS.

Bien vu, pensa Piper, consciente une fois de plus qu'il devenait de plus en plus difficile de passer inaperçu dans un monde globalisé marqué par les progrès constants de la technologie.

Elle alluma la télévision juste à temps pour voir les prévisions météorologiques sur la côte ouest de la Floride. Une nouvelle journée de soleil l'attendait, avec des températures supérieures à vingt degrés.

Les premières fois où elle avait séjourné dans la région, bien des années auparavant, elle avait remarqué avec amusement que les journaux télévisés commençaient systématiquement par un bulletin météo. Elle avait fini par le comprendre, cela s'expliquait par l'importance que revêtait le temps aux yeux des habitants de Sarasota. L'annonce d'une vague de froid ou d'un épisode pluvieux concernait autant les agriculteurs locaux que les principaux acteurs du tourisme. Sans parler des touristes eux-mêmes.

Mais ce n'était pas la météo qui intéressait Piper ce matin-là. Le seul détail nouveau dont bénéficiait le grand public était l'identité de la jeune femme retrouvée morte sur la plage de Siesta Key. Shelley Lecœur était présentée comme une habitante de Sarasota de longue date. La police demandait à toutes les personnes disposant d'informations à son sujet de bien vouloir se manifester.

Le sujet suivant n'était pas un reportage à proprement parler, mais un résumé en images commenté par le présentateur. On découvrait à l'écran l'épave d'une décapotable jaune prise en charge par une dépanneuse.

Toujours à Siesta Key, le véhicule d'une habitante d'Ocean Boulevard s'est écrasé au pied de North Bridge la nuit dernière. La conductrice âgée de quatre-vingt-sept ans, Roz Golubock, a été conduite au Memorial Hospital de Sarasota. À en croire les enquêteurs, la décapotable aurait été poussée volontairement dans le fossé par un autre véhicule. La police est à la recherche de témoins de l'accident.

Piper éteignit le poste. Shelley enterrée sur la plage, Roz poussée délibérément dans le fossé. Restait à savoir si la police parviendrait à résoudre ces deux affaires sans que se manifestent des témoins éventuels.

En sautant à bas du lit, Piper eut le sentiment qu'une seule personne pouvait être au courant de ce qui s'était passé dans les deux cas : le coupable.

45

Jo-Jo Williams ouvrit le réfrigérateur et sortit une énorme brique de lait, au milieu du tourbillon provoqué par les trois enfants qui couraient autour d'elle dans la petite cuisine. La brique était quasiment vide et elle se promit de se rendre chez Walmart dès que les enfants seraient à l'école.

Le lait n'était pas le seul à manquer dans la maison. Les placards étaient quasiment vides et Jo-Jo avait beau réaliser des miracles avec le peu d'argent qu'elle gagnait, elle ne parvenait jamais à stocker assez de provisions.

Elle détestait devoir compter entre deux jours de paie et dépendre des pourboires que lui laissaient les clients le soir dans le bar où elle était serveuse. Ses cartes de crédit étaient à sec et ses créanciers ne manquaient pas une occasion de la rappeler à ses devoirs. Quand bien même le père des gamins l'aurait aidée, ce qui n'était pas le cas, jamais elle n'aurait pu s'en sortir.

Elle versait dans des bols le contenu d'un paquet de céréales génériques lorsque son attention fut attirée par le bulletin météo du petit téléviseur posé sur le plan de travail. Elle se réjouit d'apprendre qu'une journée ensoleillée s'annonçait. Elle ne détestait rien tant que porter ses courses sous la pluie.

Elle partagea le peu de lait qui lui restait entre les trois bols de céréales dont les enfants entreprirent aussitôt de dévorer le contenu. Jo-Jo remarqua qu'ils avaient tous les trois besoin de baskets neuves.

Le corps de la femme retrouvée sur la plage est celui de Shelley Lecœur, vingt-sept ans, originaire de Sarasota.

Jo-Jo découvrit le visage de la morte en levant les yeux. Elle eut un haut-le-corps en la reconnaissant. Cette fille était venue au bar l'autre soir, elle s'était installée au fond en compagnie d'un type. Elle s'en souvenait car ce dernier lui avait laissé un gros pourboire.

46

— En tout, ça fera trois étages : un de trente-cinq centimètres de diamètre, une autre de vingt-cinq, et un troisième de quinze. De quoi nourrir soixante-quinze à cent personnes.

Piper poussait le caddie entre les rayons tandis que sa mère y déposait les ingrédients nécessaires à la confection du gâteau. Piper et Terrie avaient calculé les proportions depuis plusieurs semaines, il ne leur restait plus qu'à acheter le nécessaire.

Elles commencèrent par prendre de la farine, du sucre ordinaire et du sucre glace ainsi que du beurre doux, puis elles passèrent à l'extrait de vanille, aux œufs et au lait. Le temps de récupérer des sachets de levure, elles se rendirent au rayon frais où elles jetèrent leur dévolu sur un filet de citrons verts.

— Je crois qu'on a tout ce qu'il nous faut, déclara Terrie en examinant le contenu du caddie.

— Attends ! On allait oublier les cure-dents, s'exclama Piper. Tu n'as qu'à rejoindre la queue pendant que je cours en chercher.

Elle s'engageait entre deux gondoles lorsqu'elle se cogna contre un client émergeant du rayon voisin.

— Oh, je suis désolée, s'excusa-t-elle en levant les yeux.

Elle reconnut avec surprise Brad O'Hara. Le visage renfrogné de ce dernier s'éclaira aussitôt.

— Moi qui étais persuadé que la journée commençait mal, plaisanta-t-il.

Cette fois encore, son sourire avait tout du ricanement aux yeux de Piper qu'impressionnait toujours autant le tatouage de la femme aux yeux remplis de larmes sur son avant-bras.

— Bonjour, Brad. Désolée, je n'ai pas le temps, ma mère m'attend à la caisse, s'excusa-t-elle avec un sourire forcé.

— Détendez-vous, Piper, réagit-il en lui prenant le bras. Prenez votre temps, profitez de la vie. Laissez-moi vous emmener vous balader en kayak aujourd'hui.

Piper se dégagea en haussant les épaules.

— Je ne peux pas, parvint-elle à balbutier. Vous avez déjà oublié? Nous sommes censés partir en promenade dans la baie cet après-midi.

En le voyant s'éloigner, Piper n'eut aucun mal à comprendre pourquoi Shelley fuyait Brad.

47

Il fallut un peu plus d'une heure à Levi pour rentrer chez lui à pied. Il avait la bouche sèche et ses yeux le brûlaient. Il avait profité du trajet pour mettre au point les détails de son plan. S'il ne voulait rien oublier, il avait du pain sur la planche.

Tout d'abord, il allait devoir affronter ses parents. Il redoutait déjà de provoquer chez eux confusion et inquiétude. Il n'avait jamais été dans son intention de les heurter, il détestait l'idée de les faire souffrir.

Ensuite, il devait achever le porte-bonheur dont il avait entamé la décoration la veille. À condition de ne pas être interrompu, il pouvait terminer son travail en fin de matinée et le livrer à Piper Donovan après le coup de feu qui accompagnait invariablement l'heure du déjeuner. Dans la mesure où il travaillait pour la dernière fois dans le restaurant de ses parents, Levi entendait se rendre utile le plus longtemps possible.

Il avançait sur Bahia Vista, imperméable à la rumeur des voitures qui passaient à toute vitesse à côté de lui, au soleil qui affirmait sa présence dans le ciel. Il ne voyait que les mauvaises herbes qui s'échappaient des fissures du trottoir lézardé, les éraflures de ses chaussures noires meurtries par l'usure. Tête baissée, Levi marchait machinalement en écrivant dans sa tête la lettre qu'il lui faudrait rédiger.

De toutes les tâches qui l'attendaient, c'était de loin la plus ardue. Il devait peser soigneusement chaque mot. Comment expliquer la situation de façon à protéger Miriam tout en mettant un terme définitif au cauchemar qu'il traversait ?

48

Piper déposa sa mère à la porte de l'hôtel et fit le tour de l'établissement jusqu'à l'entrée de service. Elle sortait les sacs de courses du coffre de la voiture lorsque son attention fut attirée par une voix masculine. Elle tourna la tête, intriguée, sans voir personne. La voix semblait provenir de l'un des côtés du bâtiment.

Elle haussa les épaules, souleva deux sacs du coffre et se dirigea vers la porte des cuisines. Elle se raidit en croyant entendre la même voix prononcer le mot *Shelley.*

Elle s'immobilisa et tendit l'oreille, mais les paroles lui parvenaient comme étouffées. L'homme se trouvait trop loin, la portée de sa voix altérée par la présence du mur. Elle posa ses sacs en veillant à rester silencieuse et s'approcha du coin du bâtiment.

— *Elle compliquait tout.*

La voix marqua une pause et Piper en déduisit que l'inconnu conversait au téléphone.

— *Je suis content d'en être débarrassé. Je n'apprécie pas beaucoup les menaces.*

Qui pouvait bien s'exprimer de la sorte? Piper aurait donné cher pour jeter un coup d'œil au coin du bâtiment, mais il ne s'agissait pas que le mystérieux propriétaire de la voix puisse remarquer son manège. Il aurait toutes les raisons de ne pas être content s'il s'apercevait qu'elle avait surpris sa conversation.

Elle décida de regagner sa voiture et de reprendre sa tâche. Il lui suffisait d'attendre, il ne pouvait manquer de passer à côté d'elle une fois l'appel terminé.

*

Du coin de l'œil, Piper vit s'avancer Isaac Goode. Ce dernier sembla agréablement surpris de la voir. Rien n'aurait pu permettre à la jeune femme de croire qu'il avait un secret à cacher à la vue du large sourire qu'il lui adressait.

— Laissez-moi vous aider, proposa Isaac en apercevant les lourds sacs de courses.

— Je vous remercie.

À deux, il leur fallut trois voyages seulement pour tout emporter dans la cuisine. Isaac l'aida à vider les sacs en rangeant au réfrigérateur les produits frais, en alignant le reste sur un plan de travail inoccupé.

— Savez-vous que c'est la première fois de ma vie que je me trouve dans une telle situation ? dit-il.

Piper posa sur lui un regard interrogateur.

— Quelle situation ?

— C'est la première fois que des invités préparent le gâteau de mariage. Habituellement, j'ai recours à une pâtisserie qui travaille très bien et se montre toujours très fiable. Lorsque Kathy m'a annoncé que votre mère et vous souhaitiez vous occuper vous-mêmes du gâteau, j'avoue ne pas avoir été emballé.

— Je tiens à vous rassurer, sourit Piper. Ma mère fait des gâteaux depuis des années.

Isaac hocha la tête.

— C'est ce que m'a expliqué Kathy. Elle m'a surtout montré une photo de celui que vous aviez préparé pour cette actrice d'*A little rain must fall.* Je me suis tout de suite senti mieux. J'adore cette série. Je la regarde depuis que je suis gamin. Quand j'étais petit, je demandais à une de mes copines de me l'enregistrer et j'allais la regarder ensuite en douce chez elle. J'ai grandi dans une famille amish. Personne n'avait la télévision chez nous.

Piper, compatissante, comprit combien grandir dans une communauté aussi fermée avait dû être difficile pour lui. Il s'était vu obligé de dissimuler ses penchants naturels comme ses centres d'intérêt. Isaac ne lui faisait pas l'impression d'un tueur.

— Comment était-ce ? demanda-t-il. Je veux dire… de travailler dans cette série au milieu de toutes ces vedettes ?

— C'était très amusant, répondit-elle. J'aurais bien aimé pouvoir passer plus de temps avec eux.

— Je me souviens de votre passage dans l'émission, ajouta Isaac. Votre personnage s'appelait Mariah Lane. J'ai été très déçu quand vous avez été éliminée du scénario.

— Pas autant que moi, commenta Piper.

En le voyant ranger une boîte d'œufs dans le frigo, elle remarqua qu'il tremblait. La boîte lui glissa des mains et son contenu s'écrasa sur le sol de la cuisine.

— Qu'est-ce qui m'arrive ? s'écria-t-il en contemplant le désastre. Quel idiot je fais.

— Ce n'est pas grave, le rassura-t-elle en cherchant des yeux un rouleau d'essuie-tout. Il suffira de racheter des œufs.

Tout en nettoyant avec le jeune homme la masse gluante sur le carrelage, Piper se fit la réflexion qu'Isaac paraissait bien inoffensif. Pourtant, elle l'avait clairement entendu déclarer qu'il était heureux d'être débarrassé de Shelley. En quoi cette dernière avait-elle bien pu le déranger ?

49

Les portes de l'ascenseur du Memorial Hospital de Sarasota s'écartèrent et une femme à l'épaisse chevelure sombre en sortit, un sac à main de créateur en bandoulière. Le pull et le pantalon noirs qu'elle portait accentuaient son teint très pâle. Elle suivit une flèche vers la droite, en direction du service où était hospitalisée sa mère.

Roberta Golubock tressaillit en découvrant la frêle silhouette de Roz, allongée dans un lit d'hôpital, les yeux fermés. Un épais pansement dissimulait son front, ses joues étaient couvertes d'égratignures et ses lèvres tuméfiées avaient triplé de volume. Les bras maigres de la vieille dame, marbrés d'ecchymoses, reposaient sur le drap blanc.

Roberta s'empara silencieusement d'une chaise et la plaça près du lit. Elle consulta sa montre, s'installa, sortit un iPad et se mit à lire. Une demi-heure plus tard, sa mère n'avait toujours pas ouvert les yeux.

Roberta se leva, se dirigea vers le bureau des infirmières et attendit que l'une d'elles s'intéresse à elle.

— Bonjour, je suis la fille de Roz Golubock. Le médecin est-il déjà passé ce matin?

— La dame de la chambre 321, c'est bien ça? lui demanda l'infirmière en actionnant sa souris d'ordinateur, à la recherche de l'information. Oui, le docteur Pinson est venu tout à l'heure.

— Qu'a-t-il dit? s'inquiéta Roberta.

— Il a demandé qu'on lui fasse passer un scanner, ce qui avait déjà été fait. Tout est normal.

Roberta poussa un soupir de soulagement.

— Ah, c'est une bonne nouvelle. Quelle est la suite?

L'infirmière se pencha à nouveau sur son écran.

— Il n'a pas encore signé son certificat de sortie.

— Comment puis-je le rencontrer?

— Je vais l'appeler, suggéra l'infirmière.

Roberta regagna la chambre de sa mère et constata que celle-ci, réveillée, s'était redressée dans son lit.

— Alors, chère dormeuse, l'apostropha-t-elle affectueusement en déposant un baiser sur son front. Comment te sens-tu, maman?

Roz battit des paupières d'un air perplexe.

Roberta s'assit sur le bord du lit et prit délicatement la main de Roz entre les siennes.

— Maman? C'est moi, Roberta.

La vieille dame eut un mouvement de recul.

— Je ne vous connais pas, dit-elle d'une voix ferme. Qui êtes-vous?

*

Debout dans le couloir à quelques mètres de la chambre de sa mère, Roberta écoutait les explications du docteur Pinson d'un air préoccupé.

— Il semble que Roz souffre d'une amnésie rétrograde, précisa le médecin. Il s'agit d'une perte de mémoire qui concerne notamment les événements les plus récents. Le fait que votre mère ne vous ait pas reconnue semble indiquer qu'il s'agit d'une amnésie assez sérieuse.

— Cette amnésie a-t-elle pu être provoquée par le choc qu'elle a reçu à la tête au moment de l'accident? demanda Roberta. On m'avait pourtant dit que le scanner était normal.

— C'est le cas, reprit Delorme Pinson, mais l'amnésie n'est pas nécessairement liée à des lésions anatomiques. Dans ces cas-là, on parle d'amnésie psychogénique. Un phénomène parfois provoqué par la volonté consciente ou inconsciente du patient de ne pas se souvenir d'un traumatisme.

Un pli barra le front de Roberta.

— Le traumatisme lié à l'accident a été suffisamment grave pour que ma mère fasse un blocage ? C'est bien ça ?

— C'est possible, acquiesça Pinson. Le traumatisme n'est pas nécessairement lié à l'accident, c'est difficile à dire.

— Combien de temps peut durer une telle amnésie ? voulut savoir Roberta. Et comment se traite ce genre d'affection ? Faut-il que je lui parle du passé, des gens qu'elle a connus ?

— Vous pouvez essayer, répondit le médecin, même si rien n'indique scientifiquement que cela puisse avoir un effet sur le patient. La mémoire finit généralement par revenir d'elle-même, fort heureusement.

Roberta prit le temps de digérer l'information.

— Si je comprends bien, c'est essentiellement une question de temps ?

— Oui. À part cette amnésie, Roz s'en est remarquablement bien tirée, surtout pour une personne de son âge. Elle est en excellente forme physique.

Roberta hocha la tête.

— Elle a toujours pris soin de sa santé, j'imagine qu'elle en récolte aujourd'hui les bénéfices. Quand pourra-t-elle rentrer chez elle ?

— Je préfère la garder ici une nuit supplémentaire, pour ne prendre aucun risque. Cela dit, elle aura besoin de quelqu'un auprès d'elle lorsqu'elle retournera à la maison.

— J'ai la possibilité de rester jusqu'au week-end. Ensuite, je m'arrangerai pour trouver quelqu'un si besoin est. En attendant, qui sait ? Son amnésie aura peut-être disparu.

— Espérons-le, dit le médecin.

Roberta lui tendit la main.

— Je vous remercie, docteur. Je vous suis très reconnaissante de vous occuper d'elle aussi bien. Elle a eu l'occasion de me dire que vous étiez extrêmement dévoué avec le voisinage. J'avoue que la présence d'un médecin près de chez elle m'a toujours rassurée. Surtout après ce qui s'est passé. Je lisais sur mon iPad l'annonce de cet horrible drame survenu sur la plage. Entre la découverte de ce corps et le fait qu'on a délibérément poussé la voiture de ma mère dans le fossé, je m'inquiète énormément.

50

Piper frappa à la porte de la chambre de ses parents. Le battant s'écarta et son père apparut sur le seuil, un doigt posé sur la bouche. En penchant la tête, elle constata que sa mère était au téléphone. À la mine qu'elle affichait, Piper n'eut aucun mal à deviner qu'elle était inquiète.

— Crois-tu que ce soit temporaire, Nora? s'enquit Terrie. Ou bien le docteur Pinson pense-t-il que cette amnésie est susceptible de durer?

Piper se douta que sa mère et sa tante parlaient de Roz Golubock. Terrie hocha la tête en écoutant son interlocutrice.

— J'irai à l'hôpital avec toi, proposa Terrie en faisant les cent pas dans la pièce, le téléphone collé à l'oreille. Très bien, si c'est ce que tu préfères, Nora. Je te rappelle dès notre retour.

Elle raccrocha et se tourna vers son mari et sa fille.

— Roz souffre de ce que l'on appelle une amnésie post-traumatique. Elle ne se souvient pas de ce qui s'est passé juste avant l'accident, elle semble surtout avoir perdu toute notion des gens qu'elle connaissait. Sa fille est arrivée de New York en avion ce matin et Roz ne l'a même pas reconnue.

— Alors? demanda Vincent. Que dit Nora? Est-ce une affection provisoire?

Terry haussa les épaules.

— On l'espère, mais va savoir. Nora a décidé de se rendre tout à l'heure à l'hôpital afin d'en discuter avec la fille de Roz, mais elle ne veut pas que je l'accompagne. Elle préfère que nous participions à la croisière prévue cet après-midi.

— Le type qui a poussé Roz dans le fossé hier soir doit être fier comme un paon à l'heure qu'il est, remarqua Piper. La vieille dame qu'il a bien failli tuer est dans l'incapacité de fournir le moindre renseignement à la police.

51

Jo-Jo fit un détour par le bar en se rendant chez Walmart. Elle ne prenait pas son service avant 17 heures, mais une question la taraudait. Il n'y aurait encore personne à cette heure, ce qui lui permettrait de trouver ce qu'elle cherchait.

Parvenue à quelques rues de l'Alligator Bar & Grill, elle rangea sa voiture le long du trottoir à hauteur d'un distributeur automatique de journaux. Elle lut à travers la vitre le gros titre qui s'affichait à la une du quotidien local :

LE CORPS D'UNE FEMME RETROUVÉ
SUR LA PLAGE DE SIESTA KEY

Jo-Jo glissa quelques pièces dans la fente, s'empara de l'exemplaire du journal posé en haut de la pile et regagna sa voiture où elle entreprit de lire l'article imprimé en première page. Shelley Lecœur, à en croire le journaliste, avait été aperçue en vie pour la dernière fois à l'hôtel Whispering Sands. Jo-Jo se pencha et ramassa à ses pieds un vieux crayon gras ayant appartenu à ses enfants, à l'aide duquel elle souligna la phrase. Elle avait vu la victime après son départ de l'hôtel, et cette information allait lui valoir cinquante mille dollars. Elle découpa soigneusement l'article, griffonna dans la marge les initiales « A B&G », puis glissa la coupure de presse dans le pare-soleil.

En arrivant sur place, elle remarqua la présence de nombreux mégots de cigarettes devant l'entrée de service. Elle glissa sa clé dans la serrure et pénétra dans le bar, aussitôt assaillie par une odeur de bière rance. Elle s'approcha d'un pas rapide du boîtier de l'alarme et composa le code afin de désarmer celle-ci.

Jo-Jo se dirigea alors vers le minuscule bureau de son patron, qu'elle trouva en désordre. Des catalogues étaient empilés dans tous les coins, la table était couverte de factures et de reçus, la poubelle débordait de canettes vides et d'emballages de plats à emporter.

Le patron de Jo-Jo tenait à tout gérer lui-même, mais il était clair qu'il avait grand besoin d'aide pour le ménage et la gestion de son bar. Jo-Jo lui avait proposé ses services lorsqu'elle était arrivée, dans l'espoir d'arrondir ses fins de mois. Il avait accepté dans un premier temps, jusqu'au jour où il avait compris qu'elle n'avait aucune intention de l'aider gratuitement.

Jo-Jo avait eu le temps, dans l'intervalle, de comprendre le fonctionnement de son système de rangement, même si le terme relevait de l'euphémisme. Elle s'approcha d'un classeur métallique, ouvrit le tiroir du bas, et sortit le dossier contenant les facturettes de cartes de crédit.

La majorité des clients payaient en liquide, si bien que l'examen des facturettes fut très rapide. En l'espace de quelques minutes, Jo-Jo avait déniché celle qui l'intéressait. Elle la reconnut grâce à la date, et parce que le pourboire était égal à cent pour cent de la note.

Super !

Sur le moment, Jo-Jo s'était fait la réflexion qu'elle n'aurait pas été mécontente d'avoir un petit ami aussi généreux. Elle avait même envié la jolie femme installée en face de lui.

À la lumière des derniers événements, elle ne l'enviait plus du tout.

52

Le bateau-ponton amarré le long de l'institut océanographique Mote n'attendait plus que l'arrivée des invités pour prendre la mer. Le marié avait prévu d'assurer en personne les commentaires de la croisière, longue de deux heures, qui devait conduire les passagers à travers les baies de Sarasota et de Roberts.

En prenant place à l'arrière avec ses parents, Piper reconnut seulement certains visages, la plupart lui étant inconnus. Isaac Goode, impeccablement vêtu d'un pantalon blanc, d'un polo bleu foncé et d'une casquette de marine, déposa une glacière volumineuse sur le pont surmonté d'un taud. Piper s'étonna de découvrir Walter Engel au nombre des participants, sachant que sa tante Nora n'avait pu se joindre au groupe. Brad O'Hara s'installa juste devant la jeune femme, à son grand désarroi.

Piper vit bientôt Umiko et Delorme Pinson monter à bord. Le médecin se trouva aussitôt bombardé de questions au sujet de Roz Golubock.

— Elle se repose tranquillement, répondit-il. Elle devrait sortir de l'hôpital demain. Sa fille se trouve à son chevet.

Terrie se pencha vers son mari et sa fille.

— C'est bon signe que le docteur Pinson participe à cette croisière, glissa-t-elle dans un murmure. On voit qu'il ne s'inquiète pas pour Roz.

Vincent secoua la tête.

— Il en faut plus pour que ces types-là acceptent de renoncer à un après-midi de liberté.

Le bateau-ponton ne tarda pas à s'éloigner du quai. Kathy et Dan, debout à l'avant, s'approchèrent du micro afin de saluer leurs hôtes. Derrière le sourire de sa cousine, Piper détecta sans peine sa tension. Elle se demanda comment Kathy parvenait à tenir le coup, à la lumière des événements terrifiants de ces derniers jours.

— Nous vous invitons à vous détendre pendant deux heures en profitant de cette balade magique sur les eaux de notre chère ville de Sarasota, se lança Dan. À mesure de nos pérégrinations, je vous éclairerai sur l'histoire, le cadre environnemental et les traditions de cette belle région. Nous ferons une halte en route, le temps d'une courte promenade sur un îlot inhabité, puis nous passerons à côté d'une rookerie, c'est-à-dire une colonie d'oiseaux dans laquelle vivent des pélicans, des hérons, des ibis et des aigrettes dans leur habitat naturel.

Kathy saisit le micro et prit le relais de son fiancé.

— Je vous conseille à tous de garder les yeux bien ouverts de façon à ne pas manquer les grands dauphins. Il leur arrive de nager le long du bateau.

Piper sentait le stress s'évacuer à mesure que le bateau accélérait sur l'eau turquoise. Une brise fraîche lui caressait le visage en faisant voler ses cheveux derrière elle. Elle était heureuse de se trouver à l'abri sous l'épaisse toile bleue protégeant les passagers des coups de soleil.

Dan porta le micro à sa bouche :

— La chasse et la pêche ont permis aux populations indigènes de survivre pendant des milliers d'années, la Floride ayant accueilli certaines des peuplades humaines les plus anciennes de l'hémisphère Nord. Les premiers conquérants venus d'Europe ont débarqué ici au XVIe siècle, mais Sarasota est néanmoins resté un petit village de pêcheurs, habité par une poignée de familles vivant le long de la baie et circulant dans des rues de terre battue. C'est au cours des cent dernières années que Sarasota est devenue l'agglomération cosmopolite que l'on connaît désormais.

Les participants à la croisière tournèrent la tête en direction des gratte-ciel de verre et d'acier qui dressaient en bord de mer leurs silhouettes majestueuses dans un ciel limpide. Le bateau poursuivit son exploration de la baie, et aux immeubles de bureaux du centre-ville succédèrent de spacieuses villas équipées de piscines à débordement et de marinas privées dans lesquelles étaient amarrés des yachts.

— Regardez ! s'exclama Piper en pointant l'eau du doigt. Un dauphin ! Et là, toute une bande !

Tous les regards se tournèrent vers le point qu'elle désignait. Quatre nageoires dorsales fendirent la surface de l'eau l'une après l'autre. Les dauphins sautèrent avec grâce en aspirant de l'air par leurs évents avant de replonger.

— Croyez-vous qu'ils nagent au fond de la mer à la recherche de nourriture ? demanda Isaac. De quoi se nourrissent-ils, exactement ?

— Essentiellement de poisson, lui expliqua Dan, mais il leur arrive de manger des calamars et des crustacés. Leur alimentation varie d'une région à l'autre, bien évidemment, mais la consommation de sars représente à peu près soixante-dix pour cent de la nourriture des grands dauphins de la baie de Sarasota. Un mâle adulte avale de l'ordre de dix kilos de poisson quotidiennement, tandis qu'une femelle qui nourrit ses petits en consomme le double ! Les dauphins sont de redoutables chasseurs. J'ai vu certains d'entre eux frapper des poissons avec leur queue et les envoyer directement dans la gueule de leurs congénères.

— Va-t-on voir des lamantins ? demanda Piper.

— Sans doute pas à cette époque de l'année, répondit Dan, mais on en croise beaucoup l'été.

Pendant ce temps, Isaac distribuait des boissons fraîches afin que chacun puisse profiter pleinement de la promenade alors que Dan détaillait la faune marine locale. Une heure s'était écoulée lorsque le bateau approcha des côtes d'une langue de terre.

— Et voici Governors Island, expliqua Dan. L'île est inhabitée, mais elle accueille fréquemment des touristes en bateau venus y pique-niquer. Je vais vous montrer des plantes intéressantes ainsi que certains particularismes archéologiques. Nous resterons sur place à peu près une demi-heure, vous aurez l'occasion de découvrir l'île par vous-mêmes.

Les invités débarquèrent en franchissant une petite passerelle en bois jetée entre le bateau à fond plat et la plage de sable. Piper emboîta le pas à ses parents. Au moment de descendre à terre, elle constata que Brad O'Hara l'attendait sur la rive. Il tendit la main et lui saisit le bras afin de l'aider d'une poigne ferme.

Trop ferme.

*

Dan désigna des bosquets de grande taille.

— Ces arbres sont des filaos, une espèce étrangère à cette région. Sans qu'on puisse très bien savoir comment, ces arbres originaires des antipodes ont trouvé le moyen d'arriver sur nos côtes où ils ont proliféré au point de poser une menace grave pour les Everglades, les îles des Keys, et la Floride en général. Ils poussent très rapidement en produisant d'épaisses couches de feuilles ainsi que des fruits pointus qui viennent recouvrir le sol, repoussant sur leur passage les plantes des sables et détruisant l'habitat naturel des insectes locaux et, plus généralement, de la faune sauvage.

Dan se pencha et ramassa sur le sol une petite branche couverte de ce qui ressemblait à des aiguilles de pin. Il la fit passer entre les mains des visiteurs.

— Ces vacheries ont un effet destructeur sur la lumière ambiante, la température, et la composition chimique de nos plages. Leurs racines fragiles ne leur permettent pas de résister efficacement aux vents violents, ce qui conduit à l'érosion des plages et des dunes. Ce phénomène interfère avec la nidification des tortues de mer.

— Pourquoi les autorités ne décident-elles pas de les éradiquer en les arrachant et en les brûlant? suggéra Walter.

— Je crains fort qu'il ne soit trop tard, lui répondit Dan. Les filaos poussent partout, il est devenu impossible de stopper leur invasion.

*

Alors que les invités poursuivaient par petits groupes l'exploration de l'île, Piper s'approcha de Dan.

— Alors, la promenade te plaît? lui demanda-t-il.

— Beaucoup, répondit-elle. C'est formidable. Tu connais parfaitement ton affaire, Dan.

— Merci, Piper. À vrai dire, j'adore ça.

Il se pencha sur le bras de la jeune femme.

— Qu'est-ce que c'est? s'inquiéta-t-il.

Piper suivit des yeux son regard et découvrit des marques rouges au niveau de son bras. Elle massa lentement la zone tuméfiée.

— C'est ton ami Brad, en m'aidant à descendre du bateau, répondit-elle.

Dan secoua la tête d'un air navré.

— Brad n'a pas toujours conscience de sa force.

— Dis-moi, Dan. Je me mêle peut-être de ce qui ne me regarde pas, mais comment peux-tu être ami avec ce type-là? Un ancien dealer?

— Tu es au courant?

— Oui. Il en a parlé à la police hier sur la plage lorsque les enquêteurs lui ont demandé d'identifier le corps de Shelley.

— Je ne serais pas surpris que Brad soit dans le collimateur des flics du fait de son histoire passée avec Shelley. C'est le témoignage de celle-ci qui l'a conduit en prison. Le petit frère de Shelley est mort d'une overdose en consommant de la drogue fournie par Brad.

— Quel cauchemar ! gémit Piper.

— C'est vrai, reconnut Dan. Je connais Brad depuis qu'on est tout gamins, il en a fait des vertes et des pas mûres, mais ce n'est pas un mauvais bougre. Sans compter qu'il a payé sa dette. On ne se débarrasse pas d'un ami d'enfance au prétexte qu'il est loin d'être parfait, tu ne crois pas ? Nous avons tous nos défauts.

— Qui a des défauts ? demanda Kathy en se joignant à eux.

— Pas toi, en tout cas, la flatta Dan en passant un bras autour de ses épaules et en déposant un baiser sur son front. Nous parlions de Brad, précisa-t-il à voix basse.

— Il me fait un peu pitié, déclara Kathy. En dépit de son casier judiciaire, il s'efforce de gagner honnêtement sa vie. C'est ce qu'on espère, tout du moins.

*

Tandis que Dan repartait en tête du groupe, Piper et Kathy restèrent en arrière.

— C'est très curieux, confia la seconde à sa cousine. D'un côté, je suis extrêmement heureuse d'épouser Dan dans trois jours en présence de vous tous. En même temps, je n'arrive pas à accepter que Shelley soit morte. Sans parler de Roz, dont personne ne sait exactement ce qui lui est arrivé. Ce n'est pas du tout la façon dont j'imaginais mon mariage.

Piper la serra contre elle.

— Je sais, lui dit-elle d'une voix rassurante, mais la police poursuit son enquête. J'en ai parlé à mon ami Jack, qui fait partie du FBI. Il se renseigne actuellement, il tente d'en apprendre davantage. Tu verras, Kathy. La vérité finit toujours par triompher.

*

Quelques minutes plus tard, le bateau reprenait la mer.

— Regardez les pélicans. On dirait des kamikazes, nota Vincent en observant le ballet des oiseaux d'apparence préhistorique qui piquaient droit dans l'eau avant de remonter à la surface, la poche de leur bec étrange agitée par les poissons qu'ils venaient de capturer.

— À présent, reprit Dan dans le micro, le moment que je considère comme le clou de la croisière. Je vous propose d'essayer la pêche au chalut !

Il laissa filer dans l'eau de la baie un panier attaché à une corde pendant que les invités s'attroupaient autour d'un aquarium portable. Après avoir laissé le bateau traîner le panier pendant un moment, Dan le remonta à bord et il en déversa le contenu dans le récipient de verre.

Des cris émerveillés fusèrent de toute part à la vue de la diversité des espèces pêchées : un minuscule hippocampe, deux oursins, un brochet de mer, un espadon, trois grosses crevettes, des morceaux d'éponge et des herbiers marins. Dan commença par enfiler des gants avant de sortir du panier chacune de ses prises, de les décrire et de les donner à toucher à qui voulait.

— Qu'est-ce que c'est que ça ? demanda Piper en pointant du doigt une créature boursouflée couvertes d'épines.

— C'est un poisson-globe, répondit Vincent.

— Exactement, approuva Dan, ravi de constater que l'oncle de sa fiancée avait retenu la leçon de sa conférence, la veille, à l'institut Mote.

Il sortit l'étrange animal de l'aquarium.

— Le poisson-globe possède un estomac extrêmement élastique. Au moindre signe de danger, il se gonfle d'eau ou d'air par un mécanisme de défense. C'est très astucieux, en fait. Le prédateur non averti, persuadé d'avoir trouvé un délicieux dîner, se retrouve brusquement confronté à une boule hérissée fort peu appétissante. S'ils savaient au départ ce que contiennent certains poissons-globes, les prédateurs s'enfuiraient à la hâte.

— Que veux-tu dire? l'interrogea Piper en sortant son téléphone afin de photographier l'étrange poisson.

Dan brandit le poisson-globe qu'il tourna dans tous les sens afin que chacun puisse le contempler.

— On estime que ces champions de beauté font partie des vertébrés les plus vénéneux au monde, expliqua-t-il. S'il est vrai que certains organes, comme le foie ou parfois la peau, sont extrêmement toxiques, leur chair est considérée comme un mets délicat en Asie. Elle doit impérativement être préparée par des cuisiniers aguerris, capables de déterminer quelles parties sont comestibles, et en quelle quantité. Sinon, leur consommation est mortelle.

— Comment s'explique leur dangerosité? s'enquit Piper.

— On pense que leur toxicité est liée à leur alimentation. Les poissons-globes nés et élevés en captivité ne fabriquent pas de poison. Les toxines se développent lorsqu'ils ingèrent certaines bactéries des crustacés dont ils se nourrissent dans la nature. Nous procédons actuellement à diverses expériences dans l'espoir d'en apprendre davantage.

53

Il est toujours intéressant de laisser traîner ses oreilles, même sur une île déserte.

Piper Donovan avait une grande bouche et un ego plus surdimensionné encore. De quel droit avait-elle débarqué comme une fleur depuis son Nord natal en se mêlant des affaires locales ? Cette Piper était décidément une sacrée fouineuse.

Le FBI ?!! La cousine de Kathy avait demandé au FBI de fourrer son nez dans le meurtre de Shelley et dans l'accident survenu à la vieille dame ? C'était déjà bien assez d'avoir le bureau du shérif de Sarasota sur le dos dans les deux cas, sans attirer l'attention de la police fédérale par-dessus le marché. Il suffirait de quelques coups de fil des fédéraux pour que les flics du cru passent à la vitesse supérieure.

Les médias n'arrangeaient rien en placardant la photo de Shelley à tout-va. Il n'en fallait pas davantage pour que quelqu'un se souvienne d'un détail quelconque. On avait très bien pu l'apercevoir avec elle la nuit du meurtre, dans ce bar. L'endroit était bondé, il y faisait sombre et le taux d'alcoolémie de la clientèle était élevé, mais quelqu'un pouvait avoir remarqué la présence d'une jolie fille en sa compagnie dans le box du fond.

Quant à Roz, il restait à espérer que les reportages du moment ne viennent pas réveiller la mémoire d'un témoin quelconque. Par chance, il avait réussi à retirer les traces de peinture jaune de la carrosserie de sa propre voiture en utilisant un dissolvant avant d'appliquer de la cire. Il n'avait pas eu besoin d'emmener l'auto chez un carrossier, où l'on aurait facilement pu lui poser des questions et établir un lien avec les événements récents.

Et s'il avait raté son coup dans le cas de Roz, la chance l'avait bien servi en provoquant cette amnésie. Pour l'heure, elle ne se souvenait de rien. Il lui suffirait de terminer le boulot le moment venu.

Restait une question à régler, celle qui lui avait valu les menaces de Shelley. Elle avait eu le grand tort de fourrer son joli petit nez là où il ne fallait pas. Et voilà que Piper Donovan imitait son exemple.

54

Vincent et Terrie descendirent du bateau les premiers en compagnie de Walter, avec lequel ils avaient prévu de regagner le Whispering Sands.

Piper préféra profiter de la voiture de Kathy et Dan. En attendant que les futurs mariés finissent de régler des détails de dernière minute avec Isaac, elle entama la discussion avec le docteur Pinson et sa femme en feignant d'ignorer Brad O'Hara, scotché sur son siège à bord du bateau, qui ne la quittait pas des yeux.

Kathy finit par jeter un regard dans sa direction en souriant.

— Piper, ça t'ennuie si on s'arrête en passant à la paillotte ? Isaac souhaite nous montrer la façon dont seront disposées les tables pour le dîner de répétition vendredi soir.

— Pas de problème, ça m'intéresse aussi.

Piper se leva, sans prêter attention à la flaque qui s'étalait sur le pont depuis que Dan était remonté à bord, avec sa cargaison de créatures marines, le seau traîné par le bateau dans les eaux du golfe. Elle glissa et tomba la jambe la première sur un taquet métallique.

*

Piper poussa un cri sous l'effet d'une douleur fulgurante qui lui traversa le corps. Elle posa un regard sur sa jambe et vit une tache de sang qui allait en s'élargissant. Ses yeux se remplirent de larmes.

— Oh, non ! s'écria Kathy en se précipitant au secours de sa cousine auprès de laquelle elle s'agenouilla.

Piper se retrouva très vite au centre de l'attention des passagers qui n'avaient pas encore quitté le bord.

— Laissez-moi regarder, fit le docteur Pinson.

Il se pencha au-dessus de la blessure, les yeux plissés.

— Quand avez-vous été vaccinée contre le tétanos pour la dernière fois ?

Piper secoua la tête.

— Je ne sais plus.

Le médecin se tourna vers Dan.

— J'imagine que vous devez avoir une trousse de premiers secours sur le bateau ?

— Bien sûr, répondit Dan. Je vais la chercher.

Le médecin épongea le sang et désinfecta la plaie.

— Vous avez de la chance, Piper. Je ne crois pas que vous aurez besoin de points de suture. Un peu de Dermabond devrait suffire à refermer la plaie. En revanche, je vous demanderai de venir jusqu'à mon cabinet. Je vais vous piquer contre le tétanos.

— Je vous accompagne au cas où vous auriez besoin d'aide, se proposa Brad.

Avant que Piper ou quiconque d'autre ait pu réagir, Brad souleva la jeune femme et la descendit à terre.

*

Kathy courut jusqu'à la voiture de Brad et se planta devant la portière de Piper alors que celle-ci bouclait sa ceinture.

— Je viens avec toi, Piper. Nous te reconduirons ensuite à l'hôtel avec Dan.

Piper, qui se sentait mal à l'aise avec Brad, fut reconnaissante à sa cousine de sa proposition. D'un autre côté, elle ne souhaitait pas monter en épingle un accident aussi mineur. Kathy était déjà suffisamment stressée comme ça à l'approche de son mariage.

— Tout va bien, Kathy, répondit-elle avec un sourire forcé. Ne vous inquiétez pas pour moi, je sais que vous devez passer à la paillotte. Je vais très bien, je t'assure.

— Tu es certaine ? insista Kathy.

Elle adressa un signe de tête à peine perceptible en direction de Brad, histoire de signifier muettement à Piper qu'elle comprenait son malaise.

— Je t'assure, Kath. On se voit tout à l'heure.

*

Brad se gara au pied de l'immeuble abritant le cabinet du docteur Pinson et se précipita pour ouvrir la portière de Piper. Il se pencha vers elle, les bras tendus.

— Non merci, dit Piper. Je peux marcher.

Quelques instants plus tard, la voiture de Delorme et Umiko Pinson se rangeait à côté des deux jeunes gens. En traversant le parking, Piper remarqua la présence d'un inconnu élégamment vêtu devant l'entrée du bâtiment.

— Oh non ! déclara Umiko. Il ne sait donc pas que tu ne reçois pas cet après-midi ?

— Je suis persuadé qu'il s'en moque, ma chérie, dit Delorme. Quand les gens croient avoir besoin d'un médecin, ils se fichent bien qu'il soit en congé. Je crois même qu'ils lui en veulent.

— Que va-t-on lui dire ? s'inquiéta Umiko.

— De toute façon, nous sommes là. Je ne vois pas l'intérêt de le renvoyer chez lui. Je le verrai après m'être occupé de Piper.

Tandis que le médecin déverrouillait la porte de son cabinet, Piper remarqua que Brad et l'inconnu échangeaient un coup d'œil. De toute évidence, les deux hommes se connaissaient.

*

— C'est bon, dit Delorme Pinson en rebouchant le tube de colle cutanée.

Il examina son travail.

— Une fois cicatrisée, la plaie sera à peine visible.

— Formidable, répondit Piper en regardant sa jambe. Je vous suis très reconnaissante, docteur.

— Appelez-moi Delorme, je vous en prie. Vous aurez mal pendant quelque temps et la fatigue se fera certainement sentir ce soir à cause de votre chute. Si vous voulez bien passer dans mon bureau, je vais vous prescrire un antalgique.

— Est-ce vraiment nécessaire? s'enquit Piper en le suivant. Des comprimés de Tylenol ne suffiraient pas?

Delorme fronça les sourcils en prenant le carnet d'ordonnances posé sur son bureau.

— Zut, c'est à nouveau ma dernière feuille.

— Vous voyez? insista Piper. Vous feriez mieux de la garder pour le patient suivant.

— Bien, accepta le médecin à regret. Si vous estimez qu'un peu de paracétamol peut suffire, d'accord, mais n'hésitez pas à venir me trouver si vous sentez que la douleur se réveille. Votre tante a mon numéro, j'habite tout à côté de l'hôtel.

Le regard de Piper s'arrêta sur l'alignement des figurines sur le bureau de Delorme Pinson.

— Elles sont magnifiques, s'exclama-t-elle.

Le visage de son interlocuteur s'éclaira.

— Ce sont ce qu'on appelle des *netsuke*. On les utilisait autrefois comme boutons pour les kimonos. Avec le temps, ils ont perdu leur utilité d'origine en devenant des objets d'art d'une grande finesse.

— Puis-je en regarder une de plus près? demanda Piper.

— Je vous en prie.

Elle choisit une figurine de quelques centimètres représentant un pêcheur avec sa canne et un minuscule poisson.

— On peut même lire la satisfaction sur son visage. C'est extraordinaire !

— J'en ai entamé la collection à l'époque où j'étais en poste au Japon, au sein de la marine. C'est devenu une passion. J'en ai toute une collection, ici comme à la maison.

Piper reposa le *netsuke* sur le bureau.

— Vous avez rencontré votre femme au Japon?

— Oui, elle travaillait sur la base. Je suis tombé amoureux d'elle à la minute où je l'ai vue.

— Comme c'est romantique, réagit Piper. J'adore les histoires de coups de foudre.

*

— Il ne vous a rien donné contre la douleur? s'étonna Brad alors qu'il reconduisait Piper à Siesta Key. Je déteste que les médecins fassent preuve de pingrerie avec les antalgiques.

— Il me l'a proposé, répondit Piper, mais je lui ai précisé que je n'en avais pas besoin.

— Il ne doit pas être habitué à ce genre de réaction, remarqua Brad.

— Que voulez-vous dire?

— Qui refuse des antalgiques quand on lui en propose? Personne de ma connaissance, en tout cas.

— Eh bien, vous en connaissez une à présent.

Il tourna le volant et quitta la grand-route.

— Que faites-vous? fit Piper.

— Nous allons passer dans une pharmacie vous acheter du Tylenol et des packs de glace. Vous en aurez besoin si vous avez mal cette nuit.

— Très bien, se résigna Piper en prenant son sac. Vous avez sans doute raison.

Brad descendit de voiture avant qu'elle ait pu sortir son portefeuille. Elle le regarda se diriger vers la pharmacie à grandes enjambées. C'était gentil de sa part de prendre soin d'elle de la sorte. Brad s'était déjà montré très attentionné en la portant jusqu'à sa voiture après l'accident, et voilà qu'il faisait preuve d'une grande sollicitude.

Dan avait peut-être raison, après tout. Un séjour en prison donnait à réfléchir. Peut-être Brad avait-il décidé de mener une existence honnête désormais. Piper se demanda si elle ne devrait pas lui accorder une seconde chance.

55

Les parents de Piper étaient assis dans le hall lorsque Brad la déposa à l'hôtel. Levi Fisher l'attendait, lui aussi, une grande boîte à ses pieds. Piper afficha un large sourire en apercevant le paquet.

— Piper, comment te sens-tu? lui demanda Terrie en se précipitant à sa rencontre. Kathy nous a appelés pour nous raconter ce qui s'était passé.

— Tout va bien, maman. Rien de grave.

Vincent s'intéressa au pansement.

— Tu as fait une piqûre contre le tétanos, au moins?

— Oui, papa, répondit-elle en s'efforçant de dissimuler son agacement.

Elle s'adoucit en voyant combien ses parents étaient inquiets.

— J'ai bien retenu la leçon, papa. Grâce à toi, je sais qu'on n'est jamais trop prudent.

Elle se tourna vers Levi.

— Vous avez terminé mon porte-bonheur?

— Oui, je vous l'ai apporté.

— Pouvez-vous nous le montrer?

— Bien sûr.

Levi souleva le couvercle de la boîte en carton, saisit délicatement le grand disque en bois et le montra à Piper.

— Oh, Levi! C'est ravissant! s'exclama Piper. Vous êtes très doué. Vous ne trouvez pas ça merveilleux? ajouta-t-elle en regardant ses parents.

Les Donovan acquiescèrent avec enthousiasme, s'efforçant de déchiffrer les symboles colorés peints sur l'assiette.

— Vous avez vu ces petites tortues vertes au centre? s'extasia Terrie. J'imagine qu'elles symbolisent la rencontre de Kathy et Dan.

— Je comprends la présence de ce cœur, ajouta Vincent, mais à quoi correspondent ces larmes?

Piper intervint avant que Levi ait pu répondre.

— C'est le pendant des oiseaux que tu vois ici, papa. Les larmes symbolisent le chagrin alors que ces oiseaux sont synonymes de bonheur. C'est normal dans le cas d'un couple qui connaîtra des hauts et des bas au cours de sa vie commune. Je me trompe, Levi?

— C'est une lecture possible, répondit Levi.

— Mais pourquoi ces coquilles Saint-Jacques? voulut savoir Piper.

— Chez les amishs, les coquilles Saint-Jacques représentent l'océan, et donc la douceur du périple de la vie, lui expliqua Levi.

Piper dévisagea l'adolescent. Il était tout pâle et des gouttes de transpiration perlaient sur son front. On aurait pu le croire en état de choc.

— Vous vous sentez bien, Levi? s'inquiéta-t-elle.

— Oui, mais je vais devoir vous quitter. Mes parents ont besoin de moi au restaurant.

— Très bien, dit-elle d'un ton mal assuré en ouvrant son sac à main. Combien vous dois-je pour ce travail magnifique?

— Rien du tout, répondit Levi. Je l'ai réalisé pour Kathy et Dan, ils se sont toujours montrés très bons avec ma famille et moi.

— C'est hors de question, protesta Piper. C'est très gentil de votre part, Levi, mais je vous ai commandé ce porte-bonheur pour leur offrir moi-même. J'insiste pour vous payer.

Mais avant qu'elle ait pu sortir son portefeuille, l'adolescent s'était éclipsé.

56

Heureusement qu'il ne pouvait pas voir à quel point elle tremblait. Jo-Jo s'efforça de s'exprimer d'une voix ferme en serrant le combiné entre ses doigts.

— C'est moi qui vous ai servi ce soir-là quand vous étiez avec Shelley Lecœur, poursuivit-elle. J'ai gardé la facturette à votre nom. Vous auriez été mieux inspiré de payer en liquide.

Son interlocuteur resta silencieux le temps d'une éternité. Elle n'arrivait pas à croire qu'elle en soit arrivée là. Elle n'aurait jamais imaginé un jour en être réduite à recourir au chantage. Ses trois enfants, un compte en banque désespérément vide et les créanciers qui la harcelaient avaient suffi à changer la donne.

L'homme se décida enfin à répondre.

— Que voulez-vous? demanda-t-il.

— À votre avis?

— Combien?

Elle crut s'étouffer en prononçant le montant.

— Cinquante mille dollars. C'est bien le minimum que je puisse exiger en échange de mon silence, non?

— Parce que vous vous imaginez peut-être que je peux me procurer facilement une somme pareille?

— Je ne sais pas, mais j'y comptais, répondit Jo-Jo. Vous êtes quelqu'un de généreux. Vous m'avez laissé un très joli pourboire l'autre soir.

— Comme quoi on finit toujours par être puni de ses bonnes actions, réagit l'homme.

— J'en suis désolée, s'excusa Jo-Jo. Sincèrement. Mais je n'ai pas le choix.

— Très bien. Je devrais pouvoir réunir la somme d'ici ce soir. Pouvez-vous me retrouver à Siesta Key ?

— Je travaille, normalement, mais je vais demander à l'une des filles d'assurer la fin de mon service. 23 heures, c'est trop tard ?

— Pas du tout. Donnons-nous rendez-vous à l'entrée 7 de la plage.

— Pas question, refusa Jo-Jo. L'endroit sera désert à cette heure-là. La dernière fois que vous avez donné rendez-vous à une femme, elle est morte, alors j'aime autant un endroit fréquenté. On n'a qu'à se retrouver sur le parking du marché. J'ai une vieille Impala verte avec un drapeau accroché à l'antenne. Vous ne pouvez pas me rater.

57

Piper se lança en boitant à la poursuite de Levi et finit par le rattraper sur le parking de l'hôtel au moment où il enfourchait son vélo.

— Hé ! lui cria-t-elle. Levi, écoutez-moi ! Si vous refusez que je vous achète ce porte-bonheur, je ne serai pas en mesure de l'offrir en cadeau de mariage à Kathy et Dan. De fait, c'est à vous qu'ils le devront.

Levi posa sur le macadam le pied qu'il avait déjà posé sur la pédale. Il secoua lentement la tête, les yeux rivés sur le sol. Son chapeau à large bord dissimulait ses traits, mais Piper n'en discerna pas moins son angoisse.

— Ça me gêne d'accepter de l'argent, dit-il d'une petite voix.

— Pour quelle raison ? s'enquit Piper. J'ai bien conscience que vous appréciez beaucoup Kathy et Dan, mais il serait normal que je vous rémunère pour un travail que je vous ai commandé.

— Il ne s'agit pas uniquement d'eux, murmura Levi.

— Que voulez-vous dire ? s'étonna Piper. De qui d'autre s'agit-il ?

Levi releva la tête et regarda Piper droit dans les yeux.

— Aucune importance. Je ne peux pas accepter votre argent, c'est tout.

Piper voulut glisser quelques billets dans sa main, mais il était trop tard, l'adolescent s'éloignait déjà en pédalant.

58

Comme la police avait conservé son téléphone, Levi se voyait dans l'obligation de trouver un autre moyen d'entrer en contact avec l'homme qui l'avait menacé d'attenter à la vie de sa sœur. Les cabines téléphoniques avaient quasiment disparu des rues, mais Levi croyait se souvenir qu'il en restait une devant le 7-Eleven de Siesta Village. Il s'y rendit à grands coups de pédales et rangea sa bicyclette devant la supérette.

Une fille en short et haut de bikini qui sortait au même moment du magasin, un Slurpee à la main, lui adressa un clin d'œil en passant. Levi se sentit rougir.

Le cœur battant, il glissa des pièces de monnaie dans la fente du téléphone public et composa le numéro. Un sentiment étrange de détachement s'empara de lui en attendant que l'assassin de Shelley décroche. Il avait l'impression d'assister à la scène en spectateur, et non en acteur. Depuis qu'il avait pris sa décision, son mal de crâne et la sensation d'étouffement qui lui comprimait la poitrine s'étaient atténués. Il se sentait tout bizarre, comme en pilotage automatique.

— Je souhaitais vous avertir que la police est persuadée de ma culpabilité, dit-il d'une voix terne. Ça vaudra mieux pour tout le monde si personne ne les détrompe. J'ai décidé d'en accepter la responsabilité, vous n'avez donc plus rien à craindre. En échange, promettez-moi de ne pas vous en prendre à Miriam.

— C'est vraiment votre intention ? s'étonna son interlocuteur. J'ai du mal à croire que vous puissiez vous accuser d'un crime que vous n'avez pas commis, sachant que vous risqueriez de moisir en prison pendant très longtemps. Voire pire.

— Je me fiche de la prison. C'est ma sœur qui compte avant tout.

— La peine de mort existe toujours en Floride, vous savez.

— J'en suis conscient, rétorqua Levi.

59

Jamais il ne se serait attendu à un tel rebondissement. La chance lui souriait avec une insolence inouïe. C'était presque trop beau pour être vrai.

Levi tiendrait-il réellement son engagement? Accepterait-il vraiment de porter le chapeau pour le meurtre de Shelley? Ne risquait-il pas de craquer face à la pression qu'on lui ferait immanquablement subir? Entre la police, la prison et peut-être même le couloir de la mort, ce gamin n'allait-il pas changer d'avis et avouer la vérité?

De ce qu'il pouvait savoir de Levi, de la façon dont il avait été élevé, il était parfaitement capable de tenir parole. L'idée que l'on puisse s'en prendre à sa sœur le pétrifiait au point de le pousser à garder le silence. À tout prendre, il était peu probable que Levi le trahisse.

Pour l'heure, en tout cas, la décision de Levi lui permettait de gagner du temps. Mais il brûlait les étapes. Il lui fallait commencer par s'occuper de la serveuse. Les maîtres chanteurs n'étaient jamais fiables, contrairement à Levi.

60

Lorsque Piper pénétra dans le hall de l'hôtel, ses parents s'y trouvaient toujours.

— Tu as réussi à le payer? demanda Vincent.

— Il a refusé. J'ai tout tenté, mais il s'est montré intraitable. J'attends un peu avant de me rendre chez Fisher. Si Levi s'entête à refuser cet argent, je le donnerai à Miriam ou à ses parents.

— Excellente idée, approuva Terrie en examinant en détail le porte-bonheur recouvert de symboles. Ce garçon travaille extrêmement bien. Quand tu le verras, demande-lui s'il accepterait d'en réaliser un autre pour La Cerise sur le gâteau. Je vois très bien sur quel mur je pourrais l'accrocher, juste à côté de l'entrée du magasin.

— Encore faudrait-il trouver un moyen de le rapporter, s'interposa Vincent.

Terrie embrassa son mari sur la joue.

— Je compte sur toi pour trouver un moyen, mon chéri.

Piper les connaissait par cœur. Ce n'était pas la première fois qu'elle voyait sa mère suggérer une idée et son père protester, sachant qu'il lui faudrait la mettre en œuvre. Vincent, s'il commençait invariablement par se plaindre, finissait toujours par accéder aux désirs de sa femme. Il était particulièrement fier d'elle et la soutenait sans réserve dans toutes ses entreprises, avec leurs enfants comme chez eux, ou encore à la pâtisserie. Pour avoir résisté à trente ans de mariage et un quart de siècle au sein de la police new-yorkaise qui lui avait valu d'assister à son lot de drames, Vincent s'estimait heureux de son sort.

— Je doute que ça tienne dans les coffres à bagage de l'avion. C'est bien trop gros, bougonna-t-il.

Laissant son père calculer le montant des frais d'envoi, Piper repensa à Levi et à la brève conversation qu'ils avaient eue sur le parking de l'hôtel. Qu'avait-il pu vouloir dire en affirmant que ce porte-bonheur n'était pas uniquement destiné à Kathy et Dan?

61

— Nous commencerons par un ankimo et un tataki de thon, commanda Isaac. Ensuite, mon ami prendra un misoyaki de morue, et moi le shogayaki.

Il referma le menu et le tendit au serveur.

— Je me demande bien pourquoi on consulte encore la carte, remarqua Elliott. On vient ici tellement souvent.

— C'est mon restaurant japonais préféré à Sarasota. Non pas qu'il y en ait tant que ça, ajouta Isaac. Je serais personnellement ravi s'il y avait davantage d'endroits où manger des plats exotiques ici.

— Moi aussi.

Elliott sourit en prenant les doigts de son compagnon. Isaac se raidit sur sa chaise et retira sa main.

— Je t'en prie, El. Tu sais bien que je ne suis pas fan des démonstrations d'affection en public.

— Je sais, mais je me prends toujours à espérer que tu changes un jour d'avis.

— Ça ne risque pas d'arriver, mon grand. Quand bien même je serais hétéro, je ne me comporterais pas différemment. Quand on est amish, c'est pour toujours. Je ne suis pas quelqu'un d'extraverti, c'est tout.

Elliott haussa les épaules et déballa ses baguettes tandis que le serveur déposait les entrées sur la table. Ils partagèrent un pâté de foie de lotte et des tranches de thon très fines, le tout servi avec de la cive et de la sauce au gingembre.

— Tu te souviens du jour où on a commandé du poisson-globe dans ce restaurant à New York ? demanda Isaac en goûtant le foie de lotte.

Elliott secoua lentement la tête.

— Comment pourrais-je l'oublier ? J'étais terrorisé. Depuis, je n'ai jamais pu manger de foie, sous quelque forme que ce soit, sans penser à ce poisson-globe. Je me souviens d'avoir prié le ciel que le chef ait su ce qu'il faisait en retirant la partie toxique.

— Tu n'avais pas du tout l'air effrayé, s'étonna Isaac.

— Parce que je ne voulais pas que tu me trouves timoré. On venait tout juste de se rencontrer. Je voulais t'impressionner.

— Eh bien, tu as réussi. Je me trouvais à New York depuis quelques mois seulement et je te trouvais incroyablement sophistiqué. Je ne voulais pas passer pour un péquenaud.

— À propos de poisson-globe, reprit Elliott, j'ai lu quelque part que les éleveurs de poissons japonais avaient réussi à produire en masse des poissons-globes non toxiques.

Isaac haussa les épaules.

— Ça ôte un peu de la mystique du truc, tu ne trouves pas ? Je veux dire, quel est l'intérêt ? Où est le risque ? Dans ce cas-là, autant manger du thon.

Le serveur débarrassa la table avant d'apporter les plats. Chacun des deux hommes picora dans l'assiette de l'autre de façon à y goûter : de la morue pour l'un, du porc pour son compagnon.

— C'est drôle, nota Isaac en saisissant un filet de viande avec ses baguettes. Quand on faisait cette balade dans la baie tout à l'heure, ils ont jeté un panier à l'eau et remonté un poisson-globe.

— Comment s'est passée cette croisière ? demanda Elliott. Les invités se sont bien amusés ?

— Je crois, oui. Je tire mon chapeau aux mariés. En dépit de tout ce qui leur arrive, ils ont réussi à faire bonne figure.

Si tu veux que je te dise, El, je ne serai pas mécontent quand ce mariage sera terminé. Il règne une atmosphère délétère autour de l'événement. Et puis j'ai un souci de plus.

— Lequel?

— Piper, la cousine de la mariée. Je suis quasiment sûr qu'elle a surpris notre conversation quand on était tous les deux au téléphone ce matin.

Elliott afficha une mine perplexe.

— Où est le problème? Tu n'as rien dit de mal.

— Tu ne te souviens pas? Je t'ai dit que j'étais heureux d'être débarrassé de Shelley.

— Ah oui. C'est vrai, tu me l'as dit, mais je ne vois rien de criminel là-dedans. Tu ne serais pas le premier à détester ton patron.

— Tu as sans doute raison, reconnut Isaac. N'empêche, ça me dérange qu'elle m'ait entendu.

Les plats terminés, Isaac fit signe au serveur de lui apporter l'addition.

— Pas de dessert? demanda Elliott, déçu.

— Désolé, El, mais je dois retourner à l'hôtel. J'ai encore du boulot.

62

Les Donovan prirent un repas léger à l'heure du dîner dans le café de l'hôtel, puis Piper demanda à son père les clés de la voiture.

— Nous irons à pied chez Nora, elle nous emmène à l'assemblée des copropriétaires, expliqua Terrie à sa fille. Pourquoi ne pas nous y rejoindre quand tu rentres ? La réunion a lieu chez les Pinson, à côté de chez elle.

— J'essaye, promit Piper. Je verrai bien comment se porte ma jambe.

En traversant le hall de l'établissement, elle reconnut Walter Engel assis dans un fauteuil club. Penché en avant, il étudiait des plans étalés devant lui sur une table basse. Elle s'approcha.

— Bonsoir, dit-elle. Vous travaillez bien tard.

Walter releva la tête.

— Toujours, répondit-il d'un air surpris avec un sourire défait. Je n'arrive pas à rester dans mon bureau, je pense constamment à Shelley. Nous avons passé tant de temps dans la même pièce, puisqu'elle était mon bras droit.

— Je suis sincèrement désolée pour vous.

Walter tendit l'index en direction des plans.

— Il s'agit des derniers rendus de l'architecte. Shelley travaillait d'arrache-pied pour m'aider à réaliser mon rêve. Elle n'aura pas eu l'occasion de le voir se concrétiser. Je ne sais pas comment je vais pouvoir me débrouiller sans elle.

Piper manifesta sa compassion d'un mouvement de tête.

— Puis-je regarder? demanda-t-elle, soucieuse de changer les idées de Walter.

Il se recula afin qu'elle puisse lire les plans. Elle comprit tout de suite que le futur bâtiment serait nettement plus grand que le Whispering Sands actuel. Le complexe s'étendait jusqu'à la plage.

— À quoi correspondent ces petits carrés? demanda-t-elle en constatant qu'ils se trouvaient sur l'emplacement de la villa de sa tante.

— Ce sont des bungalows privés destinés à la clientèle, lui expliqua Walter, radieux. Chacun d'eux disposera de deux chambres, de deux salles de bains, d'un salon et d'une cuisine, le tout avec une véranda face à la baie. Les clients bénéficieront ainsi d'une petite maison de plage avec tout le nécessaire: télévision par câble, Internet, jacuzzi, draps Frette, et un coucher de soleil unique au monde chaque soir.

— À vous entendre, il s'agira d'une expérience unique! remarqua Piper.

— Ce sera le cas.

— Si je comprends bien, tante Nora et tous les autres ont donc accepté de vous céder leurs terrains?

Le visage de Walter s'assombrit.

— Pas encore, mais je ne désespère pas d'y parvenir quand ils comprendront qu'il y va de leur propre intérêt sur le plan financier. Ils se réunissent ce soir, je compte me présenter devant eux afin de leur fournir tous les détails.

*

Piper quitta l'hôtel et prit le chemin de North Bridge au volant de la voiture de location. Elle était admirative de la démarche de Walter. Sans doute l'audace était-elle la clé du succès. Encore fallait-il que Nora accepte de vendre sa maison en estimant que c'était *vraiment* dans son intérêt.

L'idée lui traversa l'esprit que Walter avait séduit sa tante uniquement parce qu'il convoitait son terrain. Une pensée pour le moins dérangeante. Tante Nora tenait beaucoup à Walter, au point d'envisager de passer le restant de ses jours avec lui. Au terme de plusieurs années de veuvage, elle prenait un risque et Piper n'avait pas envie qu'elle en souffre.

*

Il restait quelques places libres sur le parking des commerces de la famille Fisher. Piper se gara, sortit de son sac une enveloppe au nom de Levi et se dirigea d'un pas vif vers le magasin de souvenirs. La boutique avait déjà fermé ses portes, il ne lui restait plus qu'à tenter sa chance au restaurant. Elle poussa la porte de l'établissement et une femme coiffée d'un chapeau amish vint à sa rencontre.

— Je suis désolée, mais nous fermons dans quelques minutes.

— Je sais, la rassura Piper en lui montrant l'enveloppe. Je venais uniquement déposer ceci à l'intention de Levi Fisher.

— Il vient tout juste de partir, dit la femme.

— Ah, réagit Piper en réfléchissant.

Après tout, peut-être était-ce aussi bien. Cela éviterait à Levi de refuser cet argent une fois de plus.

— Puis-je vous demander de lui remettre ceci? demanda Piper.

— Bien sûr. Je veillerai à lui donner cette enveloppe demain.

En regagnant sa voiture, Piper se reprocha de ne pas avoir demandé son nom à son interlocutrice. En même temps, si l'on ne pouvait pas faire confiance à une Amish, à qui pouvait-on se fier?

63

Levi connaissait le coin idéal. Un endroit où il avait passé des heures en paix, avant que sa vie ne soit bouleversée par les événements récents.

Pinecraft Park se trouvait à quelques minutes à pied du restaurant. Levi ne comptait plus les fois où il était venu là jouer au volley ou au basket, les heures passées au bord de Philippi Creek à pêcher et observer les oiseaux. Ce parc avait été une source de plaisir tout au long de sa jeunesse. Il s'y sentait bien.

Il se dirigea vers le petit bâtiment trapu en parpaing abritant le seul bureau de poste amish au monde. Il consulta le panneau fixé au mur relayant les informations affichées par les membres de la communauté. Il était couvert d'offres d'emploi manuscrites, d'annonces de manifestations diverses et autres nouvelles. Levi reconnut l'écriture de Miriam sur une fiche cartonnée, elle y proposait ses services pour du ménage et du repassage.

Il s'enfonça dans le parc au milieu des petites maisons derrière les fenêtres desquelles s'agitaient des occupants qu'il connaissait pour la plupart. Il se demanda ce que diraient les gens le lendemain en apprenant la nouvelle.

Des guirlandes de mousse espagnole pendaient des branches. Même dans l'obscurité, Levi les voyait se balancer lentement sous l'effet d'une légère brise. Loin d'être inquiétant, ce tableau avait sur lui des vertus apaisantes.

Il longea les terrains de palets et l'aire de pique-nique en direction de la rivière, descendit la rampe en béton permettant la mise à l'eau des bateaux et longea la rive sur quelques mètres. Arrivé à hauteur du vieux chêne, Levi déroula l'épaisse corde qu'il avait emportée. Ses mains ne tremblaient même pas lorsqu'il confectionna le nœud coulant, convaincu d'agir pour le mieux.

64

Lorsque Piper se présenta à la porte des Pinson, l'assemblée des copropriétaires n'avait pas encore commencé. Les propriétaires des villas du lotissement étaient réunis dans le salon où Umiko leur avait servi de la tarte et du café. Walter Engel se tenait à l'écart, perdu dans ses pensées, tête baissée.

— Ah Piper ! l'accueillit la femme du médecin. Bienvenue. Comment va votre jambe ?

— Pas trop mal, répondit Piper. Je suis sûre que tout ira bien. Votre mari m'a promis que la blessure ne laisserait même pas de cicatrice.

Umiko afficha un sourire.

— C'est formidable, dit-elle. Venez prendre un peu de tarte aux noix de pécan. Une recette dont j'ai hérité à l'époque où nous vivions en Géorgie. C'est assez calorique et riche en sucre, mais elle est tellement délicieuse que je me permets un petit écart de temps à autre.

Piper s'en servit une part en regrettant qu'Umiko ait gâché son plaisir en la rappelant à sa ligne. En s'éloignant de la table où était installé le buffet, elle aperçut ses parents et sa tante dans la véranda. Elle s'empressa de les rejoindre.

— Tu as pu donner son argent à Levi ? lui demanda Terrie en la voyant.

— Il n'était pas là. J'ai laissé l'enveloppe à l'une des dames du restaurant, répondit Piper en cherchant des yeux un siège.

Elle n'eut pas le temps de s'asseoir car Delorme Pinson apparut sur le seuil de la porte coulissante.

— La réunion commence, déclara-t-il.

Tous le suivirent à l'intérieur de la maison. Walter, debout en haut des quelques marches séparant la salle à manger du salon, prit la parole.

— Tout d'abord, je souhaite vous remercier de vous être déplacés ce soir, se lança-t-il.

Il se tourna vers ses hôtes, adossés à un mur.

— Merci tout particulièrement à Umiko et Delorme qui nous ouvrent les portes de leur maison.

Le médecin le remercia d'un mouvement du menton tandis que sa femme esquissait une courbette.

— Comme vous le savez tous, poursuivit Walter, j'ai décidé d'agrandir le Whispering Sands afin de lui apporter un certain nombre d'améliorations. À cet effet, j'ai besoin d'étendre mon terrain en rachetant ceux dont vous êtes les propriétaires. Je suis tout disposé à vous en proposer un bon prix. Certains d'entre vous ont déjà accepté, mais d'autres hésitent encore.

« Je comprends vos réticences. Cet endroit est magnifique, dit-il en embrassant d'un geste le golfe du Mexique dont les eaux s'étendaient de l'autre côté de la véranda. À votre place, je ne souhaiterais pas partir non plus, mais il arrive que notre attachement à un lieu nous fasse perdre le bon sens le plus élémentaire. Le marché de l'immobilier en Floride est difficile depuis un moment, qui sait s'il retrouvera un jour des couleurs ? Je vous propose le double des prix couramment pratiqués sur le marché. Avec le fruit de la vente, il vous sera facile d'acheter d'autres propriétés en bord de mer, plus grandes que celles dont vous disposez actuellement.

« Ce soir, j'aimerais que vous puissiez m'expliquer la nature de vos réserves. Je suis disposé à vous aider à régler les problèmes qui pourraient se poser à vous, je souhaiterais surtout vous montrer que vous avez tout intérêt à me vendre votre maison. Qui souhaite commencer ?

Walter balaya son auditoire du regard.

Delorme leva la main.

— Walter, je dois vous dire que vos méthodes ne me conviennent pas.

— Moi non plus, renchérit Roberta Golubock. Votre assistante m'a contactée à New York en me demandant de pousser ma mère à la vente. Je trouve ça scandaleux. Ma mère est parfaitement capable de décider par elle-même.

— À propos de votre mère, comment va-t-elle ? s'inquiéta Walter.

Piper observait la scène avec fascination. Elle se demanda si Walter se souciait réellement de la vieille dame, ou bien s'il souhaitait amadouer Roberta tout en faisant bifurquer la conversation vers un terrain moins glissant. Avait-il seulement envie que Roz se remette ? Dans le cas contraire, il était probable que la maison de la vieille dame serait mise en vente et qu'il n'aurait plus qu'à se baisser pour la ramasser.

— Son état s'est stabilisé et elle rentre chez elle demain, répondit Roberta. Merci pour elle. Pour en revenir au sujet qui nous préoccupe, votre assistante a appelé ma mère une nouvelle fois en lui fournissant sur mon compte des informations parfaitement ridicules qu'elle avait soi-disant glanées sur Internet. Elle l'a menacée de révéler ces mensonges et de mettre en péril ma carrière si elle refusait de vendre.

— Quelle honte ! s'écria une femme que Piper ne connaissait pas. Comment pourrions-nous traiter avec quelqu'un qui emploie des méthodes pareilles ? Pour ma part, je me vois mal vendre à quelqu'un à qui je ne pourrais pas me fier.

Voyant que tout le monde parlait en même temps, Walter leva la main.

— Je vous en prie ! Shelley est sans doute allée trop loin, elle a agi de sa propre initiative. Je n'avais pas la moindre idée qu'elle essayait de vous contraindre à la vente de cette façon. Je suis tout à fait d'accord avec vous pour affirmer qu'elle avait tort. Quoi qu'il en soit, elle n'est plus là puisqu'elle a disparu de façon tragique. Sachez en tous les cas que je souhaite traiter avec vous de façon correcte. Je propose donc que nous laissions retomber les passions et que nous reprenions la discussion.

*

Tout en écoutant Walter, Piper observait discrètement sa tante. Nora, les yeux baissés, serrait les mains sur ses genoux. La situation devait être particulièrement inconfortable pour elle. Elle releva brièvement la tête et Piper lui adressa un sourire rassurant.

Piper écouta les propriétaires exprimer leur point de vue pendant un long moment, puis son attention finit par s'émousser. S'intéressant au décor de la pièce, elle prit le temps d'admirer les estampes japonaises accrochées au-dessus du canapé ainsi que les superbes broderies de soie dans leurs cadres. Sur une table près de la porte coulissante reposait une vitrine remplie de figurines sculptées, similaires à celles que Piper avait vues dans le cabinet du médecin le jour même.

À peine la réunion achevée, Piper jaillit de son fauteuil et se pencha au-dessus des *netsuke*. Elle admira le détail des écailles sur un minuscule serpent enroulé sur lui-même, les poils de moustache d'un chat endormi, la langue crénelée d'un dragon crachant du feu. Le *netsuke* le plus remarquable était toutefois un singe perché sur un rocher qui se défendait contre les tentacules d'une pieuvre. Les poils de l'animal comme l'expression de son visage étaient rendus avec un réalisme saisissant. On distinguait même les ventouses à l'extrémité des tentacules.

— C'est l'un de mes préférés.

Piper releva la tête et découvrit Delorme à côté d'elle.

— À en croire la légende japonaise, poursuivit-il, la pieuvre était le médecin du dragon qui régnait sur la mer.

Désireuse de soigner la fille du roi, la pieuvre lui a prescrit un foie de singe, mais ce dernier, particulièrement malin, a réussi à lui échapper.

Piper savoura l'anecdote qu'elle trouvait amusante, fascinée par la finesse d'un tel travail.

— Vous identifiez-vous avec la pieuvre médecin ? demanda-t-elle.

— Ce serait logique, répondit Delorme, mais je préfère encore le singe qui triomphe d'elle !

Tandis qu'il s'éloignait afin de saluer les invités qui repartaient, Piper prit une photo du *netsuke* afin de la partager avec ses amis sur Facebook.

65

C'était un soir idéal pour quitter son poste avant la fin de son service. Les affaires du bar avaient tourné lentement et les clients s'étaient montrés pingres en matière de pourboires. Jo-Jo ramassa quelques billets et essuya la dernière table.

— Merci d'assurer le service à ma place, Lisa. Je te revaudrai ça, déclara-t-elle en retirant son tablier.

Elle regarda sa montre. Elle avait tout le temps de rallier Siesta Key. Son rendez-vous serait vite expédié, elle n'aurait qu'à lui donner la facturette en échange de l'argent. Rien de plus.

Elle comptait rentrer chez elle une fois la transaction terminée. Elle ne serait pas fâchée de prendre le relais de sa sœur plus tôt que d'habitude. Jo-Jo ne savait pas ce qu'elle aurait fait sans sa cadette qui gardait les trois enfants tout en refusant d'être rémunérée. Après ce soir, elle comptait bien la gâter. Lui offrir un bon d'achat conséquent chez Dillard's ou Macy's, par exemple, l'emmener dîner avec les enfants.

Elle quitta le bar par la porte de service et se dirigea vers le petit parking réservé aux employés, à la fois inquiète et excitée. Cinquante mille dollars. Elle allait pouvoir se lâcher ! Acheter des baskets aux trois enfants, remplir le frigo, payer ses dettes auprès des organismes de crédit, s'acheter une nouvelle voiture. Même une auto d'occasion serait toujours mieux que la guimbarde qu'elle conduisait en ce moment.

Elle ne prenait même plus la peine de fermer à clé sa vieille Impala. Il aurait fallu être cinglé pour vouloir la lui voler.

La portière s'ouvrit en grinçant, Jo-Jo s'installa derrière le volant et posa son sac sur le siège passager. Elle glissait la clé dans le démarreur lorsqu'elle crut détecter du mouvement derrière elle. Sous l'effet du danger, elle sentit monter en elle une bouffée d'adrénaline. Elle se retournait lorsqu'on lui passa un garrot autour du cou.

Jeudi

« Il suffit de prononcer le nom du diable
pour entendre bruisser ses ailes. »
Proverbe amish

66

16 février…
Deux jours avant le mariage

Il était minuit passé lorsque le portable de Piper sonna. Elle regarda l'écran et vit qu'il s'agissait de Jack. Elle baissa le volume de la télévision.

— Salut, toi, dit-elle, ravie, en retirant l'élastique qui maintenait ses cheveux en queue-de-cheval avant de s'ébrouer.

— Je pensais à toi, Pipe, fit Jack. J'espère ne pas t'appeler trop tard. J'avais une opération de surveillance ce soir.

— Non, non. Je ne suis pas près de dormir. Je regardais une rediffusion d'*Esprits criminels.*

Piper évita soigneusement de lui parler de sa blessure à la jambe ou de son passage au cabinet du docteur Pinson en compagnie de Brad O'Hara.

— Une bonne émission avant de dormir, c'est ça ?

— C'est un épisode que j'ai déjà vu, répliqua Piper en s'étirant sur le lit. C'est mon préféré, celui où une cinglée enlève des filles et les déguise en poupées. Heureusement, l'agent Reid vient les sauver avant qu'elles pètent définitivement les plombs.

— Tu connais les gars du FBI, déclara Jack. Ils finissent toujours par coincer le coupable. La coupable, en l'occurrence.

— Pas toujours, l'aiguillonna Piper.

— On se débrouille assez bien en général, se défendit Jack. Presque aussi bien que toi.

— Tu me fais rire. Mais puisqu'on parle d'affaires criminelles, tu as pu te renseigner au sujet de ce qui se passe ici?

— Ouais. Concernant la vieille dame, la peinture jaune de sa décapotable était éraflée, ils font la tournée des garages et des stations-service au cas où quelqu'un aurait fait réparer une voiture cabossée avec des traces de peinture jaune. Sans la moindre description du conducteur ou de sa voiture, et sans plaque minéralogique, ils n'ont presque rien à se mettre sous la dent. Comment va-t-elle, sinon?

— La dernière fois que j'ai pris de ses nouvelles, il y a quelques heures, elle n'avait pas retrouvé la mémoire.

— Dommage, regretta Jack. En revanche, les nouvelles sont plus encourageantes du côté du meurtre.

— Vraiment? Raconte! s'écria Piper en se redressant sur son lit sous l'effet de l'excitation.

— Les enquêteurs attachés au bureau du shérif croient tenir le coupable. Un ado. Figure-toi qu'il fait partie de la communauté amish.

67

Les premières lueurs du jour venaient d'apparaître à l'horizon lorsque Brad, avançant sur le sable froid, arriva à son coin de pêche préféré. Les petits poissons se plaisaient à nager le long des rochers qui s'avançaient dans les eaux du golfe, tout près du secteur de la plage où les tortues de mer creusaient leurs nids. Et qui disait petits poissons disait gros poissons.

Brad déposa son matériel à ses pieds et regarda par-dessus son épaule d'un air nerveux. Le cadavre de Shelley avait été retrouvé à moins de cent mètres de là, ce qui n'était pas pour le rassurer. Il était à peu près certain que les enquêteurs l'avait placé sur la liste des suspects.

Grand bien leur fasse.

Il fouilla son attirail de pêche à la recherche de son appât de prédilection. Il avait capturé plus d'un sébaste grâce à cette cuillère dorée. Il avait bien conscience que les défenseurs de l'environnement recommandaient de rejeter les sébastes. *Rien à foutre.* Brad avait la ferme intention de faire griller ceux qu'il attraperait ce matin-là.

Il accrocha l'appât au bout de sa ligne et lança celle-ci au milieu des vagues, puis il attendit que le poisson morde en observant le ciel sans nuages. Un balbuzard tournait en rond au-dessus de sa tête, qui plongea dans l'eau, les pattes en avant. Lorsqu'il reprit son envol quelques instants plus tard, il tenait entre ses griffes un poisson de belle taille. L'oiseau fila directement vers un filao géant au sommet duquel il se posa afin de dévorer sa proie qui se débattait encore.

Brad avait la plus grande admiration pour les balbuzards. Des oiseaux efficaces et rapides, sans états d'âme. Brad se reconnaissait les mêmes qualités.

Ses muscles et son caractère sans concession avaient suffi à assurer sa tranquillité lors de son séjour en prison. Il avait tenu tête à bon nombre de brutes, des criminels endurcis qui lui foutaient en vérité une trouille terrible. Brad avait pourtant mis un point d'honneur à ne jamais afficher son trouble. Ces types-là sentaient la peur à plusieurs kilomètres. Au moindre signe de faiblesse, ils attaquaient.

Il avait reconnu l'un d'eux la veille lorsqu'il avait conduit Piper chez le médecin. Ni lui ni l'autre n'avaient commis l'erreur de montrer qu'ils se connaissaient, peu soucieux d'afficher leur passé commun.

Brad sentit la ligne se tendre. Il tira dans l'espoir d'enfoncer l'hameçon plus profondément, en vain. La ligne se détendit, signe que le poisson s'était libéré.

Il enroula le fil tout en observant le tatouage qui s'étalait sur son avant-bras nu. Cette femme, censée représenter Shelley versant des larmes pour prix de sa trahison, n'avait plus la même signification depuis que la jeune femme était morte.

Piper, elle, était bien vivante. Pourvu qu'elle ne s'avise pas de le contrarier. Pour son propre bien.

68

Les deux femmes à la silhouette massive firent le tour de leur vieux pick-up rouge tout poussiéreux à l'arrière duquel elles récupérèrent des sièges pliants. Elles les descendirent le long de la pente bétonnée menant au Philippi Creek avec leurs cannes à pêche, leurs filets et leurs glacières en polystyrène. Elles longèrent la rive sur quelques mètres et déplièrent les fauteuils en aluminium à l'endroit habituel. La rivière y faisait un coude, de sorte qu'elles bénéficiaient d'une vue dégagée des deux côtés, au cas où des alligators auraient fait mine de s'approcher.

— Pas fâchée d'être arrivée, mamie, fit la plus jeune des deux en fixant un parapluie en guise d'ombrelle sur sa chaise pliante. Qu'est-ce qu'on va bien pouvoir attraper aujourd'hui, tu crois ?

— Aucune idée, répondit sa grand-mère. J'espère juste que ce sera mieux qu'hier. Ras la casquette des mulets.

— Espérons qu'on attrapera des crapets. Y aura qu'à les frire ce soir avec du pain de maïs. Miam. J'en salive d'avance.

— Alors, ma fille, il te reste plus qu'à accrocher un appât à ton hameçon.

La plus jeune des deux pêcheuses s'exécuta tandis que son aînée soulevait le couvercle de l'une des glacières. Elle en tira les pilons de poulet périmés récupérés dans la poubelle de l'épicerie. Les poissons étaient moins regardants que les êtres humains.

— Allez, mes jolis, grommela-t-elle en enfonçant la pointe de l'hameçon dans le pilon avant de jeter le tout dans la rivière.

Elle se laissa tomber sur son siège et se pencha en avant afin de ne pas perdre de vue le morceau de poulet dans l'eau claire. Son attente fut de courte durée. Quelques minutes à peine s'étaient écoulées lorsqu'elle vit un gros crabe accrocher sa pince dans la chair du pilon.

— Bingo! souffla-t-elle d'un air satisfait en s'emparant d'un filet de pêche. Elle tira prudemment la ligne vers elle, attendant que le crustacé soit à sa portée pour le ramasser à l'aide du filet.

— C'est un gros, s'exclama sa petite-fille en voyant le crabe se débattre.

Au même instant, elle crut voir du mouvement le long de la rive, un peu plus loin. Un objet se balançait doucement au-dessus de l'eau dans la brise matinale. Elle poussa un hurlement en comprenant soudain de quoi il s'agissait.

Derrière sa grand-mère, au-dessus de la rivière, à la branche d'un vieux chêne était accroché un pendu.

69

Le service du petit-déjeuner achevé, Isaac escorta Piper et sa mère en cuisine. Il leur montra où se trouvaient les ustensiles dont elles pourraient avoir besoin et leur désigna le plan de travail que les cuisiniers avaient dégagé à leur intention.

— La cuisine vous appartient. Si vous avez besoin de quelque chose, il vous suffit de demander au chef. N'hésitez pas non plus à m'appeler, précisa-t-il en griffonnant son numéro de portable sur un morceau de papier.

Terrie se mit aussitôt au travail en mélangeant du sucre et du beurre à température ambiante, jusqu'à obtention d'un mélange aéré et crémeux. Pendant ce temps, Piper réunit des moules de différentes tailles dont elle dessina le contour sur du papier cuisson. Une fois ses cercles découpés, elle graissa l'intérieur des moules et déposa au fond de chacun d'eux le cercle correspondant qu'elle badigeonna à son tour de beurre.

— C'est bon, dit-elle, sa tâche achevée. Quelle est la suite ? Tu veux que je pèse les ingrédients secs ?

— Bonne idée, ma chérie, acquiesça Terrie. J'ai dû mal à lire les chiffres sur les verres mesureurs. J'aurais dû apporter les miens, je les connais par cœur.

Piper ouvrit les sacs de farine et en déversa le contenu dans un grand bol avant de l'aérer à l'aide d'un fouet. La pâtisserie étant un art de précision, elle mesura soigneusement la bonne quantité de farine, de levure et de bicarbonate.

Dans le même temps, Terrie râpa le zeste des citrons verts qu'elle ajouta au mélange de beurre et de sucre avec de l'extrait de vanille, puis elle mélangea le tout.

— Il règne déjà une odeur de fête, s'enthousiasma Piper.

Terrie sortit le nombre d'œufs nécessaires et les cassa d'une main, d'un geste habile du poignet. Elle les ajouta à la pâte l'un après l'autre en mélangeant bien.

Piper consulta la recette maternelle afin de réunir les derniers ingrédients. S'assurant qu'il ne lui manquait rien, elle déposa les matières sèches dans des bols différents avant d'y ajouter le nécessaire, laissant le soin à sa mère de les incorporer convenablement au fur et à mesure.

— Il ne faut jamais trop mélanger, sinon le gâteau sera dur, lui recommanda Terrie. La pâte doit être lisse, sans plus.

Piper, soucieuse que les différents étages du gâteau aient la même épaisseur, veilla à remplir les moules de façon égale. Terrie sortit les feuilles d'aluminium spéciales qu'elle avait pris soin d'apporter du New Jersey, les passa sous l'eau, les essuya grossièrement et les plaça autour des moules où l'humidité les aida à adhérer. Il s'agissait de protéger la surface du gâteau de sorte qu'il lève uniformément à la cuisson sans risquer de brûler.

Pour la première fois depuis le début de la matinée, Piper sentit sa plaie à la jambe se réveiller au moment où elle glissait les moules dans l'énorme four industriel.

— Parfait, c'est terminé, dit-elle en s'essuyant le front avec un soupir. Il n'y aura plus qu'à procéder à l'assemblage avant de décorer le gâteau demain. La semaine de leur mariage n'aura pas été de tout repos pour Kathy et Dan, mais le finale sera grandiose.

70

Une fois Piper et sa mère installées dans les cuisines de l'hôtel, Isaac sortit dans le patio. Il se sentait mal à l'aise en présence de la jeune femme, sachant qu'elle avait surpris sa conversation avec Elliott. Le mieux était encore de ne pas s'en soucier, de se comporter comme si de rien n'était.

Il leva le nez vers le ciel et constata avec satisfaction que le soleil brillait déjà. Le temps annoncé pour les jours suivants était au beau fixe. Un front chaud s'était chargé de chasser l'orage du début de semaine. Sarasota allait bénéficier d'une météo plus clémente encore qu'à l'habitude en cette période de l'année.

Il se réjouissait pour Kathy et Dan. Les dieux du ciel étaient avec eux. La chance tournait enfin, après le drame dont avait été victime Shelley. Ce beau temps allait également lui faciliter la tâche en l'autorisant à organiser la réception sur le patio.

Isaac prit son téléphone dans sa poche et appela le responsable des services techniques.

— Salut, Hector. Ça t'ennuierait d'installer les chauffages d'extérieur dans le patio avec tes équipes? J'espère ne pas en avoir besoin, mais autant les avoir sous la main en cas de besoin pour la collation du petit-déjeuner, le jour du mariage.

Isaac se souvint brusquement que tout avait été prévu pour une réception en intérieur.

— Ah, Hector! À un moment, il faudra aussi que tes gars et toi pensiez à sortir les tables et les chaises.

Son interlocuteur lui expliqua que cela nécessiterait probablement l'ajout d'heures supplémentaires au planning de ses hommes. Isaac haussa les épaules.

— J'ai bien conscience que ça vous fera une charge de travail supplémentaire. Faites le nécessaire, décida-t-il avec une autorité nouvelle.

Walter lui avait demandé de reprendre les dossiers gérés par Shelley en plus de l'organisation des événements exceptionnels. En clair, cela signifiait de nouvelles responsabilités et un salaire plus confortable. Walter était trop occupé lui-même pour mégoter à tout bout de champ, Isaac n'aurait plus à justifier de la moindre dépense ainsi qu'il l'avait fait avec Shelley. Surtout, il n'avait plus aucune raison de s'inquiéter, Shelley ne risquait plus de le dénoncer et de ruiner sa carrière.

Isaac n'avait jamais imaginé que la mort de Shelley puisse être synonyme de promotion pour lui, mais il n'allait pas s'en plaindre.

71

Kathy poussa la porte des cuisines au moment où Piper sortait les moules du four.

— Qu'est-ce que tu fabriques ici, Kath? lui demanda cette dernière, ravie. Je croyais que ça portait malheur de voir le gâteau de mariage avant le jour fatidique?

Elle se débarrassa du dernier moule sur une grille, retira ses gants de cuisine, les posa sur le plan de travail, et serra sa cousine dans ses bras. Elle s'étonna de découvrir Kathy comme tétanisée.

— Que se passe-t-il? s'inquiéta Terrie en voyant le visage bouleversé de sa nièce. Tu as un problème?

Piper sonda du regard sa cousine, mais celle-ci paraissait hébétée.

— Je n'arrive pas à y croire, murmura enfin Kathy.

— Quoi? Tu ne crois pas à quoi? lui demanda Piper en continuant de lui tenir le bras. Que s'est-il passé?

Kathy se laissa tomber sur un tabouret. Penchée en avant, elle se prit la tête dans les mains.

— Un problème avec ta mère? s'enquit Terrie. Ou avec Dan?

Le ton paniqué sur lequel s'était exprimée Terrie sembla rappeler Kathy à la réalité. Elle releva la tête.

— Non, tante Terrie. Maman et Dan vont bien.

Terrie, qui retenait son souffle, poussa un soupir de soulagement.

— Mais alors *quoi*, Kathy ? Tu me fais peur.

— Miriam Fisher a téléphoné à maman ce matin. Elle souhaitait la prévenir qu'elle ne viendrait pas travailler pendant quelques jours. Levi, son frère, s'est suicidé.

Piper vacilla sous le choc.

— Levi ? Celui qui livre les tartes à l'hôtel ?

Kathy hocha lentement la tête.

— Il s'est pendu à un arbre au bord de Philippi Creek. Deux femmes qui pêchaient dans le coin ont découvert le corps ce matin.

Terrie posa sur Piper un regard incrédule.

— Je ne comprends pas. On a encore vu Levi hier après-midi.

— C'est vrai ? demanda Kathy.

— Oui, il est venu livrer un paquet à Piper.

— Quel paquet ? voulut savoir Kathy en interrogeant sa cousine des yeux.

Piper fut prise d'une hésitation. Devait-elle révéler à Kathy qu'elle avait commandé à Levi un cadeau pour elle ? À l'aune de ce qu'elle venait d'apprendre, l'élément de surprise ne comptait plus guère.

— Oh, Kathy ! s'exclama-t-elle d'une voix douce. C'était un secret. J'avais demandé à Levi de réaliser pour Dan et toi un porte-bonheur en guise de cadeau de mariage.

Les yeux de Kathy se mouillèrent de larmes.

— Il te l'a apporté hier après-midi, c'est bien ça ? Donc quelques heures avant de se donner la mort. Dans quel état était-il ?

Piper prit le temps de réfléchir.

— Il ne s'est pas montré très bavard, répondit-elle. Il n'a rien laissé paraître lorsque nous l'avons félicité pour la qualité de son travail. Quand j'ai voulu le payer, il a refusé et battu en retraite précipitamment. Je me suis rendue au restaurant de ses parents hier soir avec une enveloppe, mais la dame de l'accueil m'a expliqué qu'il venait de partir. Je lui ai laissé l'enveloppe en lui demandant de la lui remettre.

— Il ne l'aura jamais reçue, déclara Kathy avant d'éclater en sanglots.

72

Les éboueurs s'efforçaient d'effectuer la majeure partie de leur tournée tôt le matin, avant que le soleil et la chaleur ne viennent leur compliquer la tâche. Il était préférable à leurs yeux d'embaucher dès l'aube de façon à se trouver libérés en début d'après-midi. Ce matin-là, leur imposant camion poursuivait sa ronde à travers les rues de la ville, collectant indifféremment les ordures des résidents, des restaurants, ou encore les déchets des bureaux.

Les gars s'offraient toujours une pause en milieu de matinée, quand la moitié du travail était terminée. Ils faisaient invariablement halte dans une épicerie où ils savaient pouvoir trouver café, sodas et sandwiches qu'ils avalaient ensuite dans la cabine du camion en écoutant la radio et en discutant.

— Tu as regardé le match des Gators hier soir? demanda Cecil.

— J'ai pas pu, ma femme voulait que j'emmène les gosses au ciné et chez McDo. Elle me reproche de ne pas passer assez de temps avec eux. Je crois surtout qu'elle avait envie d'être tranquille toute seule à la maison pendant quelques heures.

— T'as loupé un grand moment, mon vieux.

Darrell secoua la tête en fronçant les sourcils.

— Je sais, pas la peine de remuer le couteau dans la plaie.

— J'espère qu'ils vont continuer sur leur lancée au moment d'affronter le Kentucky, ajouta Cecil en froissant dans sa main l'emballage de son sandwich.

Il visa une poubelle à travers la vitre ouverte et lança sa balle improvisée.

— En plein dedans! s'écria-t-il en levant le poing. Trois points!

Darrell regarda sa montre.

— C'est l'heure d'y aller.

Le reste de leur tournée se trouvait en périphérie de la ville. Des rues le long desquelles étaient alignés de petits magasins aux vitrines surmontées de néons et de pancartes en plastique, des maisons en parpaing posées sur des terrains vagues.

La façade en bois de l'Alligator Bar & Grill aurait eu besoin d'un coup de peinture. Un artiste anonyme avait orné la porte d'entrée d'un saurien d'allure pittoresque dont les couleurs vives avaient pâli avec le temps. L'établissement, ses fenêtres plongées dans la pénombre, était fermé. Les éboueurs contournèrent le bâtiment en direction du parking réservé aux employés.

Darrell descendit du camion et ouvrit la porte du conteneur à poubelles. Il s'écarta tandis que son collègue guidait les deux bras mécaniques du camion dans les encoches permettant de lever la benne métallique. Celle-ci s'éleva dans un ronronnement avant de déverser son contenu à l'arrière du camion.

Darrell, debout à côté du véhicule, observait la manœuvre en regardant pleuvoir les sacs-poubelles noirs, les bouteilles et les canettes métalliques qui avaient échappé au recyclage. Il fit la grimace en voyant un rat galeux s'escrimer sur un sac en plastique.

— Hé, mec! cria-t-il soudain! Stop!

Darrell s'avança, intrigué. C'est tout juste s'il prêta attention à l'odeur nauséabonde qui se dégageait du tas d'ordure. À force, il avait l'habitude. Ce qu'il venait de découvrir n'avait en revanche rien d'habituel.

Au milieu des sacs-poubelles gisait le corps sans vie d'une femme.

73

— Que va-t-il se passer? s'enquit Piper. Les amishs organisent-ils des veillées funèbres et des obsèques comme nous? Comment peut-on présenter nos respects aux parents de Levi?

Kathy secoua la tête d'un air perplexe.

— Je ne connais rien aux coutumes amishs. Il suffit de poser la question à Isaac, puisqu'il vient d'une famille amish.

— Je ne savais pas, réagit Piper.

— Oui, ça a fait toute une histoire quand il a quitté la communauté. J'ai cru comprendre que ses parents et toute sa famille l'avaient rejeté. À ma connaissance, Levi était le seul qui lui parlait encore. Je les ai souvent vus discuter quand Levi venait livrer ses tartes.

Kathy afficha une mine contrite.

— Je ne suis même pas certaine qu'Isaac ait appris la nouvelle. Je ferais mieux d'aller le trouver.

— Attends une seconde, Kathy. Tu crois vraiment qu'on doit visiter les Jungle Gardens comme prévu cet après-midi?

— Je n'en ai aucune envie. À mon avis, on ferait mieux d'annuler.

— Pourquoi? s'étonna Terrie. Cette histoire est tragique, mais ça ne fera pas revenir Levi de passer la journée à se morfondre. Ton mariage a lieu dans deux jours, Kathy. C'est l'occasion de se réjouir. Sans compter que ça nous fera du bien à tous de nous changer les idées.

*

Piper trouva un peu de réconfort en cuisine. Elle commença par percer la surface des gâteaux encore chaud à l'aide d'un cure-dent, puis elle prépara un mélange de sucre glace et de jus de citron vert dont elle arrosa les génoises. Celles-ci démoulées, elle emballa chacune d'elles et les plaça dans l'immense frigo de l'hôtel afin de les laisser reposer jusqu'au lendemain. Tout en s'affairant, elle repensa à Levi.

Au téléphone la veille au soir, Jack lui avait expliqué que les enquêteurs de la police locale étaient convaincus de la culpabilité de Levi dans le meurtre de Shelley. Levi avait-il eu peur qu'on vienne l'arrêter? Était-ce la raison de son geste?

Piper peinait à croire que ce garçon doux et gentil au sourire délicat ait pu tuer quelqu'un. Elle le revit lorsqu'il était venu lui apporter le porte-bonheur. Levi avait fait preuve de la plus grande modestie face aux compliments de Piper et de sa mère. Il avait même refusé qu'on le paye.

Un autre détail tracassait Piper. Lorsqu'elle l'avait suivi jusqu'au parking de l'hôtel, il avait à nouveau refusé l'argent qu'elle lui offrait, au prétexte que son travail n'était pas uniquement destiné à Kathy et Dan.

Dans ce cas, à qui d'autre s'adressait-il?

Elle prit son téléphone et composa le numéro de Jack. Comme ce dernier ne répondait pas, elle lui laissa un message:

— Jack, le gamin amish dont tu m'as parlé hier soir en me disant que la police le soupçonnait du meurtre de Shelley Lecœur? Eh bien figure-toi qu'il s'est suicidé. Je ne comprends pas... Rappelle-moi, je trouve cette histoire complètement flippante.

74

Les voisins s'étaient réunis chez ses parents dans l'espoir de leur apporter un peu de réconfort, mais Miriam les entendait chuchoter entre eux en évoquant le « péché abominable » qu'avait commis Levi. Tous le jugeaient, au nom de cet « acte affreux ».

Que celui qui n'a jamais péché lui jette la première pierre.

Miriam, les yeux rougis par le chagrin, aurait eu envie de hurler. Elle aurait voulu s'enfuir en courant, échapper au verdict impitoyable qu'ils opposaient tous au geste désespéré de Levi. Mais Miriam ne se voyait pas abandonner ses parents à l'heure où ils avaient le plus besoin d'elle. Sa mère pleurait. Quant à son père, il ne desserrait pas les dents.

Elle assista à l'arrivée des enquêteurs qui demandèrent à fouiller la chambre de Levi. En les voyant regarder sous son petit lit et fourrager dans les tiroirs de sa commode en pin, Miriam crut deviner ce qu'ils cherchaient. Ils ne trouveraient rien.

La lettre qu'avait laissée Levi avant de se suicider était en sûreté au fond de la poche du tablier de Miriam.

75

Piper prit place dans la voiture de Kathy afin de rejoindre le reste du groupe aux Jungle Gardens de Sarasota. Il était initialement prévu de passer l'après-midi dans les quatre hectares de végétation tropicale de ce parc parcouru de petits sentiers, histoire de profiter pleinement des expositions d'oiseaux et de reptiles conçues pour surprendre et éduquer les visiteurs. Kathy et Dan y avaient vu un moyen agréable d'amuser leurs invités.

— Tout ça me paraît totalement dérisoire à présent, remarqua Kathy en prenant Tamiami Trail en direction du nord.

Piper lui serra affectueusement l'épaule.

— J'imagine à quel point ça doit être difficile pour toi, Kathy. J'en suis désolée.

— Je dois absolument me reprendre et cesser de pleurer en broyant du noir, reconnut Kathy. Je ne voudrais pas que tout le monde ait pitié de moi. C'est à Shelley, à Levi et à leurs proches qu'il faut penser avant tout.

— Shelley avait de la famille dans la région? demanda Piper.

— Ses parents sont décédés et je sais que l'un de ses frères est mort d'une overdose. Elle a un autre frère dans l'armée. Il a demandé à ce que son corps soit incinéré lorsque la police le rendra à la famille. Il compte organiser une cérémonie en son honneur à son retour. Quant à Levi, c'est une autre histoire. La communauté amish locale considère les Fisher comme de la famille.

Les deux jeunes femmes poursuivirent leur route en passant devant l'immense statue du bord de mer représentant le baiser de Times Square, à New York, le jour de la victoire contre le Japon. Sur la photo originale, devenue mythique, on voyait un marin de la Navy embrasser passionnément une jeune infirmière. Depuis l'installation de la statue en centre-ville, les touristes se faisaient couramment prendre en photo devant le jeune couple.

— J'adore ce truc, dit Piper.

— Moi aussi, approuva Kathy en allumant la radio. Tu crois que la vie était plus simple à cette époque-là, ou bien est-ce une illusion?

76

Delorme prit le dossier des mains de l'infirmière et signa rapidement l'autorisation de sortie. Il était en retard. Umiko l'attendait aux Jungle Gardens. Non pas que l'aventure l'enchantât vraiment, mais sa femme adorait cet endroit. Lorsqu'ils avaient reçu l'invitation, elle l'avait supplié de prendre son après-midi pour la deuxième fois de la semaine afin de l'accompagner. Décidément, ce mariage et tout ce qui l'accompagnait occupaient tout son temps.

— Vous pouvez partir, Roz, annonça-t-il à la vieille dame en pénétrant dans sa chambre, en face du bureau des infirmières. Roberta va vous raccompagner chez vous.

Roz, tout habillée, attendait dans un fauteuil, les mains croisées sur ses genoux. Son regard navigua de façon incertaine du médecin à la femme qu'on lui avait présentée comme étant sa fille.

— Ne t'inquiète pas, maman, déclara Roberta. Ce n'est pas grave si tu ne te souviens pas de moi. Tu verras, tu vas retrouver la mémoire. Le tout est de te reposer.

Roberta interrogea le médecin du regard :

— Pas vrai, docteur ?

— Physiquement, vous êtes en excellente santé pour une femme de votre âge, Roz. C'est un atout. Je vous conseille de rentrer chez vous, de manger, de dormir et de reprendre votre vie d'avant. Votre mémoire procédurale n'est en rien affectée, les automatismes ont été préservés, vous êtes donc parfaitement capable de vous brosser les dents ou de lire le journal. Je suis dans l'incapacité de vous dire quand reviendra votre mémoire déclarative, celle qui gouverne vos souvenirs personnels, mais vous avez toutes les chances de la retrouver un jour. Cela risque de prendre du temps, c'est tout.

77

Kathy se gara sur une place de parking des Jungle Gardens et tendit la main afin de couper le moteur.

— Attends une seconde, l'arrêta Piper en dressant l'oreille. Écoute ce qu'ils disent à la radio…

C'est la seconde fois cette semaine que l'on découvre le corps sans vie d'une femme à Sarasota. Ce matin, des employés des services de ramassage des ordures ont découvert un cadavre en vidant une benne à ordures derrière l'Alligator Bar & Grill. La victime a été identifiée, il s'agit d'une mère de trois enfants de trente-quatre ans, Jo-Jo Williams, qui travaillait comme serveuse dans l'établissement concerné. Le propriétaire du bar a affirmé aux enquêteurs que Williams avait quitté son poste aux alentours de 23 heures hier, deux heures avant la fin de son service.

La police poursuit dans le même temps ses investigations dans le cadre du meurtre de Shelley Lecœur, dont le corps a été découvert ce mardi sur la plage de Siesta Key. Le bureau du shérif demande à toutes les personnes susceptibles de fournir des informations relatives à l'une ou l'autre de ces affaires de se manifester.

Passons à présent aux sports, avec la victoire des Florida Gators…

Piper coupa la radio et se tourna vers sa cousine.

— Depuis mon arrivée, on dénombre deux meurtres, un suicide, et une tentative d'assassinat perpétrée sur une femme âgée, dit-elle sans chercher à dissimuler son incrédulité. Quand on prononce le nom de Sarasota, on pense plus volontiers aux palmiers et aux eaux turquoise de la baie qu'à des cadavres et des tueurs. C'est quoi, cette histoire ?

*

On accédait aux jardins tropicaux par un bâtiment de plain-pied qui abritait une boutique de souvenirs et un guichet. Kathy et Dan avaient acheté d'avance les billets de leurs invités. Ceux-ci, rassemblés devant l'espace de vente, s'intéressaient aux brochures et aux objets proposés en attendant l'arrivée des retardataires.

Piper s'étonna de voir qu'Isaac était là. Il discutait avec Umiko en multipliant les grands gestes, un sourire aux lèvres, sans donner le moins du monde l'impression d'être au courant du suicide de son neveu.

Piper découvrit également de nouveaux visages. Certains invités au mariage étant arrivés le matin même et Kathy procéda aux présentations.

— Piper est ma demoiselle d'honneur, c'est également elle qui prépare le gâteau de mariage avec sa mère, expliqua fièrement la jeune femme.

Brad rejoignit le petit groupe, coiffé d'une capuche ridicule imitant une tête de perroquet dont le bec lui sortait du front.

— Que pensez-vous de mon déguisement ? demanda-t-il.

— Vous avez l'air grotesque, rétorqua Piper sans pouvoir s'empêcher de rire.

Son téléphone sonna au moment où Delorme Pinson pénétrait dans le bâtiment, le teint animé et la cravate de travers.

Quand elle reconnut le numéro qui s'affichait sur l'écran, elle s'empressa de répondre.

— Jack ? Tu ne trouves pas ça incroyable ?

— Tu veux parler de cet ado amish? répondit Jack. Si, tout à fait. Mais ce n'est pas tout, Piper.

— Que veux-tu dire?

— Une autre femme a été assassinée.

— Celle qu'on a retrouvée dans une benne à ordures près d'un bar? Je suis au courant par la radio.

— Ont-ils précisé que le meurtre était apparemment lié à celui de Shelley Lecœur?

— Non, pourquoi? Tu as des informations à ce sujet?

— J'ai appelé la police de Sarasota pour en savoir davantage sur le suicide de Levi Fisher. S'il s'agit bien d'un suicide, puisqu'on n'a pas retrouvé de lettre. Quoi qu'il en soit, mon contact là-bas m'a expliqué avoir retrouvé un article de journal consacré au meurtre de Shelley coincé dans le pare-soleil de la voiture de cette serveuse assassinée. Elle avait entouré une phrase précisant que Shelley avait été vue pour la dernière fois au Whispering Sands, ajoutant la mention « A B&G » dans la marge.

— *Quoi?* s'écria Piper, suffisamment fort pour attirer l'attention des personnes qui l'entouraient.

Son esprit se mit en branle à la vitesse de l'éclair. Et si cette serveuse avait aperçu Shelley dans son bar ce soir-là? L'assassin de Shelley avait-il craint qu'elle puisse l'identifier? Était-ce la raison du meurtre?

Piper éloigna le portable de son oreille et demanda à la cantonade:

— Qui peut me dire où se trouve l'Alligator Bar & Grill?

Brad approcha.

— Oui, c'est dans le quartier de Bahia Vista, au-delà de Pinecraft. C'est un bouge mal fréquenté, mais on y sert d'excellents hamburgers.

Piper reprit sa conversation.

— Que dit la police? Quelqu'un se souvient-il d'avoir vu Shelley dans ce bar?

— Il n'y a aucun témoin pour l'instant, mais l'endroit est essentiellement fréquenté le soir. Les enquêteurs comptent interroger les clients tout à l'heure. En attendant, ils passent les facturettes de cartes de crédit au peigne fin à la recherche d'un indice.

— On me dit que ce troquet est un bouge. Je ne suis pas certaine que les habitués soient du genre à coopérer avec la police. Peut-être que si quelqu'un de plus anonyme qu'un flic se rendait sur place et posait quelques questions…

Jack la coupa sur un ton sans réplique.

— N'y pense même pas, Piper.

— Mais enfin, Jack, je ne vois pas où est le problème. J'ai tout le temps ce soir, je peux très bien aller manger un hamburger et voir de quoi il retourne.

— Tu ne vas pas là-bas, Piper. Je suis sérieux. Tu as compris ?

78

À l'instant où Piper avait demandé à voix haute où se trouvait l'Alligator Bar & Grill, ses antennes avaient perçu le danger. Il s'était approché lentement, l'air de rien, l'oreille tendue.

— Peut-être que si quelqu'un de plus anonyme qu'un flic se rendait sur place et posait quelques questions…

À quoi pouvait bien jouer cette petite connasse?

— J'ai tout le temps ce soir, je peux très bien aller manger un hamburger et voir de quoi il retourne.

Quelle emmerdeuse. Elle serait capable de tirer les vers du nez de quelqu'un. Il avait voulu croire qu'il se débarrassait de tout ce qui pouvait le relier à Shelley en récupérant la facturette de carte de crédit et le portable de la serveuse après l'avoir tuée. La banque avait probablement une trace de la transaction, mais quand bien même la police souhaiterait vérifier, elle aurait la preuve qu'il s'était rendu dans ce bar, rien de plus. Il n'y avait aucun moyen d'établir un lien entre Shelley et lui. Seul un témoin direct était en mesure de le faire.

Et si quelqu'un d'autre l'avait remarqué avec Shelley ce soir-là? Ou alors la serveuse avait pu raconter à un proche qu'elle lui avait donné rendez-vous pour lui soutirer de l'argent en échange de son silence. Si Piper se mettait à fouiner dans ce bar, elle pouvait très bien tomber sur un témoin. Elle aurait certainement plus de chance que les flics de recueillir des renseignements dans un endroit pareil.

Il s'éloigna en voyant Piper raccrocher et feignit de s'intéresser à des reproductions d'animaux tropicaux dans une vitrine de la boutique en attendant que tout le monde franchisse le portique permettant d'accéder aux jardins. D'un coup d'œil, il s'assura que personne ne prêtait attention à lui, subtilisa un alligator en caoutchouc qu'il glissa dans sa poche et suivit le groupe.

79

— Qui peut me dire quelle est la différence entre un crocodile et un alligator?

Les visiteurs assis sur les tribunes autour du bassin s'observèrent du coin de l'œil afin de savoir si quelqu'un connaissait la réponse à la question de la guide. Comme tout le monde restait silencieux, Dan se lança.

— Tout d'abord, ils appartiennent à des familles de reptiliens différentes. Les alligators et les caïmans relèvent de la famille des alligatoridés, alors que les crocodiles sont de la famille des crocodilidés.

— Hé Dan! cria Brad. Tu peux parler normalement, s'il te plaît?

La salle éclata de rire.

Vincent leva la main.

— La mâchoire des alligators est plus ronde, alors que celle des crocodiles et plus pointue.

— C'est juste, approuva la guide en pointant un index en direction des sauriens qui s'ébattaient dans le bassin. Vous remarquerez la gueule fine et allongée du crocodile alors que celle de l'alligator est plus large, et en forme de U. Pour cette raison, les dents inférieures de l'alligator ont tendance à rester cachées, alors qu'elles restent bien visibles chez les crocodiles.

Brad tint à mettre son grain de sel, une fois de plus.

— D'une façon ou d'une autre, leurs mâchoires font leur boulot. Ces bestioles ne feront de vous qu'une bouchée.

La présentation terminée, la guide proposa à qui le souhaitait de prendre en main l'un des bébés alligators.

— N'ayez pas peur, dit-elle d'une voix rassurante. On leur ferme la mâchoire avec du scotch.

La plupart des spectateurs qui quittaient les tribunes se contentèrent d'observer les petits animaux de loin. Quelques-uns s'enhardirent à les toucher. Piper fut la seule à en prendre un dans ses bras. Elle caressa ses écailles pointues. Vincent fronça les sourcils en la prenant en photo avec son téléphone.

— Merci, papa, dit-elle. Je la mettrai sur Facebook aujourd'hui même.

*

— Je vous ai trouvée bien courageuse, Piper, fit Umiko alors que le groupe se dirigeait vers la salle suivante. Pour rien au monde je n'aurais voulu toucher l'un de ces monstres.

— Il ne s'agit pas vraiment de courage quand on sait que leur gueule est scotchée, répliqua Piper en triturant machinalement son téléphone. On ne peut pas dire que je me sois battue avec un alligator. Cette photo me fera quand même un joli souvenir. Tenez, regardez, fit-elle en montrant l'écran du portable à Umiko. Je vais la poster, ajouta-t-elle en enfonçant une touche de l'appareil.

— La poster ? Que voulez-vous dire ? s'étonna Umiko.

— Je vais mettre cette photo sur Facebook, lui expliqua Piper, pour que tous mes amis puissent la voir. Ils y ajouteront des commentaires et ça viendra alimenter nos échanges.

— Vous faites ça ?

— Bien sûr. Quelqu'un écrit un commentaire, un autre répond, et ainsi de suite. C'est très amusant.

— Vous vous contentez de « poster » des photos, comme vous dites ?

— Pas forcément. Il m'arrive de poster des idées qui me passent par la tête, ou de raconter ce qui m'est arrivé. Je poste des photos uniquement quand je les trouve bien. Comme ce cliché de moi avec le bébé alligator, par exemple. Hier soir, j'ai posté sur ma page la photo du *netsuke* que j'avais photographié chez vous. Celui d'un singe avec une pieuvre.

Umiko fronça les sourcils.

— Oh, Piper ! Je ne sais pas si c'est bien prudent. Je ne voudrais pas que ça donne des idées à des cambrioleurs. Ces *netsuke* valent beaucoup d'argent, vous savez.

— Aucun souci, réagit Piper, gênée à l'idée d'avoir mis Umiko mal à l'aise. Personne ne peut savoir où j'ai pris cette photo, mais si ça vous ennuie vraiment, je peux l'enlever.

Piper laissa Umiko prendre de l'avance et rejoindre son mari à l'entrée du pavillon.

— Je vous ai entendues, soupira Vincent en secouant la tête. Tu es décidément incorrigible, Piper.

— Pourquoi dis-tu ça ?

— Tu ne respectes pas la vie privée des gens.

— Papa, je t'en prie ! Ce n'est pas vrai du tout.

— Ma chérie, je dis juste que tu as la mauvaise habitude de fourrer ton nez là où il ne faut pas.

*

Les flamants roses offraient un spectacle époustouflant. Les oiseaux couleur de corail arpentaient tranquillement l'immense pelouse verte et plongeaient dans le vaste lagon. Piper était fascinée par leur plumage étonnant, leurs longs cous graciles et leurs pattes en échasses.

— Comment font-ils ? s'étonna-t-elle à voix haute. Cette façon de se tenir en équilibre sur une patte en gardant l'autre sous eux. Il faudra que je dise à mon prof de yoga de débaptiser la pose de l'aigle et de l'appeler le flamant.

— Personne ne sait vraiment pourquoi ils se comportent de la sorte, dit Dan en se portant à sa hauteur. Certains flamants ont la capacité de mettre en léthargie une moitié de leur corps. Lorsque celle-ci est reposée, l'animal change de patte et repose l'autre moitié.

Il tira de sa poche un peu de monnaie.

— Tu veux leur donner à manger? proposa-t-il à Piper.

— Volontiers, accepta cette dernière en voyant le fiancé de sa cousine glisser des pièces dans la fente d'un appareil ressemblant aux vieux distributeurs de chewing-gum d'antan. Des petites croquettes tombèrent dans le réceptacle.

— Waouh! s'écria-t-elle alors que les flamants s'approchaient et mangeaient les friandises dans le creux de sa main en lui chatouillant la paume de leur bec recourbé.

En relevant les yeux, elle vit qu'Isaac l'observait. Les croquettes avalées, elle le rejoignit.

— Isaac, je tenais à vous dire combien je suis désolée de ce qui est arrivé à Levi. Je ne savais pas que vous étiez parents jusqu'à ce que Kathy m'en parle hier.

— Je vous remercie, répondit Isaac avec un haussement d'épaules. Je suis encore sous le choc, je ne réalise pas bien. Levi était un garçon adorable, mais il n'était pas en paix avec lui-même. J'ai le sentiment que le *rumspringa* l'a complètement déstabilisé. Il ne m'en a jamais parlé, mais je crois qu'il n'a pas supporté l'idée d'annoncer à ses parents qu'il ne voulait pas rester dans la communauté. Il ne voulait pas non plus passer le reste de son existence à vivre en paria. Je sais trop bien les souffrances qu'entraîne un tel choix.

Piper hocha la tête d'un air compatissant. Elle avait beau savoir que la police avait retrouvé le téléphone de Levi près du corps de Shelley, elle ne souhaitait pas évoquer le fait que Levi s'était peut-être suicidé parce que les enquêteurs le soupçonnaient de meurtre.

80

Nora et Walter parcouraient côte à côte les allées du jardin en jouissant pleinement du spectacle de ce paradis tropical. Les Jungle Gardens accueillaient un nombre impressionnant de plantes exotiques allant des palmiers géants aux bananiers en passant par les fougères bois de cerf, diverses sortes de cactus, des figuiers banyans et des cyprès chauves.

— Tu as vu ces quenouilles? s'extasia Walter en observant les colonies de joncs. Je ne sais pas si tu sais, Nora, mais ces drôles de pollens servent d'hémostatiques quand on les sépare de la plante.

— Vraiment? répondit distraitement Nora.

— Absolument. On en trouve sur les marchés en Asie. L'Orient est bien plus en avance que nous en matière de plantes médicinales. Personnellement, je préfère de loin la médecine naturelle à tous ces composants chimiques qu'on nous force à ingurgiter. Pas toi?

— Si, probablement.

Il posa sur sa compagne un regard surpris. Il ne reconnaissait pas la Nora enthousiaste et bavarde à laquelle il était habitué. Elle s'était montrée taciturne et lointaine tout l'après-midi. Il opta pour une nouvelle approche.

— J'ai chaud et soif. Nous n'avons qu'à acheter à boire, proposa-t-il.

Ils se dirigèrent vers le Flamingo Café.

— De quoi as-tu envie? demanda Walter en lisant l'ardoise qui servait de menu.

— Une glace au chocolat, répondit Nora. Je m'installe à l'une de ces tables de pique-nique en t'attendant.

Lorsqu'il la rejoignit quelques instants plus tard, il lui demanda à brûle-pourpoint:

— Nora, dis-moi ce qui ne va pas.

— Rien, tout va bien.

Il s'assit sur le banc de bois.

— Ne me dis pas ça, tu n'as quasiment pas desserré les dents de la journée.

Nora releva la tête et le regarda droit dans les yeux.

— Très bien. Si tu veux savoir la vérité, Walter, je suis très inquiète.

— Je m'en doutais, s'exclama-t-il. Je savais bien que quelque chose te tracassait. De quoi s'agit-il?

Elle lui répondit d'une voix douce:

— Je ne suis pas certaine de pouvoir me fier à toi, Walter. J'ai le sentiment de m'être trompée sur ton compte.

Il eut un mouvement de recul.

— Explique-toi, réagit-il, sous le choc.

Nora planta sa cuillère en plastique dans son pot de glace et le repoussa, puis elle croisa les bras sur la table et se pencha vers son compagnon.

— Hier soir pendant la réunion, quand j'ai appris que tu faisais du chantage aux gens pour racheter ces maisons, ça m'a rendue malade.

— Mais enfin, tu ne m'as pas entendu dire à ces gens que je n'étais pas au courant? se défendit-il d'une voix tendue. Shelley a agi sans m'en parler, je n'ai rien à voir avec toutes ces manœuvres.

Nora secoua lentement la tête.

— Je te connais, Walter. Tu es au courant de tout. Tu n'as pas réussi aussi bien dans la vie sans savoir ce que concoctaient tes employés.

— Pas cette fois-ci, Nora. Tu dois me croire. Je n'étais pas au courant.

Nora le dévisagea en plissant les paupières.

— Es-tu prêt à jurer que tu n'étais en rien mêlé à ces histoires et que tu n'as pas fermé les yeux volontairement ?

Walter lui prit la main.

— Tous ces mois avec toi sont les plus heureux de toute mon existence. Jamais je n'accepterais de mettre en péril notre relation. Je tiens bien trop à toi.

81

Le clou du spectacle consacré aux oiseaux tropicaux était Frosty, un cacatoès septuagénaire célèbre pour son numéro d'équilibriste et de cycliste qui avait en son temps fait le bonheur des téléspectateurs de l'*Ed Sullivan Show*. Les visiteurs des Jungle Gardens pouvaient également admirer un perroquet gris d'Afrique au vocabulaire très développé, doté d'un rire démoniaque. Le dresseur du parc faisait défiler toute une série de volatiles tous plus beaux les uns que les autres dont il présentait les qualités en détaillant leurs habitudes et leur habitat. Le public, subjugué, applaudissait à tout rompre.

— Ces oiseaux aussi magnifiques qu'intelligents nous ont été donnés, ou alors nous les avons recueillis, expliqua le dresseur depuis la scène, un perroquet de toute beauté posé sur son avant-bras. À vrai dire, nombre des animaux présents dans ce parc subissaient des maltraitances ou étaient blessés. D'autres ont survécu à leurs propriétaires, d'autres encore ne plaisaient plus à leurs maîtres, mais tous ont fait l'objet d'un examen vétérinaire poussé avant d'être vaccinés et soumis à un régime alimentaire spécifique. Les Jungle Gardens leur serviront de sanctuaire pour le restant de leurs jours.

Le spectacle terminé, le dresseur invita les spectateurs à monter sur scène afin d'observer les volatiles de plus près. Piper s'empressa de sortir son téléphone et se précipita.

Pendant qu'elle prenait des photos, elle ne put remarquer le manège d'un homme qui laissait négligemment tomber un objet au fond du sac à main qu'elle avait laissé au pied de son siège.

82

Isaac garait sa voiture à l'emplacement qui lui était réservé sur le parking des employés lorsqu'il avisa une jeune femme en robe bleue et coiffe blanche traditionnelle, assise sur un tricycle près de la porte donnant sur les cuisines. Il fut abasourdi de reconnaître Miriam.

Elle se redressa en le voyant, descendit de son tricycle et se précipita en courant vers son oncle.

— Si tu savais comme je suis désolée, murmura-t-elle en le prenant dans ses bras.

— Moi aussi, dit Isaac en la serrant contre lui, pris de court par l'élan de sa nièce. Je n'arrive pas à croire que Levi ne soit plus là.

Miriam recula d'un pas et dévisagea Isaac.

— Oui, j'ai un chagrin immense pour lui, mais c'est seulement maintenant que je comprends combien tu as dû souffrir quand tu as quitté la communauté. Je suis sincèrement désolée de tout ce que tu as subi, oncle Isaac. De tout ce que nous t'avons fait. Je n'avais pas compris à quel point c'était dur pour toi d'être jugé et rejeté de la sorte, de savoir que tout le monde se liguait contre toi. Ils agissent de la même façon avec Levi aujourd'hui, je ne supporte pas tout ce qu'ils disent sur son compte à Pinecraft.

Isaac hocha la tête.

— Ton geste me touche beaucoup, Miriam. Mais sache que j'ai tourné la page, tout ça est de l'histoire ancienne, ma vie d'avant ne me manque nullement. On ne se remet jamais totalement d'être ostracisé, d'autant que je n'ai jamais voulu m'éloigner des gens que j'aime. Ton frère était le seul à oser continuer à me parler.

— Je sais, reconnut Miriam en reniflant. Levi était la bonté même. J'ai bien vu qu'il avait du mal ces derniers jours. J'ai pensé qu'il avait l'intention de nous quitter à la fin du *rumspringa.*

Isaac l'arrêta d'un geste.

— Attends, Miriam. Je ne fais plus partie de la communauté amish, mais je n'ai jamais cherché à l'influencer en le poussant à partir.

Miriam essuya une larme qui avait roulé sur sa joue.

— J'ai fini par le comprendre. Levi ne s'est pas donné la mort parce qu'il ne voulait plus être amish. Il s'est tué parce que...

Elle ne put achever sa phrase, secouée par des sanglots incontrôlables.

— Quoi, Miriam? lui demanda Isaac. Que veux-tu dire?

Quelques minutes s'écoulèrent avant que la jeune fille ne reprenne un semblant de calme. Elle tira une feuille de sa poche.

— Je voudrais que tu gardes ceci.

Isaac lui prit le papier des mains.

— C'est une lettre de Levi, lui expliqua-t-elle en la dépliant.

La note était rédigée d'une écriture méticuleuse, comme si Levi avait souhaité lever toute ambiguïté sur la sincérité de son contenu, et ne comportait aucun en-tête.

> J'AI TUÉ SHELLEY LECŒUR ET JE NE PEUX PAS VIVRE AVEC LE POIDS DE MA CULPABILITÉ.
>
> C'EST MIEUX POUR TOUT LE MONDE SI JE QUITTE CETTE TERRE.

Isaac releva la tête sans prononcer une parole.

— Je ne veux pas que la mémoire de Levi soit ternie, et je ne veux pas que mes parents soient encore plus mortifiés qu'ils ne le sont déjà, lui expliqua Miriam. C'est déjà assez dur pour eux que leur fils se soit donné la mort, je n'ose pas imaginer ce qu'ils ressentiraient s'ils apprenaient qu'il a tué cette femme. Jamais ils ne survivraient à un tel choc. Je préfère que tu gardes cette lettre, oncle Isaac, de façon à pouvoir affirmer sans mentir, si on me pose la question, que je ne l'ai pas.

— Tu as raison, Miriam. Tu ne dois pas être mêlée à ça. Levi n'aurait pas voulu t'imposer cette épreuve.

Isaac replia la lettre et la fourra dans sa poche sans savoir ce qu'il allait en faire. Mais pour la première fois depuis qu'il avait quitté la communauté amish, il se mit à pleurer.

83

Piper et ses parents contemplaient le golfe du Mexique depuis le patio de l'hôtel Whispering Sands. La journée avait été longue, entre la préparation du gâteau tôt ce matin-là et l'après-midi dans la chaleur tropicale des Jungle Gardens, sans parler de l'annonce du suicide de Levi et de la découverte du corps de cette serveuse.

— Qui vient nager avec moi? proposa Piper.

— Pas moi, ma chérie, répondit sa mère. Je préfère me reposer un peu dans ma chambre.

— Moi aussi, ajouta Vincent. Cela dit, Piper, je te déconseille d'aller dans l'eau. N'oublie pas que tu as une plaie à la jambe et que les requins sont attirés par l'odeur du sang.

— Des requins? Papa, je t'en prie!

— Il y en a, Piper. Je t'assure.

— Je n'ai jamais entendu parler de la moindre attaque de requin sur la plage de Siesta Key.

— On n'est jamais trop prudent.

— Ah bon? le railla Piper. Je ne savais pas.

Elle se calma en voyant son père froncer les sourcils.

— Je te promets d'être prudente, papa.

Elle raccompagna ses parents jusqu'à leur chambre et regagna la sienne tout au bout du couloir. Arrivée devant sa porte, elle ouvrit son sac. Tout en cherchant sa clé électronique, elle sentit un objet froid et gluant entre ses doigts. Elle retira aussitôt sa main.

— C'est quoi ce… ?

Piper ouvrit grand son sac afin d'en examiner le contenu. Deux petits yeux brillèrent au fond du sac. Elle lâcha celui-ci de saisissement, le cœur battant, s'attendant à tout moment à en voir sortir un animal quelconque.

Comme rien ne bougeait, elle s'approcha, rassembla son courage et ramassa le sac avant d'en vider le contenu par terre. Son portefeuille, sa brosse à cheveux, un paquet de mouchoirs, un rouge à lèvres et la clé de la chambre s'éparpillèrent sur le sol, bientôt rejoints par un reptile à longue queue.

— Beurk ! grimaça-t-elle, dégoûtée. Qu'est-ce que c'est que ce *truc* ?

Elle écarquilla les yeux avant de s'apercevoir que l'étrange créature ne bougeait pas. Et pour cause, puisqu'il s'agissait d'un alligator en caoutchouc. Un simple jouet.

Piper secoua la tête en se demandant qui avait pu lui jouer un tour aussi idiot. Quand avait-on glissé cette figurine dans son sac ?

Très drôle.

Elle ramassa le jouet et le trouva d'un réalisme saisissant. Sa peau avait la consistance exacte de celle du bébé alligator qu'elle avait caressé l'après-midi même. Mais à l'inverse du vrai saurien, dont la gueule était scotchée, les mâchoires de la figurine pouvaient s'écarter.

Elle distingua un objet au fond de la gueule du monstre. Elle retira d'un doigt un minuscule papier roulé en boule.

Elle le déplia et découvrit un seul mot, rédigé d'une écriture inquiétante :

PIPER.

84

Le serveur posa un gin-tonic devant Kathy, et une bière devant Dan. Confortablement installé sur la terrasse du restaurant Marina Jack, le couple se tenait la main en admirant le ciel teinté de rouge.

— Nous allons avoir un coucher de soleil splendide, remarqua Dan. On annonce un temps magnifique demain et samedi. Notre mariage sera une réussite, Kath.

— Je suis heureuse que Piper soit rentrée à l'hôtel avec ses parents, dit Kathy. Ça nous laisse le temps de discuter tous les deux.

Il lui lança un regard, comprenant qu'elle souhaitait aborder un sujet sérieux. Il avala une gorgée de bière et attendit la suite.

— Dan, crois-tu vraiment que l'on puisse maintenir notre mariage ?

Dan ouvrit de grands yeux en sursautant.

— Que veux-tu dire ? Tout est prêt, Kathy. Certains de nos invités sont venus de très loin et ça fait des mois qu'on prépare l'événement.

— Peut-être, mais c'était avant la mort de Shelley, répliqua Kathy.

Elle trempa les lèvres dans son verre.

— Et avant ce qui est arrivé à Levi et Roz.

— Oui, bien sûr ! réagit Dan sur un ton sarcastique. Sans oublier la serveuse de l'Alligator Bar. Laisse-moi passer un coup de fil au shérif, je voudrais lui demander s'il ne s'est rien passé de nouveau, histoire d'avoir une bonne raison de plus de gâcher le jour le plus important de notre vie.

— Tu n'as aucune raison de te mettre en colère.

Dan lui lâcha la main et tapa du poing sur la table.

— Bon sang, Kathy ! Comment veux-tu que je ne sois pas en colère ? Je suis furieux que toutes ces histoires surviennent à la veille de notre mariage, mais je ne pensais pas que ça remettrait en cause ton envie de m'épouser.

Kathy marqua le coup.

— J'ai toujours envie de t'épouser, se justifia-t-elle avec une petite voix. Simplement, je n'envisageais pas que ça puisse se passer de cette façon-là.

— Et alors ? Tu es prête à tout annuler au premier prétexte ?

— Au premier *prétexte*, Dan ?

Le jeune homme prit une longue respiration dans l'espoir de se calmer.

— Écoute, ma chérie, dit-il en lui prenant à nouveau la main, les yeux dans les yeux. Personne n'est à l'abri des drames et de l'inattendu. L'essentiel, c'est que nous nous aimions, Kathy. Je suis persuadé que nous serons très heureux ensemble, mais c'est grâce à notre amour que nous parviendrons à surmonter les embûches. C'est le premier test auquel nous sommes confrontés.

85

La température avait fraîchi sous l'effet d'une petite brise venue du golfe. Piper étala sa serviette sur le sable et ajusta le haut de son bikini. Elle trempa un orteil dans l'eau, pas certaine de vouloir se baigner après tout.

Elle repensa soudain à cette biographie de Katharine Hepburn qu'elle avait lue. À en croire l'auteur, l'actrice nageait tous les jours, même par grand froid. En outre, elle prenait un bain froid chaque soir.

Si Kate supportait la température de l'eau à Long Island au mois de mars, je devrais bien pouvoir nager dans le golfe du Mexique en février, se dit-elle.

Elle prit son courage à deux mains et s'avança au milieu des rouleaux. Elle prit une longue respiration et plongea à l'approche d'une vague.

Le choc thermique la tétanisa dans un premier temps. Elle grimaça en sentant l'eau salée titiller sa blessure à la jambe, mais à mesure que son corps s'habituait à la température de l'eau, elle se sentit revigorée. Nager l'aiderait à évacuer tout le stress de la journée.

Elle enchaîna les brasses en longeant la plage. Estimant qu'elle s'éloignait dangereusement du Whispering Sands et que personne ne la verrait s'il lui arrivait malheur, elle rebroussa chemin et repartit à la nage en direction de l'hôtel. Elle y mit toute son énergie, consciente de n'avoir pas fait d'exercice de la semaine et d'avoir mangé beaucoup trop de sucre.

Les pensées se bousculaient dans sa tête.

Les tartes amishs.

Levi.

Shelley.

La serveuse.

Trois morts.

Une vieille femme victime d'une attaque. Pourquoi s'en être pris à elle ? Parce qu'elle en savait trop ?

Piper se retourna sur le dos et fit la planche en contemplant le ciel qui virait au noir. Qui avait bien pu glisser cet alligator dans son sac ? Et quand ? Elle s'était séparée de son sac une seule fois, à la fin du spectacle consacré aux oiseaux, lorsqu'elle avait quitté les tribunes afin de prendre des photos sur la scène. Si la manœuvre avait eu lieu à ce moment-là, cela signifiait clairement que le mystérieux inconnu faisait partie des invités présents aux Jungle Gardens. Avait-il jugé qu'il était temps de l'intimider ? Pouvait-il s'agir de l'assassin de Shelley Lecœur ?

Si cet alligator était un avertissement, la menace avait l'inverse de l'effet désiré. Piper sortit de l'eau plus résolue que jamais, prête à relever le défi. C'était décidé, elle se rendrait le soir même à l'Alligator Bar & Grill dans l'espoir de découvrir un indice.

Il lui fallait toutefois résoudre un petit problème. Elle avait besoin d'une voiture, mais elle n'osait pas annoncer ses intentions à ses parents. Ils bondiraient au plafond.

Piper se sécha, sachant parfaitement qui elle allait appeler. Elle en était la première surprise.

86

— Que se passe-t-il? s'étonna Terrie. Tes crevettes ne sont pas bonnes?

— Elles sont délicieuses, se défendit Piper.

— Dans ce cas, pourquoi est-ce que tu ne manges rien? s'inquiéta Vincent en piochant à l'aide de sa fourchette une crevette qu'il enfourna aussitôt.

— Vincent, ton cholestérol! le tança Terrie.

— Aucun risque, ce n'est pas gras et c'est plein d'omega-3, rétorqua son mari, un grand sourire aux lèvres.

Piper attendait la fin du dîner avec impatience. Tout en feignant de s'intéresser à la conversation et aux impressions que ses parents avaient retenues des Jungle Gardens, elle avait la tête ailleurs. Il n'était pas question pour elle de leur parler de l'avertissement découvert dans son sac à main.

La discussion se recentra autour du mariage et son père exprima, une fois de plus, son grand regret que Kathy et Dan n'aient pas organisé de cérémonie religieuse.

— C'était leur intention, intervint Piper, mais le prêtre a refusé de les marier sur la plage.

— Je me demande ce qui est le plus important, réagit Vincent. Se marier sur une plage, ou bien dans la maison de Dieu en présence d'un représentant du Tout-Puissant.

— Je suis persuadée que Dieu sera d'accord de toutes les façons, estima Piper.

— Ah oui? Alors j'aimerais que tu m'expliques pourquoi nous sommes en présence de tous ces drames, lui demanda Vincent. Tu ne t'es pas posé la question de savoir si ce n'était pas une façon pour Dieu de manifester sa désapprobation?

— Euh… je suis à l'antenne? plaisanta Piper. Papa, ce que tu dis est parfaitement ridicule.

— Je me demande si c'est aussi ridicule que ça.

— Que fais-tu de ta théorie habituelle du hasard? L'autre soir, tu nous expliquais que la rencontre de Kathy et Dan à l'endroit où ces tortues font leur nid était le fruit d'une coïncidence. Tu as été le premier à ricaner quand je t'ai dit que c'était le destin.

— C'est complètement différent.

— Pour quelle raison?

Vincent marqua un temps d'arrêt avant de répondre en haussant les épaules:

— Parce que je te le dis.

*

— Que souhaitez-vous faire ce soir? s'enquit Terrie à leur sortie du restaurant. Si on allait au cinéma?

— Allez-y, répondit Piper. Je suis épuisée. Ça vous ennuie de me déposer à l'hôtel en passant?

À peine arrivée dans sa chambre, elle passa un jean et un pull à rayures, puis elle attendit le coup de fil de son chauffeur en examinant le petit papier chiffonné sur lequel était écrit son nom. Elle se demandait une fois de plus qui pouvait être l'auteur de l'avertissement lorsque son portable sonna. Elle roula le papier en boule, le fourra dans la gueule de l'alligator, jeta le jouet sur le lit et quitta précipitamment la pièce.

*

La voiture de Brad O'Hara était dans le même état indescriptible que lorsqu'il l'avait conduite chez le docteur Pinson la veille. Il y avait des papiers gras dans tous les coins, des bouteilles d'eau vides et des gobelets de café usagés éparpillés par terre. Le pare-brise était crasseux, en dehors des deux croissants dessinés par les essuie-glaces.

— Désolé, s'excusa Brad en devinant la réaction de sa passagère. Pas eu le temps de la nettoyer.

— Aucun souci, réagit Piper. Je ne vais pas me plaindre alors que vous me rendez service.

— Avec plaisir. À vrai dire, je suis surpris que vous vous adressiez à moi. Je ne vous ai pas sentie particulièrement amicale à mon égard.

— Je sais, mais vous êtes apparemment un familier de l'Alligator Bar & Grill. Et puis Dan et Kathy vous apprécient, j'ai pensé que je serais en sécurité avec vous. Sans oublier la gentillesse avec laquelle vous m'avez conduite chez le médecin hier. Je me suis dit que je devrais peut-être vous accorder une seconde chance.

— Ça vous a plu que je vous porte dans mes bras jusqu'à la voiture, c'est ça?

Piper leva les yeux au ciel en se demandant si elle avait finalement eu raison de l'appeler.

87

Sur le chemin du retour, en repartant du complexe Hollywood 20, Terrie ne tarissait pas d'éloges sur George Clooney.

— Il n'est pas seulement beau garçon, c'est aussi un acteur formidable. Je lisais un article à son sujet l'autre jour, il a connu des périodes de vache maigre avant de réussir. Je souhaite qu'il en soit de même pour Piper.

Vincent lui répondit par un grognement.

— En tout cas, notre fille s'y connaît en périodes de vache maigre. Tu as envie d'une glace chez Big Olaf en passant?

— Pas particulièrement, sauf si tu y tiens, fit Terrie. J'aime autant rentrer à l'hôtel et m'assurer que Piper va bien. Je ne l'ai pas trouvée en forme pendant le dîner.

— Pourquoi ne pas lui passer un coup de téléphone? suggéra Vincent.

— Bonne idée.

Terrie composa le numéro et laissa sonner longtemps, sans succès.

88

Le barman posa un nouveau bol de biscuits apéritifs devant eux.

— Une autre tournée?

Brad interrogea Piper des yeux.

— Qu'en pensez-vous?

— Pourquoi pas? répondit Piper en élevant la voix de façon à être entendue dans le brouhaha ambiant. Une vodka-tonic, s'il vous plaît.

— Pas la peine d'aller chercher de l'eau au puits, Tom, plaisanta Brad en adressant un clin d'œil au barman. Je prendrai une autre Bud.

Piper était dépitée. Elle n'avait pas obtenu la moindre information intéressante au sujet de Shelley Lecœur ou de Jo-Jo Williams en s'adressant au personnel et aux habitués du bar. Tous ceux qu'elle avait interrogés n'avaient rien à dire, ou rien voulu lui dire. Elle était la première à reconnaître qu'elle avait fait preuve de naïveté en croyant réussir là où avait échoué la police.

La question sortit toute seule, sous l'effet de l'alcool.

— Quel effet ça fait de se retrouver en prison?

Brad ne parut pas en prendre ombrage.

— C'est dur à certains égards, et incroyablement facile à d'autres. Une fois qu'on a pris ses marques et compris le fonctionnement du système, les jours se suivent et on perd la notion du temps. On prend des habitudes, sans avoir à se soucier de gagner sa vie, d'être obligé de remplir le frigo ou de régler ses factures. D'une certaine façon, c'est presque agréable.

— Il doit bien y avoir des inconvénients, insista Piper.

— Il faut constamment rester sur ses gardes, on n'est jamais tranquille.

— À cause des autres détenus ?

Brad hocha la tête.

— Il y a de vrais salopards en taule.

Il avala une gorgée de bière.

— Le plus dur, c'est que ça ne s'arrête pas quand on sort. On est constamment ramené à son passé, notamment quand on cherche du boulot. C'est difficile de reconstruire sa vie, même avec les meilleures intentions du monde.

— C'est la raison pour laquelle vous avez monté votre propre business ?

— En partie. À la vérité, je préfère travailler seul. Cela dit, les tentations ne sont jamais très loin. Pas plus tard qu'hier, un type que j'avais connu en taule m'a proposé de m'associer à lui.

— Le type en costard qui attendait devant le cabinet médical ? demanda Piper, surprise elle-même de son audace.

— Comment l'avez-vous deviné ? l'interrogea Brad avec un haussement de sourcils. Je ne lui ai pas adressé la parole devant vous. J'ai attendu que vous entriez chez le médecin.

— Une impression, répondit Piper. Je vous ai vu échanger un regard. J'ai pensé que vous vous connaissiez.

Elle hésita avant de poursuivre :

— Que lui avez-vous dit ?

— Vous n'êtes pas du genre à vous gêner quand il s'agit de se mêler des affaires des autres, pas vrai ?

— Je suis désolée. C'est sorti naturellement.

— Pas de souci, je n'ai rien à cacher. J'ai refusé, évidemment.

Brad se retourna et embrassa la salle du regard.

— Vous avez quelqu'un d'autre à mettre sur la sellette ?

Tout en répondant non de la tête, Piper se fit la réflexion que Brad avait fort bien pu lui mentir.

89

Terrie s'entêta à vouloir joindre Piper sans jamais obtenir de réponse. À peine avait-elle regagné l'hôtel avec Vincent qu'elle se précipitait vers la chambre de sa fille. Elle tambourina à la porte.

— Où peut-elle bien être? Elle n'a pu aller nulle part puisqu'elle n'avait pas de voiture.

— Inutile de paniquer, ma chérie. Il y a forcément une explication. Il suffit que Kathy soit passée la prendre et qu'elles aient décidé de passer la soirée ensemble. Ou alors elle dort.

— Avec le bruit que j'ai fait, elle se serait réveillée. Si ça se trouve, elle est malade, suggéra Terrie d'une voix anxieuse. Elle n'a quasiment rien avalé du dîner. Ou bien elle a perdu connaissance en prenant un bain et sa tête a glissé sous l'eau.

— Et c'est moi qu'on accuse de vouloir tout dramatiser, marmonna Vincent en s'efforçant de rester calme.

En mettant Piper en garde contre les requins avant qu'elle aille se baigner, il avait pris le risque de la rendre nerveuse. Il aurait sincèrement souhaité que Piper se montre plus prudente dans ses entreprises, conscient de la surprotéger. Piper était une adulte, mais elle restait avant tout sa petite fille. Tout en étant résolu à ne plus afficher son inquiétude à tout bout de champ, il avait du mal à s'y tenir.

— Écoute-moi, Terrie, proposa-t-il. Si ça peut te rassurer, je vais aller demander une clé à la réception.

— Bien, mais dépêche-toi.

Il la laissa seule et elle trompa son attente en essayant de joindre Piper sur son portable et en tambourinant sur la porte. Vincent revint quelques minutes plus tard en compagnie de Walter Engel.

— Merci infiniment, Walter, déclara Terrie d'une voix tendue. Je me fais un sang d'encre.

— Aucun problème. C'est une chance que Vincent m'ait trouvé. Je rentrais chez moi quand je l'ai aperçu dans le hall.

Walter glissa une carte électronique dans le lecteur et attendit que la diode passe au vert avant d'écarter le battant. Il s'effaça et laissa passer les parents de Piper.

— Piper? appela Vincent.

Ils jetèrent un coup d'œil dans la salle de bains avant d'explorer le petit jardin privatif.

— Elle n'est pas là, constata Terrie. Vincent, où peut-elle bien être?

Ils s'avançaient dans la chambre lorsque Terrie laissa échapper un cri.

Vincent suivit la direction de son regard et sursauta à son tour avant de comprendre que le saurien gris posé sur le lit était en caoutchouc.

— Ce n'est qu'un jouet, Terrie, dit-il en s'emparant de la figurine. Regarde.

Terrie posa une main sur sa poitrine et serra les paupières.

— Mon Dieu, ce que j'ai eu peur!

— Peur de quoi? Que se passe-t-il?

Terrie et Vincent se retournèrent et découvrirent Piper sur le seuil de la chambre, à côté de Walter Engel.

— Piper! Où avais-tu disparu? lui demanda Terrie en se laissant tomber de soulagement sur le bord du lit. On était morts d'inquiétude à ton sujet.

— Ta mère était morte d'inquiétude, pas moi, la corrigea Vincent d'un air satisfait.

Piper détestait mentir à ses parents. À présent qu'elle avait accompli sa mission sans dommage, elle pouvait leur révéler la vérité. Elle leur donnait les détails de sa virée lorsqu'elle vit son père écarter les mâchoires du faux alligator et en retirer la petite boule de papier. Le mieux était encore de tout leur avouer.

— C'est à mon tour d'être inquiet, réagit Vincent en déchiffrant le message d'avertissement.

Vendredi

« *Même un saint peut se laisser tenter par une porte ouverte.* »
Proverbe amish

90

17 février...
La veille du mariage

Piper suivit du doigt le contour de la tortue que Levi avait peinte sur le porte-bonheur. Elle n'était pas mécontente de l'idée qui lui était venue en se réveillant. Pourquoi ne pas s'inspirer de ce dessin pour préparer des cupcakes en forme de tortue et les servir lors du dîner de répétition ? Ce serait un clin d'œil amusant à la façon dont les mariés s'étaient rencontrés. À ce stade, la moindre occasion de sourire était la bienvenue.

Elle se rendit en cuisine avant sa mère et sortit les génoises du réfrigérateur afin de les amener à température ambiante. Elle demanda ensuite au chef de lui prêter des moules à cupcakes et prépara la pâte. Elle en connaissait la recette par cœur. Les petits gâteaux cuisaient dans le four lorsque Terrie la rejoignit.

— Salut, maman, lui dit Piper sur un ton enjoué. Tu es prête pour la suite ?

Terrie affichait une mine sombre.

— Pas de « Salut, maman » avec moi, Piper. Je ne suis pas contente que tu sois allée dans ce bar hier soir, et ton père non plus.

— C'est bien pour ça que je n'ai pas voulu vous en parler avant, réagit Piper. Je savais que vous voudriez m'en empêcher.

— Ce qui ne t'a pas empêchée d'y aller.

— Maman, je te rappelle que j'ai vingt-sept ans. Je n'ai pas besoin de votre permission.

— C'est exact, mais à vingt-sept ans, tu devrais te montrer plus raisonnable.

91

Dans son nouveau rôle de sous-directeur, Isaac avait désormais la charge du restaurant de l'hôtel et se réjouissait à l'idée d'apporter au menu une touche d'exotisme. Il comptait en parler au chef le matin même.

Il poussa la porte à ressort des cuisines et entendit des voix. Il s'arrêta net en voyant Piper et sa mère. Les deux femmes ne l'avaient pas vu, emportées par une discussion pour le moins animée.

Il tendit l'oreille. La mère de la jeune femme se disait furieuse et déçue. Piper se défendait contre ses accusations.

En soi, une telle altercation entre mère et fille n'avait rien d'inhabituel, mais le sujet de leur dispute l'était suffisamment pour qu'Isaac en soit intrigué. Piper s'était rendue la veille au soir dans un bar à l'insu de ses parents. Mais pas n'importe quel bar : il s'agissait de celui où travaillait la serveuse assassinée, et la jeune femme y avait mené sa petite enquête.

C'est bien courageux de sa part, pensa Isaac. *Courageux, mais idiot.*

92

Piper et Terrie entamèrent leur travail en silence avant que la tension ne finisse par disparaître lentement à mesure qu'elles avançaient dans la décoration du gâteau. En dépit des feuilles d'aluminium qui les protégeaient, les génoises avaient légèrement gonflé sur le dessus. Elles devaient être parfaitement plates, et toutes de la même épaisseur de façon à former un ensemble parfaitement dessiné au moment de les empiler.

Piper posa la première génoise sur un support tournant et prit un couteau à découper très fin avant de se baisser. L'œil à la hauteur du gâteau, elle le fit tourner sur lui-même afin de mieux distinguer les bosses qu'elle découpa avec précaution, sachant qu'elle pouvait toujours les égaliser par la suite si le premier passage n'avait pas suffi.

Elle répéta l'opération avec les trois disques de génoise, puis elle les mesura à l'aide d'une règle afin de s'assurer qu'ils avaient tous la même épaisseur. Une fois terminée cette opération délicate qui nécessitait de bons yeux, sa mère retourna les disques de façon que la surface parfaitement plate de chacun d'eux soit tournée vers le haut.

— J'aurais aimé les découper moi-même, regretta Terrie, mais tu vas devoir t'en occuper, Piper.

— Pas de souci, maman. Je suis là pour ça.

Piper coupa chaque disque en deux moitiés égales dans le sens de l'épaisseur et se retrouva avec six cercles de génoises de trois tailles différentes, posés chacun sur un support en carton.

— Parfait, décréta Terrie, un pinceau de pâtisserie à la main. Je vais les badigeonner. Pour une fois que je peux me rendre utile.

Elle trempa son pinceau dans un mélange de sucre, d'eau et de jus de citron vert et l'appliqua par touches en veillant à ne pas trop humidifier les cercles. La génoise absorba aussitôt le sirop.

— Pour l'instant, tout va bien, constata Piper en sortant les cupcakes du four.

Elle montra à sa mère le dessin de tortue emprunté à Levi et lui fit part de son intention.

— C'est une idée charmante, approuva Terrie.

Son visage se rembrunit.

— La mort de ce garçon est un véritable drame. Comment un adolescent aussi doué peut-il en arriver à une extrémité pareille?

Piper n'était pas convaincue que Levi se soit suicidé au prétexte que la police le soupçonnait du meurtre de Shelley. Malgré la présence pour le moins curieuse de son téléphone à proximité du corps, Piper n'arrivait pas à croire que Levi fût un assassin. Elle le croyait encore moins coupable d'avoir tué la seconde victime. Une telle hypothèse ne tenait pas la route.

Non, les deux meurtres comme l'accident de Roz étaient forcément le fait de quelqu'un d'autre. Probablement l'inconnu qui avait glissé cet avertissement dans son sac. Son équipée à l'Alligator Bar & Grill la veille n'avait pas donné les résultats escomptés, mais la solution se trouvait forcément tout près… à portée de main.

Elle songea à sa dernière rencontre avec Levi, sur le parking de l'hôtel. Il lui avait clairement dit que le porte-bonheur ne s'adressait pas uniquement à Kathy et Dan.

Mais alors, à qui s'adressait-il?

93

Nora se versa une nouvelle tasse de café. Elle dépliait son journal lorsque l'on sonna à la porte. En ouvrant, elle découvrit Delorme Pinson sur le seuil. Il tenait à la main un panier en osier débordant de figures en papier plié rouges, roses, bleues, jaunes, mauves et vertes.

— Umiko les a préparées en l'honneur de Kathy et Dan, expliqua le médecin en tendant le panier à Nora.

— Mais entrez donc, Delorme. Je vous en prie, l'invita-t-elle avant de s'extasier sur le contenu du panier. Comme c'est joli !

— Ce sont des grues en origami, expliqua-t-il. Au Japon, la grue est un animal sacré aux vertus mystiques, censé vivre mille ans. On dit souvent là-bas que les rêves d'une personne se réalisent quand on lui offre mille grues en papier plié. Quand nous nous sommes mariés avec Umiko, son père a sacrifié à la tradition afin de nous assurer mille ans de bonheur et de prospérité.

— Quelle coutume merveilleuse, s'écria Nora, sous le charme. Vous dites que c'est Umiko qui a fait tous ces pliages à l'intention de Kathy et Dan ? C'est adorable de sa part.

Delorme acquiesça.

— Elle y a passé plusieurs semaines. Elle a pensé que vous aimeriez vous en servir pour décorer le gâteau de mariage.

Nora fut prise d'une hésitation, sachant que Terrie et Piper s'occupaient du gâteau ce matin-là.

— Je vais appeler ma belle-sœur à l'hôtel afin de lui en parler. S'il n'est pas possible de les utiliser pour le gâteau, je suis sûre qu'on leur trouvera une utilité. Mais je vous en prie, Delorme, asseyez-vous.

— C'est gentil, mais je dois y aller.

— Rien qu'une minute.

Il s'installa sur le canapé pendant que Nora passait son appel.

— Bonjour, Vincent. Nora à l'appareil. Comment vas-tu?... Oui, très bien, merci. Puis-je parler à Terrie une minute?... Ah, d'accord. Dans ce cas, le plus simple est que je passe la voir. Sinon, tout se passe bien?

Nora resta longtemps silencieuse, absorbée par la réponse de son interlocuteur. Un pli barra son front.

— Je comprends que ça t'inquiète, Vincent. Moi non plus, ça ne me rassure pas de savoir que Piper s'est rendue dans un bar aussi mal famé.

94

Piper jeta la spatule dans un bol d'un geste rageur.

— Zut ! Je n'arrive pas à cet endroit-là, dit-elle, au comble de la frustration.

Terrie examina le gâteau à étages.

— Ne te bile pas, Piper, ce n'est pas grave si tu n'arrives pas à lisser la dernière touche de glaçage. Souviens-toi que c'est un gâteau fait avec amour. Tu y as mis beaucoup de temps et d'énergie. Tu l'as fabriqué de tes mains, ce n'est pas un gâteau industriel.

— De *nos* mains, la corrigea Piper.

— Tu sais, ma chérie, je ne suis pas dupe, se défendit Terrie. C'est toi qui as tout fait. Je me suis contentée de te soutenir moralement.

— Oui, en m'apprenant à peu près tout ce que je sais en pâtisserie. Ce gâteau est autant ta création que la mienne.

Piper ouvrit la petite boîte qu'elle avait apportée du New Jersey.

— Je n'ai plus qu'à déposer les oursins en sucre.

Les deux femmes disposèrent habilement les décorations tout autour du gâteau en les enfonçant délicatement dans le glaçage encore mou de leurs mains gantées.

— C'est ravissant.

Piper et Terrie se retournèrent et découvrirent Nora derrière elle, un panier à la main.

— J'étais venue voir si vous pouviez vous servir de ceci, expliqua-t-elle en désignant les grues de toutes les couleurs. Mais à la vue de cette merveille de gâteau, il est clair qu'il ne faut pas y toucher. Kathy et Dan seront enchantés. On trouvera bien le moyen d'utiliser autrement ces origamis.

*

Le gâteau de mariage dans l'immense réfrigérateur, Piper acheva de glacer au chocolat les cupcakes du dîner de répétition pendant que sa mère et sa tante déjeunaient au café de l'hôtel.

Son travail terminé, elle glissa les petits gâteaux dans le frigo, puis versa du colorant vert dans un bol de glaçage et dessina des cercles avec le mélange sur du papier sulfurisé. Elle remplit l'intérieur des cercles de glaçage chocolat, puis prit un embout plus fin afin de dessiner des écailles vertes sur le dos brun des tortues, secoua doucement le papier sulfurisé jusqu'à ce que le glaçage soit bien lisse, et paracheva son œuvre en ajoutant une tête, des pattes et une queue au corps de chaque animal.

Elle laissa prendre le tout sur le plan de travail en prenant la précaution de poser à côté un écriteau NE PAS TOUCHER. Le moment venu, il ne lui resterait plus qu'à ajouter deux points noirs pour les yeux sur chaque tortue avec un stylo alimentaire avant de déposer les décors sur les cupcakes. En attendant, elle avait tout juste le temps de prendre une douche, de s'habiller, et de se rendre en voiture à Tampa afin d'accueillir Jack à l'aéroport.

95

Isaac se rendit en ville à l'heure du déjeuner. Il gara sa voiture sur Ringling Boulevard, près des locaux du shérif du comté de Sarasota vers lesquels il se dirigea à contrecœur. Pourvu qu'il ne commette pas une erreur.

Il avait pris sa décision en apprenant que Piper Donovan était allée fouiner à l'Alligator Bar & Grill. Si une simple citoyenne se montrait fascinée par ces meurtres, nul doute que la police mettrait les bouchées doubles pour démasquer le coupable. Les enquêteurs ne relâcheraient pas la pression tant qu'ils ne l'auraient pas identifié.

Il avait donc décidé de remettre à la police la lettre de Levi.

Isaac n'était pas certain que Miriam approuverait sa démarche, mais elle lui avait confié la note en lui laissant le soin d'agir au mieux. Il espérait qu'elle ne lui en voudrait pas de sa démarche. Cela avait été pour lui un tel soulagement quand elle l'avait pris dans ses bras après l'avoir repoussé pendant tant d'années.

Isaac aurait voulu protéger son neveu, éviter d'entacher sa mémoire. Il en était de même avec Miriam. Les parents de Levi et l'ensemble de la famille lui avaient tourné le dos, mais Isaac ne se réjouissait nullement de leurs tourments et de la honte qui ne manquerait pas de rejaillir sur eux lorsque la lettre de Levi serait rendue publique. Il n'agissait pas dans un esprit de vengeance.

Il prit une longue respiration, poussa la lourde porte et pénétra dans le bâtiment. Si Levi avait éprouvé l'envie d'avouer son crime à la police, qu'il en soit ainsi. Les enquêteurs disposeraient désormais de sa confession noir sur blanc.

96

Tampa se trouvait à une bonne heure de route, mais la compagnie qui permettait à Jack de voler gratuitement en utilisant ses miles ne desservait pas Sarasota. Piper fut bloquée sur l'Interstate 75 pendant près de quarante minutes par un accident impliquant trois véhicules. Elle rongea son frein, les doigts serrés autour du volant de sa voiture de location, furieuse d'être en retard.

Lorsqu'elle arriva enfin au terminal, Jack l'attendait devant la zone de livraison des bagages. Son cœur se mit à battre plus fort quand elle le vit, grand et beau avec son pantalon de toile et le pull bleu qu'elle lui avait offert noué autour du cou. Piper se gara le long du trottoir, descendit de voiture et se précipita à sa rencontre.

— Salut, toi. Désolée du retard, s'excusa-t-elle en le serrant dans ses bras. Je me suis retrouvée coincée dans un embouteillage.

— No problemo, répondit-il. Tant que tu ne me poses pas un lapin.

— À vrai dire, j'y avais pensé, mais l'idée que tu te retrouves tout seul à l'aéroport m'a fait sortir mon mouchoir. Je n'aurais pas voulu que tu te croies abandonné.

Jack sourit en plissant les yeux.

— Je te reconnais bien là, Piper. Le cœur sur la main.

Il déposa ses bagages sur la banquette arrière.

— Je peux prendre le volant, si tu veux, proposa-t-il.

— J'aime autant pas, c'est une voiture de location, elle est assurée au nom de mon père et au mien. Papa serait furieux si on avait un accident pendant que tu conduis.

— Ça me va parfaitement d'avoir un chauffeur.

La route était déserte, cette fois. Tout en roulant, les vitres entrouvertes, Piper mit Jack au courant du programme de la soirée et du lendemain.

— Je pensais offrir ce porte-bonheur à Kathy et Dan pendant le dîner ce soir. De toute façon, je suis censée prononcer un discours, je pensais expliquer la signification de ces dessins.

— Bonne idée, fit Jack en lui caressant les cheveux.

— Tu ne trouves pas ça trop macabre, sachant ce qui est arrivé à Levi ? s'inquiéta Piper.

— La situation est délicate, c'est vrai, mais si tu t'y prends bien, ce sera émouvant. C'est le but de ce genre d'intervention. De toute façon, tout le monde est au courant de la mort de ce gamin, il serait pour le moins étrange de ne pas en parler.

Piper prit la main de Jack.

— J'aurais voulu que tu le rencontres, tu sais. J'aurais beaucoup aimé savoir ce que tu pensais de lui. C'était un gamin adorable, je n'arrive pas à croire qu'il ait pu tuer quelqu'un.

— Il faut te rendre à la raison, ma chérie, réagit Jack. En t'attendant à l'aéroport, j'ai appelé mon contact. L'oncle de Levi a porté à la police aujourd'hui même une lettre de Levi dans laquelle il s'accuse du meurtre de Shelley Lecœur.

— Non !

— Si.

— Je suis désolée, mais ça n'a aucun sens, Jack. Pour quelle raison aurait-il tué Shelley ? Et cette serveuse assassinée, dans la voiture de laquelle on a retrouvé un article consacré à la mort de Shelley ?

— D'après ce que j'ai compris, les flics ont des doutes sur le timing. Le meurtre de cette serveuse et le suicide de Levi sont survenus à peu près au même moment. Levi a très bien pu tuer cette fille avant de se suicider.

— Dans ce cas, pourquoi ne pas en avoir parlé dans sa lettre? rétorqua Piper en élevant la voix. Et l'accident de Roz Golubock? Levi ne peut pas y avoir été mêlé. Il ne savait même pas conduire.

— Je ne sais pas, Piper, déclara Jack. En tout cas, je préférerais que tu restes en dehors de tout ça. Ou alors que tu suives une formation à Quantico. Il n'y a pas de place pour des amateurs dans ce genre d'affaires.

*

En arrivant à l'hôtel, Piper et Jack commencèrent par admirer la vue sur le golfe du Mexique. La plage était déserte, les eaux calmes s'étendaient à l'infini et le soleil commençait à décliner à l'horizon.

— Alors, qu'en penses-tu? demanda-t-elle. Pas mal, non?

— Je dois avouer qu'il y a pire, répondit-il. Quel endroit incroyable!

— Un lieu génial pour se marier, tu ne trouves pas?

— Dois-je le prendre comme un appel du pied?

Piper rougit.

— Je voulais parler du mariage de Kathy et Dan.

— Bien sûr, bien sûr, plaisanta Jack.

Ils s'apprêtaient à rentrer lorsqu'ils croisèrent Walter Engel. Piper fit les présentations.

— Ravi de vous rencontrer, Jack, le salua Walter. Je me réjouis d'avoir l'occasion de vous revoir tout à l'heure.

— Vous dirigez un hôtel magnifique, remarqua Jack en serrant la main de son interlocuteur.

— Merci. J'ai de grands projets pour cet endroit.

Il embrassa la plage du regard.

— J'ai du mal à croire qu'on puisse réaliser mieux. Ce lieu est parfait.

Jack attendit que Walter soit hors de portée de voix pour murmurer à l'oreille de sa compagne :

— Ce type a la main molle.

— Mon père a fait exactement la même remarque, sourit Piper.

— Je t'avais bien dit que ton père et moi étions faits pour nous entendre.

Elle lui adressa un sourire distrait qui n'échappa pas à Jack.

— À quoi penses-tu ?

— J'espère que Walter est un type bien. Je ne voudrais pas qu'il fasse souffrir ma tante Nora.

*

Pendant que Jack s'installait dans sa chambre et prenait une douche, Piper regagna la sienne afin de préparer le petit discours qu'elle devait prononcer lors du dîner. Elle sortit d'un tiroir une feuille de papier à en-tête du Whispering Sands et esquissa des croquis sommaires des symboles peints par Levi, auxquels elle ajouta des commentaires liés à leur signification. Il ne lui resta plus qu'à rédiger les phrases clés de son intervention.

Elle sortit de son placard une chemisette en satinette de coton et l'enfila. Les roses du motif, peintes à la main sur un fond bleu, faisaient ressortir le vert de ses yeux. Elle passa ensuite un corsage et une jupe cintrée descendant jusqu'au genou qui lui allaient à merveille.

Elle se regarda dans la glace en pied. En dehors de sa blessure à la jambe, dont elle espérait qu'elle ne se remarque pas trop, elle se trouva plutôt belle. Il lui restait à espérer que Jack serait du même avis.

Elle glissa ses notes dans la poche de sa jupe, puis elle rejoignit les autres invités au dîner de répétition.

97

Une serviette de toilette autour des reins, Jack déposa de la mousse à raser dans le creux de sa main et l'étala sur son visage. Il se rasa méthodiquement avant d'appliquer de l'après-rasage sur ses joues.

Il avait suivi une longue formation au FBI, poursuivi des terroristes et arrêté son lot de criminels. Il avait affronté des as du barreau lors de procès délicats, accumulé les interventions périlleuses, passé des centaines d'heures infiltré lors de missions clandestines, et rien n'avait jamais entamé sa détermination ou perturbé son calme. Pourquoi se sentait-il donc aussi nerveux ce soir à la perspective de rencontrer les parents de Piper ?

Tout en s'habillant, il mesura l'enjeu qui l'attendait. Il souhaitait faire bonne impression à ces gens, sachant qu'ils pourraient bien devenir un jour ses beaux-parents. Sans avoir jamais abordé la question du mariage avec Piper, il avait le sentiment d'avoir rencontré en elle la femme de sa vie.

Il savait aussi que Piper n'était pas prête. Ce crétin de Gordon l'avait échaudée en annulant la cérémonie à la dernière minute. Jack aurait volontiers étranglé ce type, bien qu'il ait bénéficié en fin de compte de sa bêtise.

Il avait croisé la route de Piper dans un cours de karaté. Ils étaient peu à peu devenus amis, avaient dîné ensemble à plusieurs occasions. Le vin aidant, Piper lui avait parlé de sa carrière d'actrice et de son désir de trouver l'amour. Jack, qui s'était senti attiré par elle dès le début, n'avait pas manifesté son intérêt tout de suite, trop heureux de mener une existence de jeune célibataire à Manhattan. Et puis Piper avait rencontré Gordon, et Jack avait eu l'impression d'avoir laissé passer le train du bonheur.

Le destin lui accordait une seconde chance et il n'avait pas l'intention de la manquer cette fois. Leur relation avait dépassé le stade d'une simple amitié platonique au cours des deux derniers mois. Il sentait pourtant Piper hésitante. Étant donné l'expérience qu'elle avait traversée, c'était parfaitement compréhensible.

Jack marchait sur des œufs. Le meilleur moyen de ne pas mettre leur histoire en péril était encore d'entretenir de bons rapports avec les parents de Piper. De façon plus essentielle encore, il souhaitait que Piper lui accorde toute sa confiance. Il souhaitait la protéger, lui éviter de courir le moindre risque. Les problèmes de Piper étaient devenus les siens.

Un coup d'œil en direction du réveil lui indiqua que Piper ne tarderait pas à passer le prendre pour le dîner. Il en profita pour téléphoner à son bureau à New York.

— Phil ? Jack à l'appareil. J'ai un petit service à te demander, vieux frère. Rien d'officiel, mais j'aimerais que tu te renseignes sur le compte d'un certain Walter Engel.

98

Des torches fixées sur des tiges de bambou dessinaient une allée lumineuse conduisant à la paillotte sur la baie de Sarasota, à côté de l'institut océanographique Mote. Le pavillon au toit de paille abritait des tables de pique-nique en bois habillées de raphia et au centre desquelles trônaient d'énormes coquillages remplis d'orchidées. Des palmiers et des hibiscus rouges en pot fermaient l'espace tout autour de la hutte de plage. Une odeur d'iode et de cochon rôti flottait dans l'air.

— C'est inouï ! s'exclama Piper. Jamais on ne voudra quitter un paradis pareil.

L'un des serveurs passa à sa portée, un plateau à la main. Elle saisit une margarita à la pastèque surmontée d'un parasol en papier tandis que Jack prenait un rhum glacé.

— À nous, dit-il en levant son verre.

Entre les convives circulaient des plateaux chargés de bœuf teriyaki et de poulet à la sauce aigre-douce. Les haut-parleurs diffusaient une sélection de tubes entraînants choisis par un disc-jockey et la piste de danse se remplit en l'espace de quelques instants.

Piper se pencha à l'oreille de Jack pour qu'il puisse l'entendre dans le brouhaha ambiant.

— Après tout ce qui s'est passé cette semaine, on dirait que les gens sont soulagés de pouvoir enfin s'amuser.

*

La musique se tut alors que les mariés, face à leurs invités, s'apprêtaient à prendre la parole.

— Kathy et moi sommes heureux de vous accueillir ce soir, commença Dan d'une voix forte. Nous sommes extrêmement sensibles, l'un et l'autre, au fait d'avoir autour de nous notre famille et nos amis à l'heure où nous allons nous unir pour la vie. Savoir que vous êtes aussi nombreux à nous soutenir et à nous souhaiter le meilleur en cette occasion est le plus beau cadeau que nous pouvions recevoir. Nous en prenons pleinement la mesure. Nous savons combien vous nous aimez. Merci infiniment à tous.

« Kathy et moi vous invitons à manger, boire, danser et vous amuser. Ah, j'oubliais de vous préciser que l'institut Mote a décidé d'ouvrir les portes de son aquarium spécialement pour vous ce soir. Je vous invite donc à en profiter pleinement. Excellente soirée à tous !

*

— Je réclame l'attention de tous, annonça Isaac. Vous êtes conviés à passer à table !

Les invités quittèrent la paillotte à sa suite et se rassemblèrent autour d'une large fosse, creusée à même le sable, d'où s'échappait un délicieux fumet.

Sous le regard attentif d'Isaac, les cuisiniers retirèrent une bâche en plastique dissimulant une vaste toile de jute et des feuilles de bananier. Un nuage de vapeur s'échappa de la fosse en révélant la présence d'un cochon rôti.

Une salve d'applaudissements crépita, faisant naître sur le visage d'Isaac un sourire de satisfaction.

*

Brad O'Hara s'approcha de la table de pique-nique où avaient pris place Piper, Jack, Terrie et Vincent Donovan, la tante Nora et Walter, ainsi que le docteur Pinson et sa femme.

— Puis-je t'inviter à danser? demanda-t-il en s'adressant à Piper.

Cette dernière se tourna vers Jack.

— Je te présente Brad O'Hara, le témoin de Dan.

Jack salua le nouveau venu et lui tendit la main. Piper, connaissant Jack, savait déjà qu'il jaugerait la personnalité de Brad à sa poigne. Il ne risquait pas de la trouver molle, cette fois.

— Ravi de vous rencontrer, marmonna Brad machinalement en interrogeant Piper du regard. Alors?

Elle hésita.

— Je t'en prie, Piper, l'invita Jack. Tu es là pour t'amuser.

Elle se leva et suivit Brad sur la piste de danse. Elle aurait préféré que Brad ne choisisse pas un slow, sentant peser sur sa nuque le regard de Jack tandis que Brad la serrait contre lui.

*

Le dîner terminé, Kathy et Dan offrirent à Piper et Brad les cadeaux traditionnellement réservés au témoin et à la demoiselle d'honneur.

— Oh Kath! Quelle merveille! s'extasia Piper en découvrant des pendants d'oreilles. Ce sont des améthystes?

— Oui, elles ont été réalisées exprès pour toi, rayonna la jeune femme. Le bijoutier m'a conseillée pour le motif.

— Je les adore. Merci! fit Piper en serrant sa cousine à l'étouffer. Je tiens à ce que tu le saches, c'est un véritable honneur pour moi d'être là demain à tes côtés.

— Je n'aurais laissé ce soin à personne d'autre, lui glissa Kathy à l'oreille dans un murmure. Je tiens tellement à toi. Tu te souviens de l'époque où on jouait au mariage toutes les deux avec nos poupées Barbie?

Un sourire éclaira les traits de Piper.

— On imaginait comment seraient nos futurs maris.

— Oui, acquiesça Kathy.

— Je suis tellement heureuse que le rêve se réalise aujourd'hui pour toi, Kath.

— Il se réalisera pour toi aussi, Piper. Tu verras.

Piper lança un coup d'œil furtif en direction de Jack. Elle sentit monter en elle une bouffée d'affection.

— Le jour où j'aurai trouvé la bonne personne, répondit-elle. Mais je ne perds pas espoir.

*

Le tintement d'une petite cuillère sur un verre signala le temps des discours. Brad prononça maladroitement le sien, émaillé de plaisanteries douteuses qui ne furent pas du goût de tous. Piper trouva son intervention peu réussie, au point de se sentir soulagée au moment de prendre à son tour la parole. Brad n'avait pas placé la barre très haut.

— J'ai bien conscience qu'on n'offre pas les cadeaux de mariage lors du dîner de répétition, se lança-t-elle en récupérant sous la table, où elle était restée cachée, la boîte contenant le porte-bonheur. Celui-ci est un peu différent. Sachez qu'il symbolise les sentiments et les espoirs que nous partageons tous pour votre bonheur. Kathy et Dan, voici pour vous.

Les mariés déchirèrent l'emballage avec curiosité. Kathy sentit les larmes lui monter aux yeux en découvrant le porte-bonheur. Dan le brandit afin que tous les invités puissent l'admirer tandis que Piper enchaînait :

— Ce porte-bonheur a été réalisé par un jeune artiste, Levi Fisher. Je crois savoir que ces peintures traditionnelles peuvent être interprétées de bien des façons, mais je crois deviner la signification de la tortue que vous voyez au centre. Elle représente les nids autour desquels vous vous êtes rencontrés. Certains symboles sont universels. Au sein de la communauté amish, la coquille Saint-Jacques figure les vagues de l'océan et annonce une traversée heureuse tout au long de la vie. Le cœur, bien sûr, représente l'amour. Les larmes que l'on distingue sont associées aux obstacles et aux difficultés auxquels personne ne saurait échapper, mais ces oiseaux à la gorge rouge nous rappellent que le printemps, synonyme de bonheur, finit toujours par revenir.

« Kathy et Dan, au moment où vous allez faire le grand plongeon, sachez que nous vous souhaitons tout ce qu'il y a de meilleur. Une vie de bonheur.

Les membres de l'assemblée saluèrent le discours de Piper en levant tous leur verre. L'intéressée s'aperçut alors qu'elle n'avait finalement pas eu besoin de ses notes.

99

Il était sous le choc. Il se força à applaudir en même temps que les autres convives, mais il avait dû se contrôler pour ne pas rester bouche bée.

Ce porte-bonheur n'était rien d'autre qu'une dénonciation en forme de rébus !

Levi avait endossé la responsabilité du meurtre de Shelley aux yeux de la police et du reste du monde, mais il avait laissé derrière lui un message caché. Piper s'y était visiblement intéressée de près, pour avoir décrypté de la sorte les symboles laissés par le jeune garçon, même si elle n'en avait pas perçu la signification réelle. Pour l'instant.

Tout concourait à son malaise. Après être allée fouiner dans ce bar hier, voilà que Piper arrivait ce soir en compagnie d'un petit ami appartenant au FBI. Le porte-bonheur l'inquiétait plus encore. Il n'était pas question que Piper ou quiconque d'autre puisse le déchiffrer un jour.

Ni aujourd'hui, ni jamais.

100

— Jack, ça te dirait d'aller visiter l'aquarium? proposa Piper.

— D'accord, mais quitte à me balader, j'aimerais autant marcher au bord de l'eau. Sans témoins.

— Alors allons-y.

Ils laissèrent derrière eux les danseurs sous la paillotte et se dirigèrent vers l'eau en se tenant la main. La lune se reflétait sur l'océan qu'elle faisait briller de mille feux. La nuit étoilée était particulièrement fraîche.

— Tu as froid? interrogea Jack.

— Un peu.

Il retira sa veste et la passa autour des épaules de Piper.

— T'ai-je dit combien tu es belle ce soir?

— Plusieurs fois, mais je ne me lasse pas de l'entendre.

Ils poursuivirent leur marche en silence, emportés par la beauté du décor qui les entourait, heureux d'être seuls au monde.

— Devrais-je être jaloux? demanda-t-il soudain.

— De quoi?

— De ce Brad. Il te collait de près tout à l'heure sur la piste de danse.

— Oui, j'ai bien pensé que ça ne te plairait qu'à moitié, répliqua Piper. Mais tu n'as aucun souci à te faire, il ne te menace en rien. Je peux même t'avouer que je ne le supportais pas du tout au début.

— Au début?

— Il me fichait même un peu la trouille avec son drôle de tatouage, mais…

Jack l'interrompit.

— Quel drôle de tatouage?

— Il s'est fait tatouer sur le bras un visage de femme en larmes. Avant que tu ne me l'expliques, je suis déjà au courant. Brad est un repris de justice.

— Bien sûr. Sais-tu pour quelle raison il a été condamné?

— Il vendait de la drogue. Cela dit, Jack, il n'est pas aussi dangereux qu'il y paraît. Il m'a aidée quand je me suis blessée à la jambe et c'est lui qui m'a conduite à l'Alligator Bar & Grill hier soir. Derrière son aspect brut de décoffrage, il est doux comme un agneau.

Jack lâcha la main de la jeune femme et se planta face à elle.

— Quoi? Tu as perdu la tête? Tu es allée dans le bar où travaillait cette serveuse assassinée en compagnie de cet ancien taulard? Mais enfin, Piper, à quoi pensais-tu?

101

L'aquarium était presque désert, peu de personnes ayant profité de l'opportunité qui leur était donnée d'y effectuer une visite privée. Les invités s'amusaient trop bien dans la paillotte.

Un individu s'avança dans le bâtiment, adressant au passage un sourire à un couple qui repartait.

Il longea les bassins accueillant les espèces d'eau douce, essentiellement des ampullariidae, des écrevisses et des raies, puis il admira les crabes et les étoiles de mer, les strombes combattants et les oursins, les poissons-vaches à longues cornes, les poissons-limes, les porcs-épics-rayés, ainsi que le poisson de Floride le plus recherché par les amateurs de pêche : le brochet de mer.

Il trouva enfin ce qu'il cherchait. L'écriteau apposé à côté de l'aquarium décrivait en détail la nocivité du poison distillé par le poisson-globe, précisant que ceux qui étaient nés en captivité n'étaient pas toxiques. Le texte ajoutait toutefois que les spécimens couramment présentés au public avaient été capturés dans leur habitat naturel et qu'on les nourrissait de proies contenant les bactéries qui leur servaient à synthétiser le poison mortel avec lequel ils se défendaient.

Il lui fallut quelque temps avant de dénicher un placard contenant les gants en caoutchouc et les sachets en plastique dont il avait besoin. Il regagna le bassin des poissons-globes, s'assura que personne ne pouvait observer son manège, et plongea la main dans l'eau.

Samedi

« Il est impossible de préserver
un secret connu de trois personnes. »
Proverbe amish

102

18 février…
Le jour du mariage

Piper se tournait et se retournait dans son lit. Comprenant qu'elle ne trouverait pas le sommeil, elle décida de se lever. Elle s'approcha de la baie vitrée et scruta le ciel afin de savoir quel sort la météo réservait à Kathy et Dan le jour de leurs noces. Les premières lueurs du jour commençaient à poindre et pas un nuage n'obscurcissait la voûte céleste.

Le regard rivé sur les eaux du golfe, Piper repensa à la façon dont s'était terminée la soirée de la veille. Elle était rentrée à l'hôtel en compagnie de Jack et de ses parents après le dîner. Dans la voiture, la conversation avait roulé de façon générale sur le repas, puis Jack avait reconduit Piper jusqu'à sa chambre, se contentant de lui déposer un simple baiser sur la joue avant de s'éloigner.

Elle en avait été mortifiée.

Elle pouvait fort bien comprendre que Jack s'inquiète à son sujet. Elle trouvait même rassurant qu'il soit assez attaché à elle pour manifester ses craintes, mais elle supportait difficilement l'idée qu'il se croie autorisé à lui donner des ordres. Elle était tout à fait capable de se prendre en charge toute seule. D'un autre côté, elle n'avait pas envie qu'ils soient en froid, surtout un jour comme celui-là.

Elle réfléchissait au meilleur moyen de lui tendre la main sans perdre la face lorsque son téléphone sonna. Elle se rua sur l'appareil, persuadée que Jack l'appelait afin de crever l'abcès. Il s'agissait de Kathy.

— Piper? Je me demandais si c'était toi qui avais repris le porte-bonheur hier en partant.

— Pas du tout. Je ne l'ai plus vu après vous l'avoir offert.

— Ne me dis pas ça ! geignit Kathy. Il faut croire que nous avons abusé des margaritas, on a dû oublier ton cadeau à la paillotte.

— Tu ne peux pas demander à Dan de passer un coup de fil à l'institut Mote pour que quelqu'un aille vérifier sur place? suggéra Piper.

— L'institut n'ouvre ses portes qu'à 10 heures, il n'y aura personne.

Piper jeta un coup d'œil en direction du réveil lumineux sur sa table de nuit. Il n'était pas question que sa cousine se ronge les sangs pendant trois heures le matin de son mariage.

— Ne t'inquiète pas, Kathy. Je m'habille et je fais un saut là-bas. Je vais demander à Jack de m'accompagner.

*

Retourner à la paillotte était encore le meilleur moyen de recoller les morceaux avec Jack, aussi l'appela-t-elle aussitôt. Dix minutes plus tard, ils se retrouvaient dans le hall du Whispering Sands.

— Je suis désolée pour hier soir, s'excusa-t-elle. Je m'en veux de t'avoir mis en colère.

— Et moi je regrette de m'être emporté, dit Jack. Mais j'aimerais vraiment…

Elle l'arrêta d'un geste.

— N'en parlons plus aujourd'hui, Jack. D'accord? Nous aurons tout le loisir d'en discuter plus tard, ne pensons qu'à profiter de cette journée.

*

Jack s'approcha de la dernière table de pique-nique et coula un regard sous la frange de raphia décorative.

— Non, dit-il en se redressant. Rien de rien.

— Tu crois que quelqu'un aurait pu le jeter à la poubelle par erreur? l'interrogea Piper.

— C'est peu probable. Ce porte-bonheur est trop volumineux pour qu'on puisse le jeter. Je vais tout de même vérifier, à tout hasard.

Pendant que Jack se dirigeait vers les bennes à ordures les plus proches, Piper opéra une nouvelle fouille en règle de la paillotte, dans l'espoir qu'ils soient passés à côté du porte-bonheur sans le voir. En vain.

Elle ressortit de la hutte et se dirigea vers l'océan, abattue. Elle en avait les larmes aux yeux. Elle était bouleversée à l'idée que son cadeau de mariage ait pu disparaître, que le travail réalisé par Levi avec tant de délicatesse soit perdu. Il s'agissait très certainement de l'ultime œuvre peinte par l'adolescent avant son suicide.

En s'approchant de la fosse qui avait servi à rôtir le cochon, Piper fut intriguée par un objet de grande taille au milieu des braises. Elle s'immobilisa en reconnaissant le disque de bois au fond du trou, face contre terre.

— Jack! cria-t-elle à son compagnon. Je l'ai trouvé!

Piper s'agenouilla au bord du trou, tendit le bras et ressortit de la fosse le porte-bonheur calciné. Elle le retourna, le cœur battant. Le bois avait brûlé et les symboles dessinés par Levi, consumés par les flammes, avaient disparu.

— Je n'arrive pas à y croire, se désola-t-elle. Qui a bien pu penser qu'il s'agissait d'un objet sans intérêt, au point de le brûler?

— Personne, Pipe, répondit Jack en examinant les restes du brasier. Il ne s'agit pas d'une erreur, mais d'un acte délibéré.

103

La tranche de pain complet jaillit du toaster. Roberta la beurra de façon parcimonieuse avant d'y étaler une épaisse couche de marmelade. Elle mit le toast sur le plateau où étaient déjà posés un œuf à la coque et une théière, puis elle emporta le tout à l'étage. Elle toqua à la porte de la chambre de sa mère.

— Entre, Roberta.

Elle trouva Roz assise dans son lit, un large sourire aux lèvres.

— Tu ne sais pas la joie que tu me fais en m'appelant par mon prénom, maman, déclara Roberta, radieuse, en installant le plateau sur les genoux de sa mère. Tu n'imagines pas mon soulagement.

— Il y a encore tant de souvenirs qui ne me sont pas revenus, réagit Roz. Du moins ai-je retrouvé le plus important.

— Ta mémoire reviendra progressivement, maman. Ne t'inquiète pas. Tu finiras par y arriver.

Roberta trouvait les progrès de sa mère très encourageants. Sans doute le temps opérait-il son œuvre, mais revoir son cadre de vie avait probablement contribué à sa guérison car certains souvenirs commençaient à remonter depuis son retour de l'hôpital. La veille au soir, la mère et la fille avaient discuté de Sam et de l'enfance de Roberta. Roz avait eu les larmes aux yeux en évoquant son mari. Roberta voulait y voir un signe positif, puisque sa mère se souvenait désormais de l'amour qu'elle avait porté à son père.

En revanche, Roz n'avait aucun souvenir de ce qui s'était passé le soir de l'accident. Roberta soupçonnait le cerveau de la vieille dame de la protéger en lui épargnant un épisode douloureux. La mémoire de cet instant pouvait fort bien lui revenir un jour, comme elle pouvait s'être effacée à jamais. Après tout, c'était peut-être aussi bien.

— Arrête de me chouchouter, Roberta, décréta Roz en voyant que sa fille s'apprêtait à lui servir son thé. Je suis parfaitement capable de me débrouiller toute seule, ma chérie.

Roberta lui adressa un sourire et se dirigea vers la fenêtre derrière laquelle brillaient les eaux du golfe du Mexique. Un grand héron bleu survola l'océan. Des bateaux de location remplis de pêcheurs amateurs prenaient la direction du large et un grand yacht passa sous ses yeux, toutes voiles au vent.

— Quelle journée magnifique pour se marier, remarqua Roberta.

— C'est donc aujourd'hui qu'a lieu le mariage de Kathy? lui demanda Roz.

Roberta se retourna.

— Tu te souviens que Kathy Leeds se marie? C'est formidable, maman!

Roz mangea l'œuf à la coque et grignota son toast. Au moment où sa fille reprenait le plateau, elle lui posa une main sur le bras.

— Crois-tu que je pourrais assister au mariage? s'enquit-elle. L'invitation se trouve dans la cuisine, sur le réfrigérateur. J'aimerais tant voir Kathy dans sa robe de mariée, ne serait-ce qu'un petit moment.

104

Piper prit une douche et se lava les cheveux avant de les sécher. Le miroir de la salle de bains la rappela à sa mine sombre. Elle était chamboulée depuis qu'elle avait découvert le porte-bonheur calciné.

Qui avait pu commettre une horreur pareille? Jack était convaincu qu'il s'agissait d'un acte délibéré. Qui ces symboles pouvaient-ils bien déranger? Quel message caché dissimulaient-ils?

Elle récupéra dans le placard de sa chambre les notes et les croquis qui se trouvaient dans sa robe de la veille. C'était l'unique trace qu'il restait désormais du travail de Levi Fisher. Elle s'assit sur le bord de son lit, le front barré d'un pli.

L'adolescent avait peint une coquille Saint-Jacques et un cœur en haut du cercle de bois, des larmes et des oiseaux tout en bas, et de petites tortues vertes au centre.

Levi avait sous-entendu qu'il existait plusieurs façons d'interpréter ces symboles. Et s'il avait tenté d'y glisser un message?

Une coquille Saint-Jacques, un cœur, des tortues…

Des larmes et des oiseaux.

La matinée était déjà bien avancée, Piper devait penser à se maquiller. Elle laissa la feuille sur son lit et se rendit dans la salle de bains. Elle appliquait du mascara sur ses yeux lorsqu'une idée lui vint: le cœur pouvait-il figurer le nom de famille de Shelley? Et la coquille Saint-Jacques n'était-elle pas l'emblème de la marque Shell ? Shell et le cœur. Shell et le cœur. Shelley Lecœur !

L'œuvre de Levi pouvait-elle être un hommage à la jeune femme disparue ? Et si les tortues, loin de représenter les nids près desquels s'étaient rencontrés Kathy et Dan, figuraient l'endroit où avait été enterrée Shelley ? Auquel cas les larmes auraient pu figurer la tristesse de Levi, ses regrets à la suite de son acte.

Il ne restait plus que ces oiseaux à gorge rouge. Que pouvaient-ils bien symboliser ?

La sonnerie du téléphone tira Piper de sa rêverie. C'était Kathy, afin de lui signaler que l'heure de la cérémonie approchait.

*

Un seau rempli de tongs était mis à la disposition de ceux qui souhaitaient en porter. À leur arrivée, les invités recevaient des colliers de coquillages et des lunettes de soleil avant de prendre place sur des chaises pliantes blanches disposées sur le sable. Piper et Brad se tenaient de part et d'autre des mariés. La première avait choisi une minirobe bustier de soie couleur dahlia et portait les pendants d'oreilles en améthyste que lui avait offerts Kathy.

Le décor somptueux du golfe du Mexique derrière eux, Kathy et Dan se tenaient au milieu d'un grand cœur dessiné dans le sable à l'aide de coquillages. Mains dans les mains, ils se faisaient face sous le regard du juge de paix chargé de les marier.

— Si quelqu'un possède une raison valable de s'opposer à cette union, qu'il s'exprime à présent ou se taise à jamais.

Piper retint son souffle en priant le ciel qu'aucune voix ne s'élève de l'assistance. *Mon Dieu, fais que cette cérémonie se déroule sans accroc. Après tant de péripéties, fais que rien ne vienne troubler cet instant.*

Sa prière fut entendue.

105

La cérémonie achevée, les invités se pressèrent autour des mariés afin de les congratuler dans une débauche d'embrassades, de rires et de félicitations. Les présents n'avaient d'yeux que pour les jeunes mariés, si bien qu'il n'éprouva aucune difficulté à s'éclipser en toute discrétion.

Il traversa la plage à grandes enjambées et atteignit le parking où était garée sa voiture. Il ouvrit le coffre dans lequel il récupéra un sachet hermétique en plastique qu'il glissa dans sa poche.

Le patio de l'hôtel Whispering Sands avait été transformé en un espace de rêve. Un millier de grues colorées en origami se balançaient sous la caresse du vent, accrochées à une multitude de fils invisibles. Les tables rondes réservées aux convives, habillées de tissu bleu clair, accueillaient en leur centre de grands bols en verre remplis de coquillages dans lesquels étaient plantées de grosses bougies rondes. Sur chaque assiette reposait un carton en forme d'étoile de mer portant le nom de l'invité concerné. Le gâteau de mariage richement décoré d'oursins plats en sucre, à l'écart sur sa propre table, nageait dans un lit de sucre roux figurant du sable.

Les serveurs virevoltaient dans tous les sens, veillant aux ultimes préparatifs avant l'arrivée des invités, sans se soucier de l'homme qui zigzaguait d'une table à l'autre en déchiffrant les noms sur les cartons, feignant de chercher le sien.

L'entrée, un épais gaspacho, attendait chacun des convives dans des assiettes creuses. L'homme constata avec soulagement que la chance lui souriait.

Après avoir repéré la place de Piper, il glissa dans son assiette de soupe les morceaux de poison-globe découpés à son intention.

106

Piper était personnellement ravie de ne pas être assise à la table d'honneur. Elle préférait de loin profiter du déjeuner en compagnie de Jack. Ses parents, Nora et Walter, ainsi que les Pinson se trouvaient à la même table. Deux couverts avaient été ajoutés à la dernière minute, à l'intention de Roz et Roberta Golubock.

— Je suis si heureuse que vous ayez pu vous joindre à nous, madame Golubock, déclara Piper en prenant dans la sienne la main de sa voisine.

Roz posa sur elle un regard perdu. Piper crut deviner qu'elle ne la reconnaissait pas. À bien y réfléchir, le contraire l'aurait étonnée. Après tout, elles ne s'étaient vues que quelques heures un jour particulièrement stressant pour la vieille dame.

Piper sentit gargouiller son estomac. Elle n'avait rien mangé depuis la veille. Un appétissant bol de gaspacho l'attendait à sa place. Un coup d'œil autour d'elle lui indiqua qu'elle n'était pas la seule à être affamée, plusieurs de ses voisins avaient pris place à table et plongeaient déjà leur cuillère dans le riche mélange de tomates et de légumes.

Elle se glissa sur le siège qui lui était réservé, déplia sa serviette et la noua autour de son cou. Elle n'avait aucune envie de tacher sa robe. Penchée au-dessus du bol, elle avala goulûment plusieurs cuillères de la soupe froide épicée, prenant à peine le temps de mâcher les légumes.

La cuillère se figea dans sa main lorsqu'elle vit que Jack l'observait d'un air amusé.

— On dirait que tu as faim, sourit-il.

— Je suis au bord de l'inanition, tu veux dire. Aurais-tu la courtoisie de m'accompagner de sorte que je ne passe pas pour une crève-la-faim?

Jack s'exécuta avec complaisance.

— Hmmm! Délicieux, dit-il.

— Je ne savais pas qu'on mettait du poisson dans le gaspacho, s'étonna Piper.

— Ce n'est pas le cas.

Piper, perplexe, se contenta de hausser les épaules et nettoya consciencieusement son assiette.

*

Les mariés ouvrirent le bal sous le regard des invités en dansant au rythme langoureux de « *I Finally Found Someone* », les yeux dans les yeux, emportés par la musique. La chanson terminée, Dan fit tournoyer Kathy sur elle-même et la fit basculer en arrière sous les applaudissements et les cris enthousiastes de l'assistance.

Piper sortit son téléphone et prit une photo du jeune couple. Elle s'apprêtait à la poster sur sa page Facebook lorsque Jack lui prit la main.

— Allons, l'invita-t-il. À notre tour.

Trois chansons rythmées et un slow plus tard, Isaac invita les convives à s'approcher du buffet. Une file d'attente se forma aussitôt.

— On y va? demanda Jack à sa compagne.

— On ferait mieux d'attendre que le rush soit passé, suggéra Piper.

Elle leva les yeux vers le ciel et constata que le soleil était à son zénith.

— Je vais en profiter pour aller chercher mes lunettes noires, annonça-t-elle à Jack. Je les ai oubliées dans ma chambre.

— Je t'accompagne, lui proposa le jeune homme.

— Inutile, tu n'as qu'à rester discuter avec mes parents. Je peux déjà te dire que tu leur as fait bonne impression.

Elle se pencha à l'oreille de Jack et ajouta dans un murmure :

— Ne va pas tout gâcher. Tu devrais user de ton charme naturel pour achever de les séduire.

*

Le premier buffet regorgeait de muffins, de scones, de bagels et de croissants, de beurre, de fromage frais et de confitures diverses. Les convives avaient la possibilité de réaliser l'omelette de leur choix, agrémentée de saucisse au sirop d'érable, de bacon craquant, et de râpé de pommes de terre. Des quiches lorraines et des tranches de brioche toastées servies avec des compotes de fruit et de la crème fouettée achevaient de composer un petit-déjeuner de rêve.

Ceux qui souhaitaient des plats plus consistants avaient la possibilité de se sustenter en se servant sur un second buffet. Au menu, une grande salade à la vinaigrette aux grains de grenade, du saumon grillé, du poulet sauce piquante, des légumes rôtis, du riz pilaf, du rosbif, du homard et des beignets de crevette. Brad se servit copieusement en se promettant de revenir une fois son assiette vide.

Il regagnait sa place lorsqu'il vit de loin Piper rentrer dans l'hôtel. Il aurait préféré être à sa table, elle l'intéressait nettement plus que les gens à côté desquels on l'avait installé. Dan l'avait collé avec des collègues de l'institut Mote. Des gens qui auraient été plutôt sympas s'ils n'avaient pas eu la mauvaise idée de parler boulot en permanence.

Brad attaqua le contenu de son assiette à grands coups de fourchette en les écoutant discuter avec animation du poisson-globe qui avait mystérieusement disparu de son aquarium la nuit précédente.

— Je n'y comprends rien, se lamenta l'un des types de l'institut océanographique. Qui a bien pu s'amuser à voler un poisson-globe ?

— C'est dingue, renchérit un autre. En tout cas, j'espère que le coupable a bien lu la notice. C'est un animal extrêmement toxique, ses victimes meurent d'étouffement dans des souffrances atroces, les poumons paralysés. Sans parler d'une batterie d'autres symptômes horribles. Personnellement, je n'aimerais pas finir ma vie de cette façon-là.

*

Piper n'avait pas plus tôt rejoint sa chambre qu'elle fut prise de violents maux de crâne. Jamais elle n'aurait dû s'exposer au soleil aussi longtemps sans lunettes noires. Par précaution, elle prit plusieurs des comprimés de paracétamol que lui avait donnés Brad. En avalant les médicaments avec un verre d'eau, elle s'aperçut qu'elle avait la langue douloureuse, comme transformée en pelote d'épingles.

Elle s'allongea sur son lit avec précaution de façon à ne pas froisser sa robe. Elle se sentit tout de suite mieux en position couchée. *J'en avais bien besoin, je vais me reposer quelques minutes.*

Prenant le temps de souffler en attendant que les médicaments agissent, elle sortit son téléphone portable de sa poche et posta sur sa page Facebook la photo de Kathy et Dan en train de danser en y ajoutant un commentaire : LES RÊVES FINISSENT PAR SE RÉALISER.

Elle fit défiler d'un doigt le contenu de sa page afin de voir si l'on avait commenté sa photo avec le bébé alligator. Il y avait un total de quarante-sept avis, partagés entre ceux qui affichaient leur dégoût en précisant que jamais ils n'auraient pu toucher un truc pareil, et ceux que l'idée amusait.

La photo du *netsuke* représentant le singe en prise avec la pieuvre avait connu moins de succès, mais l'un des commentaires attira toutefois son attention.

J'AI DÉJÀ VU CE GENRE DE FIGURINE CHEZ MON MÉDECIN. MON ANCIEN MÉDECIN, PLUS EXACTEMENT, PUISQU'IL A ÉTÉ CONTRAINT DE FERMER SON CABINET POUR AVOIR RÉDIGÉ DES ORDONNANCES DOUTEUSES, À EN CROIRE LA RUMEUR.

Piper cliqua sur le nom de la femme qui avait posté le commentaire et sa page Facebook apparut à l'écran. Elle vivait dans le quartier de Buckhead, à Atlanta.

*

Que faisait donc Piper?

Jack s'apprêtait à retourner à l'hôtel voir ce qu'elle fabriquait lorsque Vincent entama la discussion en lui demandant quelle était l'ambiance au FBI ces derniers temps, et il se lança dans une longue explication.

Le moment était mal choisi de snober celui qui risquait fort de devenir son beau-père un jour.

*

Atlanta, la principale ville de l'État de Géorgie…

Umiko ne lui avait-elle pas expliqué qu'elle avait découvert sa recette de tarte aux noix de pécan à l'époque où elle vivait avec son mari en Géorgie? Le *netsuke* du singe à la pieuvre du docteur Pinson pouvait-il être le même que celui que cette femme avait aperçu chez le médecin à Atlanta?

Piper ressentit de légers picotements au niveau du visage, mais n'y prêta guère attention, trop occupée à effectuer une recherche sur l'application Google de son iPhone. Elle entra les mots « Delorme Pinson, médecin ». Plusieurs réponses apparurent à l'écran, en particulier un article de l'*Atlanta Journal-Constitution.* Le journaliste y décrivait un coup de filet de la police locale ayant permis l'arrestation de plusieurs médecins de la région qui acceptaient de rédiger des ordonnances d'Oxycodone à la demande de trafiquants de drogue. Ceux-ci les revendaient sous le manteau en reversant une partie des bénéfices aux médecins indélicats.

Trois praticiens avaient été inquiétés. Les deux premiers avaient été arrêtés, mais le troisième, Delorme Pinson, avait été interrogé avant d'être relâché, faute de preuves.

Piper sentit sa gorge se nouer. Les notes qu'elle avait rédigées en examinant le porte-bonheur de Levi se trouvaient toujours sur le lit et elle s'en empara.

Son cœur fit un bond dans sa poitrine. L'oiseau au poitrail rouge n'était pas un volatile quelconque, c'était un pinson !

Dans ce cas, quelle signification pouvaient avoir des larmes ?

Des larmes. Delorme.

Delorme Pinson.

Avant de mourir, Levi avait pris la précaution de dénoncer à sa façon l'assassin de Shelley Lecœur.

*

Après avoir longuement parlé du FBI avec Jack, Vincent aiguilla la conversation sur Piper. Il secoua la tête en exprimant son incompréhension face à la témérité de sa fille.

— C'est comme si elle ne percevait pas le danger, expliqua-t-il à Jack. Ce n'est pourtant pas faute de lui avoir répété que nous vivons dans un monde difficile. C'est plus fort qu'elle, elle se lance tête baissée sans réfléchir aux risques qu'elle encourt. Je me fais constamment du souci à son sujet.

— À qui le dites-vous, acquiesça Jack.

*

À force d'y réfléchir, tout lui paraissait clair. Piper avait gardé le souvenir de la réaction du docteur Pinson lors de la réunion des copropriétaires, lorsqu'il avait été question des pressions exercées par Shelley afin de leur forcer la main. Roberta Golubock leur avait expliqué que l'assistante de Walter l'avait menacée de ternir sa réputation sur Internet si Roz ne vendait pas sa maison.

Shelley avait-elle pu découvrir le secret de Pinson? Il lui avait suffi d'effectuer une recherche identique à celle de Piper. Elle avait fort bien pu avoir une explication avec le médecin et le menacer de ruiner sa carrière s'il refusait de céder sa maison. De là à penser que Delorme Pinson avait tué Shelley, il n'y avait qu'un pas.

Si le médecin avait provoqué l'accident de Roz, sa conduite était impardonnable, d'autant qu'il avait prétendu la soigner ensuite à l'hôpital. Roz avait vu un individu transporter un corps de femme sur la plage, près des nids de tortue. Elle n'avait pas reconnu Pinson, mais ce dernier avait pu craindre qu'un détail finisse par lui revenir. L'amnésie dont souffrait la vieille femme depuis l'accident devait être une bénédiction à ses yeux.

Piper n'avait plus qu'à s'en ouvrir à Jack. Il saurait quelles mesures prendre. À cet instant précis, Pinson déjeunait avec les autres convives dans les jardins de l'hôtel. Piper, ses parents et Jack avaient un tueur à leur table!

Elle se releva péniblement, les tempes bourdonnantes. Elle tenait à peine debout et transpirait abondamment. La pièce tournoya soudain autour d'elle et elle s'écroula au pied de son lit.

*

Jack guettait avec inquiétude le retour de Piper. Tout au long de la conversation qu'il avait eue avec son père, il n'avait cessé de lancer des coups d'œil en direction de la porte reliant le patio au hall de l'hôtel.

Où pouvait-elle bien être? Il ne fallait tout de même pas des heures pour chercher une paire de lunettes de soleil.

— Excusez-moi, monsieur, déclara Jack en s'adressant à Vincent. Je vais voir ce que fait votre fille.

*

Le corps de Piper restait paralysé alors que son cerveau continuait de fonctionner normalement. Elle commençait à éprouver des difficultés à respirer. Que se passait-il? Avait-elle été victime d'une attaque? Non. Impossible. Elle était bien trop jeune.

Au prix d'efforts inouïs, elle voulut récupérer son téléphone, sans y parvenir. Comment appeler à l'aide?

Elle éprouva un immense soulagement en entendant frapper à la porte de sa chambre.

— Pipe, c'est Jack. Ouvre-moi.

Elle ne put lui répondre, incapable de remuer les lèvres.

*

Jack tambourina sur la porte à plusieurs reprises.

Où était-elle passée?

Il tira son portable de sa poche et appela le numéro de Piper. Il attendit avec impatience qu'elle décroche. En vain.

Il allait raccrocher lorsqu'il crut entendre un faible bruit de l'autre côté du battant. Il comprit qu'il s'agissait de la sonnerie lointaine du téléphone de Piper.

*

Piper entendit sonner son portable sans pouvoir esquisser un geste, puis elle perçut les pas de Jack qui s'éloignaient dans le couloir.

Mon Dieu, que vais-je devenir?

Sa respiration se faisait de plus en plus saccadée. La paralysie terrifiante qui l'immobilisait n'était rien comparée à la difficulté croissante qu'elle éprouvait à respirer. Elle hoquetait de courtes bouffées d'air en ayant l'impression que l'oxygène n'atteignait même plus ses poumons.

C'est donc ainsi qu'on meurt de suffocation.

*

Jack se précipita dans le hall de l'hôtel.

— J'ai besoin de la clé de la chambre de Piper Donovan, déclara-t-il. Il y a urgence.

— Vous êtes monsieur... ? s'enquit l'employé de la réception.

— Jack Lombardi, répondit-il d'une voix sèche en exhibant son badge du FBI.

L'employé le dévisagea d'un air gêné.

— Écoutez, mon vieux, vous vous y prenez comme vous voulez, mais il faut impérativement que j'ouvre la porte de sa chambre, s'énerva Jack.

— Je vous demande un petit instant, monsieur.

Jack crut qu'il allait devenir fou en voyant l'employé contourner son comptoir et se diriger vers le patio.

— Dépêchez-vous ! lui cria-t-il sur un ton courroucé en se lançant à ses trousses. Vous ne comprenez donc pas ? Je viens de vous expliquer que c'était urgent !

— Je ne peux pas me permettre de vous confier une clé sans l'autorisation du directeur, monsieur.

Jack repoussa l'employé et courut jusqu'aux jardins de l'hôtel. Il savait à quelle table trouver Walter Engel.

— Il faut absolument qu'on entre dans la chambre de Piper ! s'écria-t-il.

Tout le monde le regarda avec étonnement. Vincent jaillit de sa chaise.

— Que se passe-t-il ? demanda-t-il d'une voix anxieuse.

— Je ne sais pas, répondit Jack, mais ce n'est pas normal.

*

Piper haletait, incapable de respirer. Pour ne rien arranger, elle se sentait dangereusement nauséeuse. Dans l'état où elle était, incapable de tourner la tête au cas où elle serait prise de vomissements, elle avait toutes les chances de mourir étouffée.

Elle s'efforça de se concentrer dans l'espoir de ne pas rendre, mais elle sentait le contenu de son estomac lui envahir la gorge, et elle sut qu'il ne lui restait plus qu'à prier.

*

— Donnez-lui votre passe ! ordonna Walter à l'employé de la réception en désignant Jack. Tout de suite !

— Je vous accompagne, proposa Delorme Pinson en voyant Walter se lever précipitamment et se ruer en direction de la chambre de Piper à la suite de Jack. Les trois hommes s'éloignèrent au pas de course, suivis de peu par Vincent et Terrie.

*

Jack remonta le couloir à toute vitesse, Vincent et Terrie dans son sillage.

À peine Jack avait-il ouvert la porte qu'il découvrit Piper prostrée au pied du lit en train de cracher, prise de soubresauts.

— Mon Dieu ! s'exclama Vincent en voyant sa fille dans cet état.

Il se précipita et la tourna de côté avant de lui enfoncer deux doigts dans la gorge afin de déboucher la trachée.

— Elle est bleue, remarqua Jack en s'agenouillant à côté de la jeune femme. Vite ! De l'oxygène !

— Nous en avons une bonbonne à la réception, réagit Walter en quittant précipitamment la pièce. Je file la chercher et j'en profite pour appeler les secours.

Pinson s'approcha.

— Laissez-moi l'examiner, déclara-t-il d'une voix péremptoire.

Piper posa sur lui un regard terrorisé.

*

— Piper ! s'écria Pinson. Pouvez-vous serrer ma main entre vos doigts ?

Elle resta sans réaction.

— Vous croyez qu'elle a été victime d'une attaque ? demanda Terrie, affolée.

— Je ne sais pas. Vite, qu'on aille chercher ma mallette dans ma voiture. Une Mercedes bleu foncé garée à l'entrée du parking.

Jack saisit au vol les clés que lui tendait le médecin et partit en courant.

*

Roz et Roberta étaient restées seules avec Umiko après le départ de leurs voisins de table.

— J'espère qu'il ne s'est rien produit de grave, s'inquiéta Roz.

— Évite de t'alarmer, maman, lui recommanda Roberta. C'est mauvais pour toi en ce moment.

— Delorme est un médecin formidable, les rassura Umiko. S'il s'agit d'un problème médical, Piper est en de bonnes mains.

Roberta, voyant les traits tout chiffonnés de sa mère, prit la décision de la raccompagner chez elle.

— Nous ferions mieux de rentrer à la maison, maman. Tu t'es assez dépensée comme ça aujourd'hui.

Roz ne songea pas à protester. Elle se leva de table et salua Umiko.

— Auriez-vous la gentillesse de nous appeler tout à l'heure afin de nous rassurer? demanda-t-elle à la femme du médecin.

— Bien sûr, accepta Umiko avec une légère courbette.

La mère et la fille s'éloignèrent à petits pas à travers le patio et gagnèrent le parking en passant par le hall de l'hôtel. L'auto que Roberta avait louée en attendant que celle de sa mère soit réparée se trouvait sur une place réservée aux handicapés. En s'approchant, les deux femmes virent Jack refermer la portière arrière de la berline voisine.

— Piper va-t-elle bien? demanda Roberta.

— Non, répondit Jack en faisant le tour de la Mercedes. Elle est au plus mal, j'essaye de trouver la mallette du docteur Pinson.

Il ouvrit le coffre et poussa un soupir de soulagement en découvrant la mallette.

— La voici!

Il referma le coffre d'un geste brusque et s'éloigna en courant sans prêter attention au regard hébété de la vieille dame, hypnotisée par la voiture du médecin.

*

Jack pénétra en trombe dans la chambre de Piper et vit le médecin au-dessus de la malade, les mains appuyées contre son diaphragme. Il appuya de toutes ses forces, relâcha la pression, et recommença à plusieurs reprises. Jack fit la grimace en entendant craquer les os de la cage thoracique de Piper.

— Arrêtez ! s'écria Terrie. Vous lui faites mal !

Vincent passa un bras autour de la taille de sa femme et la serra contre lui.

— Il n'a pas le choix, ma chérie.

— Ne faudrait-il pas lui faire un bouche-à-bouche ? s'enquit Jack d'une voix pleine de désespoir.

Delorme Pinson posa sur lui un regard étrange. Jack n'aurait pas su dire s'il y lisait de la peur, de la colère, ou du dégoût. Le médecin aurait-il été rebuté à l'idée de poser sa bouche sur celle de Piper ?

— Laissez-moi prendre le relais, proposa-t-il en posant la mallette à côté du docteur Pinson. J'ai suivi une formation de secouriste, profitez-en pour sortir votre matériel.

Jack retira le masque à oxygène posé sur le visage de Piper et s'assura que rien dans sa bouche ne l'empêchait de respirer. Il bascula sa tête en arrière et lui pinça le nez, puis il scella la bouche de la jeune femme avec la sienne et lui insuffla de l'air dans les poumons. La poitrine de Piper se souleva.

Pendant ce temps, Pinson lui enfila le brassard d'un tensiomètre.

— Alors ? demanda Terrie.

Le médecin regarda le cadran.

— Sa tension est basse, répondit-il. Très basse.

*

— Elle respire !

Jack, à genoux à côté de la malade, releva la tête. Piper respirait mal, de façon haletante, mais elle respirait.

Les ambulanciers pénétrèrent dans la chambre au même moment et mirent la malade sous monitoring. Ils replacèrent le masque à oxygène sur son visage et la chargèrent sur une civière avant de s'éloigner rapidement.

— Je vous rejoins aux urgences avec ma voiture, leur cria Delorme Pinson.

— Qu'est-ce que tu fais? s'étonna Terrie en voyant son mari entrer dans la salle de bains. Nous devons accompagner Piper.

Vincent ressortit en tenant à la main un verre dans son emballage en papier. Sous le regard de Jack et du docteur Pinson, il se débarrassa de l'emballage et s'agenouilla près de l'endroit où gisait sa fille quelques minutes plus tôt. Il tira une carte bancaire de son portefeuille et s'en servit pour racler le vomi qu'il déposa dans le verre.

— Je compte emporter ceci avec nous, au cas où des tests seraient nécessaires, expliqua-t-il d'une voix grave.

*

Les invités, rassemblés autour de l'ambulance, regardèrent en silence les secouristes pousser la civière à l'intérieur du véhicule. Kathy, pétrifiée dans sa robe de mariée, sanglotait. Le visage de son mari était terreux.

Brad saisit Jack par la manche.

— En quoi puis-je vous aider? demanda-t-il.

— Le mieux est encore de prier, fit Jack.

— De quoi souffre-t-elle?

— On ne sait pas encore, répondit Jack en voyant les portes de l'ambulance se refermer. Elle est paralysée et respire à peine. Elle a vomi tout ce qu'elle savait au pied de son lit.

Le convoi que formaient l'ambulance et les autres véhicules venait tout juste de s'éloigner lorsque Brad repensa au poisson-globe volé.

*

La respiration de Piper s'arrêta de nouveau alors que l'ambulance roulait en direction de l'hôpital. Sa mère se fit toute petite contre la paroi du véhicule afin que les secouristes puissent tenter de la ranimer.

— Sainte Marie pleine de grâce, murmura Terrie. Je t'en supplie, ne m'enlève pas ma petite fille.

L'ambulance s'immobilisa à l'entrée du sas des urgences, imitée quelques instants plus tard par l'auto transportant Vincent et Jack.

Deux médecins et trois infirmières attendaient, prêts à intervenir. Ils suivirent la civière dans les couloirs de l'hôpital en écoutant l'urgentiste leur réciter les symptômes. Les médecins échangèrent un regard en hochant la tête.

— Il faut procéder d'urgence à un lavage d'estomac et lui donner du charbon actif afin de contrecarrer l'effet des toxines, ordonna l'un des praticiens.

— Des toxines? s'étonna Vincent.

— Votre fille a-t-elle mangé du poisson?

— Je ne sais pas, répondit Vincent en se tournant vers sa femme. Et toi, Terrie?

Jack ne lui laissa pas le temps de répondre.

— Elle ne s'est même pas approchée du buffet. En revanche, elle a trouvé que son gaspacho avait un drôle de goût.

— À vrai dire, réagit le médecin, quelqu'un nous a appelés juste avant l'arrivée de l'ambulance. Notre interlocuteur pensait qu'elle pouvait avoir ingéré de la tétrodotoxine. Ses symptômes sont caractéristiques.

— De la tétro quoi? s'enquit Vincent.

— De la tétrodotoxine. Une toxine que l'on trouve chez les poissons-globes.

Vincent se pétrifia en se souvenant de la conférence consacrée aux dangers de la faune marine à laquelle il avait assisté à l'institut Mote. Sa petite fille allait mourir.

— Quel est le pronostic? voulut savoir Jack alors que la civière atteignait enfin la salle de traitement.

— Les premières vingt-quatre heures sont critiques. Nous allons la placer en réanimation de façon à la garder en vie, dans l'espoir que les effets du poison finissent par s'estomper.

Jack se rendit dans la salle d'attente en compagnie des parents de Piper. Ils se laissèrent tomber sur les sièges qui s'y trouvaient. Le regard vide, ils repensèrent aux événements récents, dans la crainte de ce qui pouvait survenir. Plusieurs minutes s'étaient écoulées lorsque Jack releva la tête et balaya la pièce des yeux.

— Tiens, où se trouve donc le docteur Pinson? Je croyais qu'il devait nous rejoindre?

107

Umiko fondit en larmes.

— Mais enfin, Delorme, je n'ai aucune envie de quitter cet endroit !

— Je sais, regretta son mari en rassemblant les précieuses figurines exposées dans la vitrine du salon. Nous n'avons malheureusement pas le choix. Rester serait trop dangereux.

En s'occupant de Piper, un peu plus tôt, il avait prié le ciel qu'elle s'éteigne rapidement. Il avait procédé aux premières mesures d'urgence de façon à donner le change tout en s'attendant à ce qu'elle meure à tout moment. Mais lorsque Walter Engel s'était précipité avec son masque à oxygène après avoir appelé les secours et que le petit ami de Piper lui avait pratiqué le bouche-à-bouche, il avait su qu'elle allait s'en sortir. En récupérant un échantillon du contenu stomacal de la malade, Vincent Donovan avait sonné le glas de ses espoirs. Delorme savait déjà que les tests permettraient de détecter la présence de tétrodotoxine.

Les médecins ne tarderaient pas à comprendre que Piper avait mangé du poisson-globe et l'on ferait rapidement le lien avec celui qui avait été dérobé la veille à l'institut océanographique. La police procéderait à une enquête en s'intéressant plus particulièrement aux invités présents lors du dîner.

C'est vrai, il n'était pas le seul à s'être rendu dans l'aquarium, mais les enquêteurs finiraient par apprendre que le disque en bois porte-bonheur avait été brûlé le même soir.

Si Piper en réchappait, les policiers voudraient qu'elle leur décrive les symboles peints par Levi et quelqu'un finirait immanquablement par établir un lien avec le meurtre de Shelley Lecœur.

— Je ne comprends toujours pas pourquoi nous devons nous enfuir, s'entêta Umiko.

Delorme s'approcha de sa femme et la prit par les épaules.

— Cette fois, je ne me suis pas contenté d'établir des ordonnances de complaisance. Je pourrais bien y laisser ma peau.

Umiko dévisagea son mari, les yeux écarquillés, incapable de prendre la mesure de ce qu'il tentait de lui expliquer.

— Y a-t-il un lien entre tout ça et ce qui est arrivé à Piper pendant le déjeuner de mariage ?

Il hocha la tête.

— Ça, et Shelley Lecœur, Roz Golubock, et une serveuse qui en savait trop.

À ces mots, Umiko donna l'impression de se recroqueviller sur elle-même. Elle se laissa tomber sur le canapé.

— Je t'en prie, Umiko, l'aiguillonna le médecin. Lève-toi. Nous avons tout juste le temps de prendre quelques affaires et de nous enfuir.

Sa femme ne fit pas mine de bouger.

— Je ne vais nulle part, décréta-t-elle.

— Que veux-tu dire ?

— Quand tu t'es associé à ces horribles trafiquants de drogue, je suis restée à tes côtés parce que tu étais mon mari. J'ai pensé que c'était mon devoir. Le meurtre, c'est différent. Jamais je ne supporterai de vivre avec un assassin.

Dimanche

« Il existe bien des façons de découper un gâteau. »
Proverbe amish

Épilogue

La tête de Piper reposait sur son oreiller. Livide et d'une faiblesse extrême, elle respirait à nouveau par elle-même. Son rythme cardiaque avait retrouvé la normale, elle parvenait à bouger les bras et les jambes. Ses parents, Kathy, Dan, sa tante Nora et Walter formaient une haie autour de son lit d'hôpital tandis que Jack lui expliquait ce qui s'était passé pendant qu'elle se trouvait entre la vie et la mort.

— Quand nous nous sommes rendu compte que Pinson ne nous avait pas suivis jusqu'à l'hôpital, nous avons trouvé son comportement suspect. En retournant dans ta chambre à l'hôtel, j'ai trouvé ton iPhone sur le lit. Il était toujours ouvert sur la dernière recherche que tu avais effectuée sur Internet.

Piper rassembla ses souvenirs.

— L'article consacré à ce trafic d'ordonnances à Atlanta?

— Exactement, approuva Jack. En voyant que le nom du docteur Delorme Pinson était cité dans l'article, j'ai assemblé les morceaux du puzzle.

— Et puis la fille de Roz Golubock m'a appelée pour prendre de tes nouvelles, poursuivit Nora. Elle m'a expliqué que sa mère avait retrouvé la mémoire en voyant le coffre ouvert de la Mercedes de Pinson. Elle a reconnu au fond du coffre la pelle à manche rouge et jaune que tenait à la main l'inconnu transportant un corps de femme au fond de son jardin.

— La police a réussi à intercepter Pinson alors qu'il cherchait à quitter la ville, poursuivit Vincent qui serrait dans la sienne la main de sa fille.

— Sait-on exactement pourquoi Pinson a voulu assassiner Shelley ? demanda Piper.

Walter haussa les épaules d'un air gêné.

— Je ne serais pas surpris que Shelley soit tombée sur des informations compromettantes pour lui et qu'elle ait voulu le pousser à vendre sa maison en le faisant chanter.

Kathy afficha une moue sceptique.

— J'ai du mal à y croire. L'argent n'intéressait pas Shelley plus que ça. Quand son frère est mort d'une overdose, elle a fait une fixation sur tout ce qui touchait au monde de la drogue. Elle a témoigné contre Brad, en particulier. Je ne serais pas surprise qu'elle soit allée trouver Pinson et qu'elle lui ait demandé des comptes.

— D'une façon ou d'une autre, elle était très naïve, ou bien alors très bête, affirma Vincent. Elle aurait dû aller trouver la police.

Walter passa un bras autour de la taille de Nora.

— Quoi qu'il en soit, j'ai l'intention de revoir mes projets. Je me contenterai de gérer le Whispering Sands tel qu'il est et de profiter de ma nouvelle vie au lieu de travailler en permanence.

*

Isaac arriva au moment où repartaient les parents de Piper en compagnie de Nora et Walter. Il serrait entre ses bras un énorme bouquet de fleurs. En le voyant, Piper pensa aussitôt à son neveu.

— Je ne comprends pas, dit-elle d'une voix douce. Pourquoi s'est-il accusé du meurtre de Shelley ?

— Bonne question, fit Isaac. La police cherche à percer ses motivations.

Piper savait qu'elle possédait un élément de réponse, mais elle ne parvenait pas à s'en souvenir. Elle resta allongée sans bouger et le porte-bonheur se matérialisa lentement dans sa tête.

— Levi a dénoncé Pinson à travers les symboles qu'il a peints, expliqua-t-elle à son visiteur en lui racontant comment elle en était arrivée à cette conclusion. Le malheureux s'est accusé du meurtre de Shelley dans sa lettre, mais il a laissé derrière lui des indices désignant le véritable coupable.

Jack caressa de la main les cheveux blonds de la jeune femme.

— C'est une pierre de plus dans le jardin du bon docteur, commenta-t-il.

Kathy secoua la tête.

— Il est tout de même curieux que tu sois en vie aujourd'hui grâce à Brad O'Hara, dit-elle. C'est lui qui a contacté les urgences en leur expliquant que tu t'étais empoisonnée en mangeant du poisson-globe. Nous lui en serons éternellement reconnaissants.

— C'est vrai, soupira Dan. Je suis persuadé que Brad est heureux d'avoir pu sauver une vie cette fois, après avoir causé la perte d'un être humain autrefois.

Au moment de partir, Kathy et Dan embrassèrent Piper sur la joue.

— À présent que tu es saine et sauve, nous pouvons partir tranquillement en voyage de noces. Notre vol de remplacement décolle demain matin.

— Je m'en veux de vous avoir contraints à repousser votre voyage, s'excusa Piper.

— Tu plaisantes? réagit Dan. Tout est bien qui finit bien et Delorme Pinson n'aura que ce qu'il mérite. Ce cauchemar est enfin terminé.

Isaac était resté silencieux tout au long de cet échange.

— La lumière n'est que plus précieuse lorsqu'elle succède à l'obscurité, murmura-t-il.

Tous les regards se tournèrent vers lui.

— Il s'agit d'un proverbe amish, précisa-t-il, sachant déjà qu'il rendrait la mosaïque des tortues au Whispering Sands à la première occasion.

Levi ne l'aurait pas voulu autrement.

DE LA MÊME AUTEURE
CHEZ LE MÊME ÉDITEUR

PIÈCE MONTÉE

En attendant un nouveau rôle, Piper Donovan, jeune actrice new-yorkaise dont la carrière peine à décoller, aide sa mère, qui possède une pâtisserie, à décorer des gâteaux de fête.

Quand son amie Glenna Brooks, comédienne vedette, lui apprend qu'elle va se remarier, Piper est loin de se douter que leur vie sera bientôt bouleversée.

Un ancien amant de Glenna meurt tragiquement. Et il ne sera pas la seule victime… Comme si quelqu'un voulait à tout prix empêcher la noce !

Avec le soutien de son ami Jack, du FBI, Piper mène l'enquête. Mais, à se montrer trop curieuse, elle pourrait attirer l'attention du criminel…

« À la façon d'Agatha Christie,
Mary Jane Clark multiplie les fausses pistes…
Jusqu'au dénouement, elle tient le lecteur en haleine. »
Booklist

archipoche.com
ISBN 978-2-3773-5162-6 / H 26-5119-4 / 288 pages / 7,80 €

CRIME GLACÉ

Niché sur les collines de Hollywood, un spa ultrachic accueille en toute discrétion des célébrités en quête de bien-être et de jeunesse éternelle.

Jillian Abernathy, la fille du propriétaire de l'Elysium, fait appel aux talents de créatrice de pièces montées de Piper Donovan afin qu'elle réalise son gâteau de mariage – une pièce unique.

Seule condition : passer quelques jours sur place – ce que Piper accepte volontiers. Qui refuserait un séjour gratuit dans cet écrin de rêve ?

Mais le spa n'est pas le paradis sur terre que se figurait la jeune femme. Peu après son arrivée, un premier crime glaçant est commis…

« Chapitres courts, pistes multiples, rebondissements…
Les pages se tournent toutes seules ! »
Booklist

archipoche.com

ISBN 978-2-3773-5274-6 / H 49-4576-3 / 288 pages / 6,95 €

MORTS EN COULISSES

Chaque été, dans le Massachusetts, se déroule un festival de théâtre.

Caroline, nouvelle chroniqueuse d'une chaîne de télé new-yorkaise, doit couvrir l'événement auquel participe sa belle-fille. L'occasion pour la journaliste de se rapprocher de la jeune femme qui n'a toujours pas accepté le remariage de son père.

Mais la mort soudaine de deux étudiants et le meurtre d'une bibliothécaire viennent troubler les festivités.

Un jour, Belinda Winthrop, actrice vedette couronnée d'un Oscar, disparaît à son tour.

Fugue, meurtre ou enlèvement?

archipoche.com

ISBN 978-2-3773-5217-3 / H 61-0023-0 / 416 pages / 8,80 €

Cet ouvrage a été composé
Par Atlant'Communication au Bernard (Vendée)

Impression réalisée par
CPI France
en mars 2019
pour le compte des Éditions de l'Archipel
département éditorial
de la S.A.S. Écriture-Communication.

Imprimé en France
N° d'impression : 3032549
Dépôt légal : avril 2019